月光變奏曲

Moonlight

青浼

目錄

第一章

初禮在臺下握著手機，激動到差點把手機折斷。她並不知道此時此刻晝川是什麼樣的心情，她只看見在昏暗的頒獎現場，當聚光燈打在他的身上，晝川微笑起來，長腿一蹬，輕輕從椅子上站起，跟周圍的對手們握手、鞠躬、低聲道謝的時候，脣邊的笑容沒有消失過。

那笑容是真心實意的。

就像是驅散黑夜寒冬的太陽——

看得初禮想不管不顧地衝上去狠狠地擁抱他。

「這是晝川。」

「我去你媽，這是寫完的——啊啊啊啊啊我不信我不信！你們去哪找了個演員來當晝川！我的老公不可能這麼帥！」

「腿一軟……」

「66666666666 真的溫潤如玉公子川了。」

「截圖截圖了！」

「這腿！超長！」

「現在我更不能接受晝川已經戀愛的事實……」

「去年在江與誠的溫泉照片裡就看出有那個背影的人不可能長得醜，一年之後我終於成功地見證到了這一刻：晝川是真的他媽的帥！」

「聽說《洛河神書》要拍電視劇，不如讓晝川自己去演 23333333333333 這臉完全不輸小鮮肉謝謝。」

整個花枝獎頒獎典禮的直播因為晝川的初次亮相而沸騰起來，晝川出門前好好折騰了有半個小時的頭髮收到最高度的讚揚——當然，在此時此刻粉絲們的眼裡，他們的大大啊，就連毛孔都閃爍著七彩的光。

他們的晝川大大，站在這裡，彷彿是站在「新文學」與「傳統文學」的分岔路口……

在他身後的腳下，是文壇明日的第一塊磚——

他彎下腰，將這塊磚放在分岔路的正中央，然後指著它告訴所有人：這裡本來就應該只有一條路可走。

初禮抬起手壓了壓因為激動而泛紅的眼角。

「滋滋」的震動聲提醒初禮，亂七八糟的「恭喜」正陸續以各種方式傳遞進她的手機裡，初禮彎了彎唇角摁下手機，不願意為低頭看手機而錯過現場的每一秒。

晝川走上臺，與頒獎者握手道謝，那種恭恭敬敬面向長輩的態度和他之前掛在嘴邊說的那種「老古董們」可不一樣。在頒獎者從禮儀小姐手中接過一座花枝纏繞著豐碑造型的獎杯時，晝川甚至沒有看一眼獎杯，眼睛自始至終看著頒獎給自己的前輩，眼中的尊敬可不會騙人。

……這傢伙最擅長的就是口非心是。

坐在臺下的初禮笑得微微瞇起眼，比看兒子得了三好學生的老媽子還欣慰。

晝川最終站在他最想要站的地方。

向所有的人證明了他的存在。

曾經受過的苦難真的變成了一盞照亮前路的明燈，那些苦難永遠不會成為過眼雲煙，而是被他踩在腳下，作為他一步步往上攀爬的墊腳石。

初禮比任何人都清楚，這一路上，晝川有多麼想要好好地證明自己，證明新文學——

在粉絲的面前。

在她的面前。

在傳統文學的面前。

還有……

初禮微微一頓，又環視周圍一遭，為那個直到開場也沒有出現的身影感到可惜。

而此時，在初禮東張西望的時候，臺上，頒獎人沒有立刻把獎杯頒給晝川，而是拿著麥克風說：「等一下，有個驚喜要先給你。」

晝川一臉「頒獎給我你說什麼都好」的配合表情。

當那頒獎人話語剛落，現場再次響起了激動人心的背景音樂，舞臺上的聚光燈又暗了下來，改而出現在會場的入口處。

全體嘉賓回頭——伴隨著距離入口處最近的嘉賓驚呼聲，身著中山裝的晝顧宣出現了！

聚光燈打在晝顧宣的身上，他樂呵呵地衝著大家、衝著攝影機揮揮手，走下臺階往頒獎臺方向走去。

站在臺上的頒獎人顯然和晝顧宣是老相識，他樂呵呵地將麥克風湊到嘴邊，跟身邊的英俊年輕男人打趣道：「早些年，晝家父子見面就吵架，將『文人相輕』、『同行是仇』的理念發揮得淋漓盡致——業界無人不知、無人不曉。」

現場觀眾輕聲地善意哄笑。

「而現在，歡迎我們上一屆花枝獎獲獎者晝顧宣老師做為特邀嘉賓來到頒獎現場！請問晝川，你現在是什麼想法？」

音樂聲停下來，晝顧宣來到臺上，站在晝川身邊。

聚光燈重新回到他們的身上，晝川將麥克風放到嘴邊，停頓了下，而後嗓音低沉地問：「……就想知道如果今天沒獲獎，他是不是就直接連泡都不冒，假裝沒來過，然後坐飛機回家去。」

「不，」晝顧宣說，「會抓緊時間再教育你一頓——以一個曾經的獲獎者教訓失敗者的身分。」

晝川翹了翹脣角，一臉「我就知道，但我不和你計較」的模樣。

現場的氣氛前所未有的和諧。

初禮相信，此時此刻為了臺上二人又高興又操碎了心、生怕兩人在臺上一言不合打起來的除了她之外，應該還有晝川他老媽……

她正唸叨著，旁邊一個身著旗袍、盤了頭髮的雍容富貴中年女人挨著她坐下來，腦袋湊過來，用氣音說：「看我兒子，帥的吼？」

初禮：「……」

晝夫人：「就是那個球鞋刺眼，妳怎麼不攔著他，穿西裝配球鞋是什麼古怪裝扮？」

「我也要攔得住，」初禮也壓低聲音用氣音道，「吊死在他家門前也不會管我的。」

語落，兩個女人湊在一起笑了起來。

她們目光明亮，又不約而同安靜下來，看向頒獎臺上、聚光燈下的父子二人。

此時此刻，在頒獎臺上發生的一幕可以稱作是歷史性的一刻了，晝顧宣從原本的頒獎者手中接過獎杯，看了眼獎杯底座。

攝影機鏡頭拉近——

晝顧宣手指彷彿無意識地蹭過獎杯底座「《洛河神書》」與「作者晝川」的刻字，那已經被歲月刻上痕跡的眼角沾染上驕傲和笑意。

他握緊獎杯，將它轉交給身邊英俊年輕的男人手中。

他的兒子。

那就是一個簡單的轉交、傳遞動作。

然而更像是晝顧宣將什麼重要的東西交給晝川——

鼓勵。

驕傲。

……或者是，認可。

現場響起如雷鳴般的掌聲，晝川手裡握著那座屬於他的獎杯，對臺下觀眾鞠躬。看著那高大挺拔的背影以榮耀的姿態彎下，初禮知道，他大概已經得到他最想要的東西。

從十二年前開始。

當他懷揣著忐忑的心情，將手中的一疊手寫稿遞給父親的時候，他就想要得到的東西。

此時頒獎人哈哈大笑：「可以說是非常具有意義的一幕了，前段時間有些事情鬧得滿城風雨，想必大家也略有耳聞，伴隨著那些事情的爆發，晝家父子的事也是第一次明晃晃地被搬到檯面上——關於你們曾經的對立，相互的不認可什麼的……那我想，晝顧宣老師現在應該還有一些別的話想要對自己的兒子說？」

初禮原本放鬆的坐姿一下子變得有些緊繃。

……也不知道在公共場合打架鬥毆能不能報警？

在初禮緊張的注視中，只見聚光燈下的晝顧宣點點頭：「來都來了，總得說些什麼，那就說些什麼好了……」

他一邊說一邊轉向晝川：「兒子啊，在你小的時候，總是埋怨我對你寫的東西指手畫腳，說我不理解你；長大之後，只要討論到寫作相關的事，我們一定會吵得不可開交……」

晝顧宣：「現在想來，你一直在你的文學道路上一步一腳印，走得非常堅定，相比之下，也許我這個做父親的，似乎更應該檢討一下自己。文學的創作也許沒有所謂的『正確』與『錯誤』，能被堅持走下去的，就是所謂的『正確之路』。」

初禮看見晝川握著麥克風的手稍稍收緊。

晝顧宣停頓了下，然後抬起手，厚實的大掌拍了拍兒子的肩膀：「很抱歉曾經毫不猶豫地否定過你的第一本書，你在網上重新將它拿出來、公布於眾的事我也知道了，文章我重新看了下，忽略掉糟糕又青澀稚嫩的文筆不談……」

晝川：「……」

晝顧宣：「其實還是挺好看的。」

晝川想了想，把麥克風拿到嘴邊：「《命犯桃花與劍》描述了一個十六歲少年眼中所嚮往的愛情，年過四旬、看盡滄桑的老年人看著覺得青澀稚嫩也在所難免，別勉強啊。」

晝顧宣瞥了他一眼：「……據我所知，你女朋友好像不是文裡女主那種類型啊。」

晝川：「……」

晝顧宣：「看你臉上的表情，她今天來了嗎？」

「來了，」晝川一臉想要翻白眼的模樣，「就算不來也會看直播的。」

晝顧宣：「那恭喜你在獲得花枝獎的同時還因為口不擇言恢復了黃金單身？」

晝川：「……」

空氣一時間有片刻的凝固。

父子倆在臺上互懟。

晝夫人在下面拚命擦屁股，負責安撫家屬：「這個老頭子，真的不會說話……回去我教訓他，初禮妳不要在意的哦，我很確認我兒子非常喜歡妳，看著妳的眼裡都有光的。」

初禮：「……呃。」

她知道。

她和《命犯桃花與劍》的女主……性格可以說是完全的反義詞了。

初禮揮揮手：「沒事，這件事恰巧證明了，直男的幻想總是很豐滿，而現實總是很骨感。」

晝夫人：「看來我兒子還沒有恢復單身。」

初禮抽了抽唇角：「暫時沒有。」

並在心中默默補充：看他表現。

然後下一秒，晝川就真的表現了——

晝顧宣留在臺上，做為新文學與傳統文學「破冰」代表人物發表正式的發言；而拿過獎杯的晝川走下臺後，並沒有回到自己的位置，而是徑直走向後排的嘉賓席。

幾乎所有的攝影機都在拍臺上講話的晝顧宣，只有一臺在拍晝川，於是也只有那一臺攝影機拍到了晝川拉扯著領帶快步走向後排，將西裝外套、獎杯一起遞給一個年輕姑娘的一幕。

後臺導播看見了，意識到自己拍到一個大新聞，立刻把畫面切過去。

於是現場的觀眾朋友們、全國看直播的觀眾朋友們，就猝不及防地看見這麼一幕：身著白襯衫、捲起袖子的男人彎下腰，似十分親暱地將手中的西裝外套和獎杯一股腦地塞到一個年輕小姑娘手中，然後湊到她臉旁邊，似乎是親吻了她一下。

黑暗之中，誰也沒看清楚，晝川到底做了什麼。

但是這不妨礙現場氣氛的沸騰。

也不妨礙看直播的觀眾的爆炸。

發表談話的晝顧宣回過頭，一臉懵逼地看著身後的大螢幕。

當初禮發現自己的大臉出現在大螢幕上時一下子沒反應過來，而背對大螢幕、對眼下發生的一切都渾然不覺的男人一隻手撐在她的椅子扶手上，彎下腰湊近她——

「幫我拿下，我要噓噓，好憋。」

初禮眨眨眼，然後立刻反應過來發生了什麼事。她在椅子底下踢了晝川一腳，晝川挑起眉還有臉問她「幹麼」，初禮恨不得一腳把他踢回頒獎臺上。她挑起下巴，指了指晝川身後。

晝川一臉茫然地轉過頭，看了眼螢幕上自己同樣懵逼的臉，先是愣了愣，隨後笑了。他直起腰，大大方方地跟攝影機的方向揮揮手，那五根會劈哩啪啦打字、寫故事的修長指尖搖晃了下，不知道這一晃又晃走多少少女的心。

初禮又在椅子下踢了晝川一腳。

畫川一愣，收回目光看她一眼，然後就抬腳匆匆離開，去洗手間了。

此時攝影機已經挪走鏡頭，重新對準了臺上演講的畫顧宣，然而為時已晚——

網路上、初禮的手機上都已經炸開了鍋。

第一波來自同事與朋友——

阿象：…………@猴子請來的水軍。我在電視上看見妳了，我眼花？

新人A團圓：天啊啊啊老大啊啊啊啊啊啊畫川大大這是親妳了嗎？

新人B阿先：要叫畫川老師！老大妳上電視了？

新人C德德：所以，畫川老師和老大是這種關係0.0厲害了！我暗戀索恆老師很多年了，你們覺得——

阿象：@新人C德德。不可能的，你可以先問問前任主編答應不答應……

以及——

蔥花味浪味仙：？

蔥花味浪味仙：妳和畫川!?

第二波來自家長——

初家娘娘：我在電視上看見妳了。

初家娘娘：和一個年輕英俊的男人舉止親密。

初家娘娘：畫川耶，真的假的!?

初家娘娘：可以啊妳——妳也該在妳爸面前揚眉吐氣了，天天說妳當編輯有什麼前途，我看挺有前途的，去學校教書就嫁個窮酸書生有啥意思……畫川耶，那就不一樣了，文狀元！

初家娘娘：雖然並不明白晝川這樣的怎麼還能看上妳，不過妳今年帶他回來過個年啊？

初禮扣下手機，深呼吸一口氣，想告訴全世界她沒有跟晝川「舉止親密」，晝川也沒有親她。

他就是湊過來告訴她，他腎虛、尿急，僅此而已。

然而此時網上鋪天蓋地都在猜她是哪位神仙，似乎已經有業內的人跳出來揭露了她的身分。晝川的粉絲一半人表示「這人功勞巨大一波帶走晝川應該的」；另外一半表示「臥槽近水樓臺先得月還要臉不要臉」……

初禮表示：「……」

這種歪打正著、百口莫辯的感覺。

最鬱悶的是，為了那個破爛「溫潤如玉公子川」的形象，她還必須乖乖閉上嘴，不能告訴大家——你們的大大在頒獎現場一路跑下來，直奔我的原因不是因為他和我有不可描述的關係，而是因為他急著去尿尿，得找個人替他捧一下獎杯。

她很冤枉。

而此時，這話初禮只能憋著，就算看著《月光》雜誌官方微博被晝川的讀者爆破，她能做到的事也只是坐在這裡，用手摳晝川的獎杯，摳啊摳，「晝川」的「川」字就被她摳掉一撇，變成了「晝11」，初禮手一頓，微微瞇起眼，舉起獎杯看了眼——

晝二。

呃。

合適。

過了一會兒，晝川回來了，第一件事就是要用他散發著洗手乳香味的手抱回自己的獎杯，初禮不讓，死死抱著獎杯不撒手：「來之前你不是這麼說的，一副得不到獎杯也無所謂的模樣。」

「那現在得獎了，」晝川翻著眼睛，「我還把獎杯摔我老爸臉上啊？」

話一落，手就被他媽打了一下。

晝川「嘶」了聲縮回手，瞪了眼初禮，伸手把自己的外套拿回來穿好，抖了抖外套，風流倜儻地往前排嘉賓席走去，還真的慷慨留下了他的獎杯讓初禮寶貝似地抱著。

初禮伸長脖子看他在位置上坐穩，鬼鬼祟祟地掏出手機對準獎杯上的「晝二」喀嚓照了張，發給晝川——

猴子請來的水軍：名字都印錯了，少了一撇。

她看見晝川掏出手機看了眼，隨後立刻回頭看過來，兩人隔著幾排人遙遙相望。

戲子老師：我放妳個屁，是不是妳手賤摳了!?

戲子老師：妳已經是一具屍體了。

猴子請來的水軍：……這品質不好，不能怪我，我自掏腰包去淘寶替你搞個純金的。

戲子老師：搞個屁，今晚一定弄死妳，說到做到。

猴子請來的水軍：……

臺上，晝顧宣還在發表他對兒子的美好祝願，殊不知這會兒被他祝福「在正確的、擁有正能量的文學道路上越走越遠」的兒子，正一本正經地面癱著臉，跟自己的編輯開黃腔。

伴隨著晝川強行拉著初禮「下水」壯舉，三年一度的花枝獎頒獎典禮就這麼轟轟烈烈地結束了。

有多少作者一夜之間身價翻倍，就有多少作者一夜之間老了十歲。而作為花枝獎歷史上最年輕的獲獎作者，晝川一不小心就真的成了「傳統文學」與「網路文學」的破冰人，理所當然一時間風頭無二。

再加上頒獎典禮那天是他第一次在大眾面前亮相，帶著那張在人們看來吳彥祖和張震都得繞道走的臉，「晝川」的名字占據了各大網站頭條、微博頭條好一會兒。

真正地算搞了個大新聞。

相比之下，江與誠之前官宣一波「微博第一紅文」還真有點不夠看，晝川算是替自己找回了場子，狠狠地打了一次反擊戰。

兄弟倆的世紀之戰剛拉開帷幕，第一回合，晝川勝。

而做為「戰利品」，花枝獎的獎杯被晝川擺在玄關最顯眼的地方，並不理會這玩意和初禮養的那些多肉植物到底搭配不搭配。

對此，初禮每天進進出出，看膩這玩意之後都覺得有點礙眼，於是找晝川商量——

「往裡面填點兒土，我們可以種顆檸檬。」

「妳敢。」

「小番茄也行。」

「種核桃吧，等結果子砸了給妳補補腦，別總像個傻子似的。」

「……獲獎者，晝二，《洛河神書》。」

初禮端著獎杯認認真真地唸，唸完就被沙發上暴起的男人一把搶過獎杯擺回礙眼的位置，她本人則被拉到沙發上，被摁著狠狠揍了一頓。

脫褲子的那種揍。

啪啪作響。

晝川獲獎之後，作者等級提高到一個新的層次，晝川本人沒有多少感覺，但是其他作者提起他的時候，都是滿臉的崇拜。

比如初禮，就是最直接面對這一切的人，就好像晝川拿了個花枝獎，她手下的作者一夜之間全都瘋了。

比如智障阿鬼——

在你身後的鬼：啊啊啊啊啊啊啊怎麼辦！晝川大大和我說話了！

在你身後的鬼：我還沒敢回覆…………………兩天沒敢和晝川說話了，感覺他的一個句號都價值千金，跟我每廢話多一秒，對於文學界都是一種莫大的損失。

在你身後的鬼：剛才他居然問我「今晚吃啥」——啊！看啊！就是這四個字！獲得了花枝獎的「今晚吃啥」，反映了對現代社會「朱門酒肉臭，路有凍死骨」現象的吶喊，對黑暗階級現象的遲疑、痛苦與掙扎！

猴子請來的水軍：不，他問妳只是因為前一秒我們兩個為今晚吃飯還是吃麵爭得快要用惡毒的語言攻擊對方而已。

猴子請來的水軍：……我上哪撿來了妳這麼個睿智（弱智）？

在你身後的鬼：晝川大大想吃啥就吃啥。

猴子請來的水軍：節操呢，妳不是我的朋友嗎？

在你身後的鬼：我也是晝川大大的盆友，還是他的走狗，汪！

猴子請來的水軍：……

猴子請來的水軍：妳還想不想開妳那個擠滿廁所旁邊小巷子的簽售了？

在你身後的鬼：想。

在你身後的鬼：不行，我也要進步一波，不可以原地踏步了！聽說元月社還有日本出版的途徑，妳能不能幫我紅到日本去啊？想看那麼多的人在下面揮舞著螢光棒，像是呼喚晝川大大的名字一樣，呼喚著我：喔膩薩瑪！（註1）

註1　日語「鬼大人」的發音。

猴子請來的水軍：……………喔膩薩瑪，求妳就假裝自己沒有聽說過這件事，日本那是啥地方，聽過日式輕小說嗎？妳想把二次元的東西賣去日本就是在作夢——本社上一次國內輸出日本的漫畫，在日本只賣了二百本，那之後本社老闆再也沒提過「出口日本」四個字。

在你身後的鬼：萬一航海題材能開闢新天地呢？日本還沒有很紅的航海題材吧？

猴子請來的水軍：妳聽過一本漫畫的名字叫《航海王》不？

在你身後的鬼……………………………是哈。

猴子請來的水軍：被畫川激勵得想要進步可以，咱們能別像是無頭蒼蠅一樣滿屋子上竄下跳不？腳踏實地一點兒，想辦好妳那個擠滿廁所旁邊小巷子的簽售，前提是妳得完稿：比如，這個月的稿子交了嗎？

在你身後的鬼：呃，這就去，為了寶寶擠滿大街小巷的簽售。

猴子請來的水軍：是廁所旁的小巷，我去垃圾場裡替妳撿張桌子，妳就趴上面簽售。

還有索恆——

索恆：畫川老師好厲害呀，長得又高又帥，寫文也好，真羨慕這樣的人。

猴子請來的水軍：怎麼連妳都……看看妳微博粉絲，開《遮天》以來五個月狂飆十幾萬，妳只要好好洗頭妳也是大長腿、白富美，乖。

索恆：……討厭，我今天才洗頭。

索恆：老師獲獎的時候在想什麼啊，我都忍不住腦補這件事，站在那個臺上的時候，肯定很驕傲吧？

猴子請來的水軍：那個時候，他想的大概是：想尿尿。

索恆：……

猴子請來的水軍：不是我亂講，當時領完獎他就去廁所了，這是有證據的……礙於他的面子我不能往外說而已。

索恆：那妳現在說了。

猴子請來的水軍：因為他今晚非鬧著要吃炸醬麵，老子下了班累成狗還要回去替他桿麵，想把他的臉壓在麵板上用桿麵棍猛搥是真的。

索恆：……

以上。

其他的小透明作者自然不用說，在他們眼裡，晝川是神，而初禮就是那個站在神身後、當神出場的時候負責吹喇叭撒花瓣的小仙女……所以這一個月，每個作者交稿的速度都非常快，而且平均字數比上個月多了二到五千字不等。

然後，人們提到初禮，也不再是「元月社那個《月光》雜誌主編」，而是「晝川的那個編輯」。初禮認為主要原因還是因為她去了頒獎現場，然後晝川強行曝光了她一波——

現在全世界都知道他們的關係。

隨便一深挖，就有人挖到，當初在晝川被黑代筆事件後沉默是金、默默出手、如今把小鳥和老苗搞到要多慘有多慘、幾乎要被業內全體拉入黑名單的背後始作俑者，也是初禮。

於是，全世界也就順理成章地將初禮看作是晝川的個人編輯；當然了，也有人對此關係非常不屑一顧，認為編輯怎麼能靠自己的美色和作者搞在一起。

對此初禮非常不介意，甚至在聽聞這種說法的時候，脣角都忍不住要上揚至耳根：「美色？我？」

不知道懷揣著什麼心思、在中間傳這種陰陽話的人被她跑題跑到脣角抽搐，尷尬得只能點頭笑著附和「是啊是啊」……

月底的時候，針對這件事，晝川還接受了一個採訪。

初禮記得很清楚，那一天是週末。

在晝川打開筆電上ＹＹ語音接受採訪時，她就躺在他的腿上看《消失的天帝少女》今日更新，正牙癢癢著這麼好看的書怎麼他媽的就被顧白芷簽走了的時候，突然聽見ＹＹ裡，負責採訪的萌妹子來了句——

「老師，最近關於老師的編輯的事也是讀者們普遍討論的熱門話題！根據一位您十年的腦殘粉粉絲提問，據她所知，在過去的很長一段時間裡，您都沒有固定的合作對象，也沒有明確的『個人責編』……

「在當今的大環境裡，也有許多的作者認為，編輯已經成為一種與出版社合作的窗口、負責校對和圖書發售的角色；而對於作者而言，誰做都一樣，編輯是誰並沒有任何區別。

「——而您也是贊同這種觀點的，對此，您怎麼看呢？」

萌妹子的聲音落下。

初禮刷微博的手一停。

她掀起眼皮，看了眼抱著筆電、盤腿坐著的男人；此時此刻後者也正垂著眼看她，兩人對視上的一瞬間，空氣有些凝固。

初禮：「……」

這位十年腦殘粉同學，你他媽真會問問題，FF團團長（註2）是吧，哪壺不開，專提哪壺。

清了清嗓子，為了避免採訪結束她和晝川都回歸單身，她扔開手機從晝川腿上爬起來，用口形對他說「我去上廁所，你繼續」，然後雙腿落在沙發下，穿好拖鞋正想站起來——

手腕忽地被晝川一把扣住，那溫暖乾燥的大手以強勢的力道，將她重新帶倒在沙發上。

大手摁住她的額頭，將她的腦袋強行摁回自己的大腿上。

初禮抬起頭懵逼地看著男人，後者臉上一派平靜，沒有任何表情。

「我曾經的看法，與很多作者相同，在如今網路文學當道的時代，無論是實體

註2　出自動畫《笨蛋，測驗，召喚獸》。其中有個F班，談戀愛的人都會被班上男同學當作異端進行審問，審問時所有人都戴著寫有F的頭套，所以被稱為FF團。

書編輯還是網站編輯，能夠針對作品做的並不多，甚至是有些畫蛇添足……就像我一位有在文學網站上連載的作者朋友說過的，他的編輯只會指揮他，要他寫當紅題材、加入吸引人注意力的賣點。

「當他交上去A大綱想要得到一些寫作意見時，編輯卻告訴他，不能賣啊，你寫B題材好了……他說當時他其實哭了，是真正的坐在電腦前面哭了起來。他說他很後悔把大綱給編輯看、問他意見，因為突然覺得自己想寫的東西都不能寫了。」

晝川的聲音緩緩響起——

「這位朋友的經歷也是很多作者所經歷的——事實上，在我看來，那位編輯做的事也沒錯，他只是努力想讓作者擁有一篇成績不錯的文章而已……這在資訊化快速、文學創作速食化的時代，是一個正常而正確的選擇——只是，這樣的出發點，無意間讓作者與編輯離得更遠。」

晝川的話語暫時停下。

初禮眨眨眼，心有些沉甸甸的。這些話她倒是聽晝川說過，很久以前，在她一臉天真地問他，憑什麼認為自己不需要編輯的時候，他就是這麼回答的。

初禮動了動，掙扎著想走開。

然而晝川壓在她腦門上的大手卻無形地加大力道，甚至還伸手掐了把她的臉，警告味十足：別亂動。

初禮：「……」

晝川：「於是越來越多的作者認為：啊，我不需要責編了，自己寫算了。他們也逐漸遺忘了，在最開始的開始，編輯其實也是一本書背後的靈魂。一本書的形成、構成、用詞和內容，裡面當然充斥著作者的影子，但是同時，裡面也會有這本書的責編的意志……在很早以前，編輯就是作為這樣的靈魂默默存在的。」

初禮不動了，她伸手，無尾熊似地抱住晝川結實的手臂。

而晝川的聲音還在繼續——

「但是曾經遺忘的東西，不代表某一天在遇見正確的人時不會突然被想起……很多人覺得我從一開始寫文時，就一直非常順利，根本不需要別人的輔助。而曾經的我，甚至也是這麼認為的。」

晝川停頓了下。

「直到某一天，我發現當自己被人汙衊代筆時，甚至不敢拿出自己真正的處女作，站出來為自己證明清白……那個時候我才知道，原來我並沒有自己想像中那樣完美，我的寫作生涯裡，也充滿了遺憾。」

初禮將自己的手指塞進男人的掌心裡。

「大家可能發現了，《命犯桃花與劍》裡，男主角始終身著玄色衣衫，而在我之後的作品裡，白衣男主幾乎成為了標誌性的存在——這其實不是什麼個人惡趣味，只是一種下意識的自我逃避而已。

「因為曾經被父親否定過，所以我以同樣否定的方式逃避了很多東西，我否定傳統文學，否定自己的不足，這讓我看上去離經叛道——但是有句話說得好，過分的自信，其實只是自卑的表現。

「直到在花枝獎頒獎的那一天，我聽見我的父親對我說，『你的書我看了，其實還是挺好看的』的時候，我……很難說清楚那時候的想法。」

晝川低低地笑了起來。

而初禮，順著他的胳膊爬起來，毛茸茸的腦袋拱進他的懷裡，沉默著抱住他的腰。

她的頭貼在晝川的胸膛，能感覺到他笑的時候胸腔震動。

還有說話的聲音，近在咫尺。

「我很感激，是她讓我把《洛河神書》送去參賽，然後我似乎是得到了比花枝獎本身更期待的東西……從十六歲，站在家裡的書房，向著父親遞出手寫稿的那一刻開始，我等待著這樣東西等待了整整十三年。」

男人伸手摸了摸懷中依偎著的小姑娘的腦袋。

「如果你們非要問我，這是怎麼回事，那我也只能驕傲地告訴你們——是的，我晝川終於擁有一個責編，這沒什麼不好，我為之，歡欣鼓舞。」

在初禮被晝川的發言感動成一條狗，心甘情願替晝川做了三頓麵條後，晝川的採訪被放出去了。

採訪內容也算是一石激起千層浪，吃瓜群眾圍觀之後，紛紛表示採訪內容好像有點跑題——

「做個採訪就好好回答問題，一言不合餵狗糧，我們這些單身狗不要面子的啊？」

「最怕男友有文化，採訪回答問題都像結婚誓詞……那你們結婚的時候準備說啥啊，我都替你們操碎了心。」

「編輯和作者？還可以有這種發展……厲害了，江與誠大大好像還沒有嫁吧，我高三，今年九月去讀中文系還來得及不，急，線上等！」

「我怎麼就這麼羨慕呢？」

「意思是從此以後晝川的書都被元月社包圓了？我聽說元月社這兩年下滑得厲害啊，能供得起這麼大尊神嗎？」

「元月社下滑，別的出版社也在走下坡路啊，都五五開吧，現在還有幾個人願意買實體書，《洛河神書》能賣成那樣已經很厲害了，前段時間還有人嘲諷銷量才是最搞笑的……」

「《黃泉客棧》不是簽給新盾了嘛，那時候還沒在一起嗎？」

「樓上一說我倒是反應過來了，《黃泉客棧》也沒簽走多久啊，如果那時候兩人沒在一起也該是曖昧期了，晝川大大就這麼把妹的？把自己的作品給妹子的競爭對手？」

「新盾有個編輯也很厲害啊，江與誠現在的責編……最近微博首頁不是晝川就是江與誠，你以為是誰在背後推波助瀾？」

「『哇，江與誠和晝川，新盾社和元月社，江與誠的責編和晝川的責編——這他媽簡直是出版界世紀之戰啊』！」蹺著二郎腿，初禮拿著手機唸微博評論給晝川聽，唸完了用指尖推推他，「連你那些讀者都反應過來這是世紀之戰了，為什麼你還像個沒事的人一樣？」

手指被男人的大手一把握住，順勢抓緊、收進掌心裡就沒放開。

此時晝川膝蓋上正放著一本赫爾曼早年的書，這會兒他心不在焉地翻著，整個人呈現一條大寫的鹹魚狀：「第一回合剛贏過，總要讓人休息休息。」

初禮看著他這副走神的模樣就來氣，從今天早上開始他就一直是這德行——

怎麼，被讀者知道「編輯等於媳婦」並遭到調侃之後不高興了？後悔了？

那你倒是閉上狗嘴啥也別說啊。

思及此，初禮頓時沒好氣道：「生時何必貪睡，死後自會長眠。」

初禮伸手一把摁住晝川在看的書，聽見他「嘶」了聲挑眉抬頭看她，在他來得及發火之前，她湊過去親了下他的鼻尖，給一顆糖，然後開始講道理：「你不能總是等著江與誠出手你才接招，這一次有花枝獎替你狠狠刷了次存在感，下一次怎麼辦——等下一次江與誠扔出一個什麼百萬首印合同，你上哪找第二個花枝獎搞個大新聞？」

「大新聞？」

「對，大新聞。」

「……」

晝川定定地看著初禮，初禮目光堅定地回視他。

晝川想了想，「啪」地合上膝蓋上的書，將初禮抱起來放自己的大腿上坐穩，拍拍她的背，懶洋洋道：「根據現在網上我讀者、粉絲們關注的話題，妳說的大新聞，我好像還真有一個。」

初禮信以為真，一下子忘記了晝川一般這麼說話就意味著接下來肯定狗嘴裡吐不出象牙。這會兒她轉過頭看著晝川，瞪大了眼，一臉天真道：「真的嗎？真的嗎？是什麼？是什麼？」

晝川面無表情：「『著名作家與其責編喜結良緣，將擇於近日完婚』。」

初禮：「……」

晝川：「大新聞。」

初禮：「……」

晝川：「夠大不？」

初禮：「『著名作家與其責編』？」

晝川：「我和妳。」

初禮：「你這是在幹麼？」

晝川：「求婚。」

初禮深呼吸一口氣，看著這張近在咫尺的俊臉，推開他站起來，連連後退三步，「趁著我還沒揍你，你趕緊把話收回去——沒有鮮花、沒有戒指，也沒有寫著我名字的房契，你他媽就求婚了，你這和人口販子有什麼區別？我也是有少女心的！」

初禮因為過於震驚晝川的無恥，嗓門有點大。

驚醒了熟睡中的二狗，從狗窩裡探了個腦袋出來看倆主子在鬧什麼。

牠的男主子在努力環顧屋內一圈後，一眼就相中牠毛茸茸的大腦袋，於是稍稍坐直身體，指了指牠，一臉認真：「這條狗送妳，嫁給我吧。」

初禮：「……」

初禮回頭看了眼二狗，四眼懵逼對視之後，初禮脫下拖鞋砸向晝川。

晝川順手接招，穩穩接過她的拖鞋：「妳這人就是世俗，一把年紀了還學那些小姑娘——」

初禮：「我才二十三！你這頭吃嫩草的老牛！還強行催眠自己嘴巴裡嚼的嫩草和你一樣老！」

晝川聞言一愣：「妳真的才二十三啊？」

隔著一張茶几，初禮掏了掏口袋，掏出錢包，再從錢包裡抽出身分證，小李飛刀似地將身分證射過去，晝川空手接白刃狀地接過身分證，翻過來一看，「嘖」了聲。

「讓你看出生年月，」初禮的臉微微漲紅，「看什麼照片，眼珠子從我貌美如花的證件照上拿開！」

晝川扣下初禮的身分證：「我也知道突然提起這件事是有點倉促……」

初禮響亮地冷笑：「『有點』？」

「這不是逼於無奈嗎？時間有點迫在眉睫。」晝川站起來，繞過茶几，在經過初禮的時候順手用胳膊肘一把攬住她的脖子，以幾乎要將她勒死的力道強行將她半拖半抱地帶向自己的房間，到房門口時停了下來，一拍房門旁的牆壁，「妳看！」

初禮在晝川的手臂下艱難抬頭，看了眼，發現晝川大手下面是一副掛曆。

十月二十三日。

不是誰的生日，不是什麼在一起的一週年紀念日，最近的節日是重陽節。

幹啥？

初禮眨眨眼：「什麼鬼？」

晝川放開她，用手戳戳她的腦袋：「妳腦子裡天天都在惦記什麼？看看今天都二十三號了，妳難道不覺得哪裡不太對嗎？」

「哪裡不太對？」初禮持續一臉茫然。

晝川放開她：「妳親戚每個月二十二號就該準時找妳報到了，這個月有嗎？早上我還翻了下廁所的垃圾桶，乾乾淨淨的什麼都沒有……上次做得急，沒來得及用套，妳都沒有一點兒想法嗎？我有，你懷孕了，我們結婚。」

初禮：「……」

新鮮了。

這世界上有個男人記她的生理期記得比她自己還清楚，還翻日曆。

初禮想了想，好像是到了該來的日子還沒來，但是吧，這也不能說明什麼啊，推後延遲一個星期不都挺正常的嗎？差一天就算是中招了，巴啦啦小魔仙變魔法啊，那麼神奇？

初禮一下子沒說話，滿心的吐槽欲，等她看著晝川的時候，意外地發現晝川滿臉嚴肅，一點兒不像是開玩笑的模樣。

突然想到，他沒事幹麼關心她的生理期……

難道是自從那次「意外」之後，他就一直惦記這事？

她一不小心又腦補早上他鬼鬼祟祟彎腰翻垃圾桶、啥也沒翻著的模樣。

怪不得他今天一直心不在焉的，看她的眼神也讓人覺得毛毛的，還以為他是在惋惜失去的粉絲，原來是在琢磨這件事？

這傻子……

已經默不作聲地以為她懷孕整整一天了？

在她毫不知情的情況下——

他已經腦補了一個新世界，耿直且坦然地為這個世界擺好了姿勢、做好了準備。

想要嘲笑的話滾至舌尖，最終一個字沒說出口。初禮的心裡像是打翻了調味料似地五味雜陳，有點想哭又有點想笑，有點生氣其實又有點感動。

她無語地看著臉上寫著「妳只能嫁我了」的男人：「生理期延遲和提前都挺正常的，做《洛河神書》的時候，我還直接往後推延了一個月。」

晝川：「……」

初禮踮起腳，摸摸他的耳朵：「別緊張，你還不一定當爹了……少看點狗血韓劇，多讀書，多看報。」

初禮說完，一臉感慨地轉身重新跳回沙發。跟在她身後的晝川看著她粗魯的動作「嘶」了一聲，看上去拚命忍了又忍才沒開口罵人。

等了一會兒，初禮感覺到晝川靠著她坐下，又一把把她撈進懷裡，摸了摸她平坦的小腹：「……真沒有啊？」

初禮抬頭看他：「你那麼想知道也可以用驗孕棒試試。」

晝川：「我連女兒上哪所幼稚園都想好了，早上出門倒垃圾的時候跟社區的大媽要了招生處的聯絡電話。」

初禮想吐槽都不知從哪說起，只能糾正，「……我覺得兒子比較好，虎頭虎腦，揍了也不心疼。」

晝川：「女兒。」

初禮：「兒子。」

晝川：「女兒。」

初禮：「咱們家有你一個小公主就夠了，放過我，成嗎？」

晝川想了想，勉為其難地說：「好吧。」

最後這件事不了了之，在初禮拿著菜刀的威脅下，晝川終於將求婚的事吞回肚子裡，雖然晚飯的時候他還是心有不甘地問：「在妳的觀念裡，具有少女心的求婚長什麼樣？」

「百鳥朝凰、百花齊放，仙女揮舞螢光棒，美人魚在歌唱——你問我，說出來你照辦的事，還能叫什麼少女心？」

「……」

晝川鬱悶地低下頭扒飯。

晚飯過後，晝川洗碗，初禮坐在沙發上剝柳丁，和二狗你一口我一口分享得正歡快，這時候元月社那邊來了電話，火燒屁股似地十萬火急，告訴初禮——

根據小道消息，赫爾曼明年將會啟動新的影視項目，屆時他將擇日來華，選擇一名最有誠意合作的作家進行合作。

初禮一聽，「咕嚕」一聲吞下柳丁時差點把自己噎死，憋得臉紅脖子粗的，眼淚狂飆，拖鞋都來不及穿就跑到廚房拍打晝川的背。

晝川一回頭，看到她這種天氣居然赤腳站在廚房地板上，直接用手肘架起她放到自己的腳上，甩甩手上的泡沫：「幹什麼妳？」

「元月社來了消息，赫爾曼先生明年就會啟動影視項目，並且來中國選最有誠意的作家進行合作——」

「就這個？」晝川洗乾淨手，伸手擦掉初禮脣邊的柳丁果肉，再順勢伸出舌尖舔掉，「明年還早呢，這才十一月沒到……」

「真等到明年，黃花菜都涼了。」初禮捉住晝川的手腕，「顧白芷也不會容忍自己什麼也不做，坐以待斃等到明年的。我剛才跟元月社請了假，過兩天我們就出發，去土耳其，親自拜訪赫爾曼先生——他不是尋找有誠意的合作者嗎？把自己打包，繫上蝴蝶結送到他面前，這就是你展現誠意的第一步！」

晝川：「走得有點著急不，我還沒存稿。」

初禮：「今晚開始存，你去那邊打也一樣，帶著電腦，在哪不能打字？」

晝川帶著踩在他腳上的傢伙，兩人連體嬰似地一步步往外挪：「G市到伊斯坦堡多久的飛機啊，妳禁得住不？萬一懷孕了怎麼辦啊？那不是遭罪嗎……」

他話語剛落就被初禮一把揪住耳朵：「你還在惦記這個？肚子裡多了個東西你清楚還是我清楚？」

晝川：「到底是誰沒讀過書，這才幾個月，妳肚子裡的東西能不能有黃豆大……」

那邊初禮已經從他腳上跳下來，縮沙發上查飛機票去了。

晝川站在她旁邊伸腦袋看了眼，評價：「說風就是雨。」

「等江與誠那邊的風吹好了、雨下大了，」初禮頭也不抬地說，「你哭都來不及，戲子老師，世紀之戰第二回合，開戰了。」

初禮查完機票，十月底、十一月初這時候也不算是土耳其的旅遊旺季，機票錢還在合理範圍內，於是當著晝川的面打了個電話給梁衝浪——請假，去土耳其找赫爾曼，讓他看到什麼叫「有誠意」。

初禮一邊講電話一邊用晝川的筆記型電腦看遊記，看來看去，最後得出了要請假十五天左右的結論。

梁衝浪一聽，這他媽傻子也知道是一邊幹正事一邊賊心不死地想順便公費旅遊啊，原本還想嘰歪兩句，結果還沒來得及開口，就被初禮一句「也不知道來不來得及，顧白芷說不定都已經到呼和浩特轉機了」堵回去。

梁衝浪這個鐵公雞流著淚，不得不答應初禮帶薪「出差」的要求，還包了兩國來回的機票。

講完事，初禮心滿意足地放下電話，抬頭看著晝川——有尾巴的話，這會兒大概尾巴都晃出了影子，一臉邀功表情。

晝川：「……不想去。」

對於晝川這樣的阿宅來說，世界上最好玩的地方就是家裡的床上，但凡偶爾出去旅遊，也都是像上次和江與誠去溫泉療養會館的老年人養生之旅——活動範圍不超過飯店直徑一公里的那種。

他接過電腦，看了下初禮查出來的遊記，又是飛機又是坐車，居然還有過夜大巴，臉色頓時有點綠。

他的第一反應就是：赫爾曼愛選誰選誰，老子不想去。

初禮一看他的表情就知道他在想什麼：「不想去也得去……老師，你這樣讓人很擔憂啊，作為一個剛求過婚的男人，難道以後真的嫁給你，新婚旅行就是牽著二狗走到社區門口散步一圈買個西瓜嗎？」

晝川想了想，問，「整個結婚的重點難道不是『妳嫁給我』這件事？至於在哪嫁的、嫁完去哪、怎麼嫁的……是重點嗎？」

初禮抬起手捂住耳朵：「耳朵都要被你的直男癌發言辣聾了。」

晝川心裡想的是：結婚真麻煩啊，怪不得老子黃金單身至今，原來是冥冥之中自有天意。

在這麼琢磨的同時，他堅定了這輩子只要娶一個姑娘，從一而終、至死方休的信念。

從目前來看，結婚真的是一件麻煩到要人半條命的事，這輩子做一次就夠了……話說回來，如果不是因為眼前這個人，大概連一次都不想做。

思及此，晝川愣了愣，得到了一個簡單粗暴的總結。他拉下初禮捂著耳朵的手，握著她的手感慨：「香蕉人，我真的可以說是非常喜歡妳了。」

初禮：「什麼？」

在初禮一臉懵逼、完全沒反應過來他這感慨是哪來的，晝川被自己感動成了狗。

第二章

從決定了親自前往土耳其拜訪赫爾曼的那一刻，初禮就行動了起來。

天一亮，初禮就帶著自己和晝川的各種資料找旅行社代辦簽證。

然後她回到元月社編輯部，替手下的新人們安排好工作——把索恆、阿鬼以及所有下個月需要交稿的作者QQ交給新人阿先。阿先是個姑娘，之前有過在報社工作的經歷，是新人裡最有經驗的一個。

最後，也是最重要的一步：恐嚇作者們，不要欺負新人，該交的稿子都好好交……她只是到國外出差，並不是死了，現在通訊科技那麼發達，小編輯告個狀，下一秒她的奪命狂呼就能到達戰場。

對此，阿鬼表示——

在你身後的鬼：為什麼妳和妳的藍盆友出去玩也不肯放過妳的單身狗作者們？

猴子請來的水軍：因為我還會回來，爸爸還是你們的爸爸。

在你身後的鬼：……

在初禮的施壓下，元月社也十分積極地開始聯繫赫爾曼的經紀人，對方對於元月社準備派出作家主動拜訪這件事有些驚訝，同時欣然接受，表示歡迎。

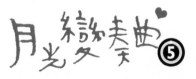

整件事就這麼定了下來。

代辦簽證用了半個月，轉眼就到了出發的日子。

前天晚上。

晝川還在進行最後的掙扎。

初禮在他身後走來走去收行李的時候，他還盤腿坐在沙發上劈哩啪啦地打字，打得歡快了，偶爾抬起頭看了眼坐在沙發不遠處正替他疊內褲塞進收納袋中的初禮，二狗搖尾巴趴在她身邊眼巴巴地瞧著。

這一幕看得晝川有些出神。

似乎感覺到男人的目光，後者頭也不抬地問：「晝川，你那條斑馬深藍色運動褲呢？」

「院子裡晒著……妳知道那條褲子多貴嗎？怎麼被妳說得像高中生校服似的？」

初禮不理他，站起來，走去陽臺，二狗跳下沙發跟在她屁股後面。

晝川劈哩啪啦打字的聲音稍微停下來，抬起頭看了眼狗腿子的二狗：「你就跟著她吧，明天她就不要你了。」

二狗吐著舌頭回頭看了晝川一眼，初禮拿著撐衣桿「啪啪」拍了拍地面：「小孩子面前別亂說話，懂不懂事啊你？」

晝川：「我說的是大實話。」

初禮捧著晝川的衣服走回客廳，發現晝川也沒在打字了，電腦放在膝蓋上，撐著下巴看著她走來走去地忙碌。

初禮疊好衣服塞進行李箱，回過頭對視上他的眼：「你很閒？」

「忙。」晝川懶洋洋道，「但是就是想抽空看看妳。」

初禮聞言微微一愣，瞪了他一眼，臉微微泛紅，碎碎唸道：「……別是個傻子吧。」

晝川瞅著她的臉：「以前都是自己收行李，所以特別煩出門旅遊——現在覺得如果可以蹺著二郎腿在這指揮人收拾一切，勉強出個門好像也可以接受。」

……就知道狗嘴裡吐不出象牙。初禮臉上的潮紅瞬間褪去，把晝川的內褲扔進行李箱裡：「你就缺個菲傭！」

晝川：「錯，我不會用充滿愛意的眼神看菲傭，看見我的眼睛了嗎？全是愛。」

初禮：「……媽的智障。」

當晚雞飛狗跳似地收完行李後，兩人早早就睡了——真的是上床就睡覺，而不是「天色尚早幹點兒啥」，初禮還特地回自己的房間睡。

她和晝川一人樓上、一人樓下，用微信互道晚安花了半個小時。

第二天早上。

初禮和晝川一起開車去機場，把狗兒子打包送去給晝川爹媽。籠子裡的二狗委屈屈的，長嘴巴摁在籠子上嗅來嗅去，初禮伸手摸摸二狗的鼻子，看了眼旁邊站著填表格的晝川：「我怎麼覺得我幹了件很壞的事？」

「沒錯，」在表格上龍飛鳳舞簽下自己名字的男人頭也不抬地說，「無論是送二狗坐飛機這件事，還是非要拉我去土耳其這件事……」

初禮：「……」

晝川：「妳這是在犯罪。」

初禮：「你把我抓起來好了。」

晝川扔了筆，把表格塞給工作人員，手肘勾著初禮的脖子把她拖走了。

走到一半，晝川突然又腎虛犯病想去廁所，無奈初禮拿著兩人的護照和行李先去辦登機證，大清早也趕上了一波「早高峰」，搭飛機的隊伍長得一眼望不到頭。

初禮站在隊伍的最後面，踮著腳看還有多少人，這時候就聽見距離自己最近的櫃檯，有個熟悉的低沉男聲響起。

「去伊斯坦堡。」

初禮先是一愣，第一反應是哪個小哥他們一樣去伊斯坦堡？

她轉過腦袋一看，就看見戴著鴨舌帽、一身跟晝川同款休閒服的高大男人站在櫃檯前，他一手拎著個紅色的行李箱掂量了下，對站在他面前的姑娘說：「妳箱子怎麼這麼沉？」

那姑娘沒化妝，戴了個口罩加帽子，偶像包袱重得以至於把自己包得像是恐怖分子。她斜睨了男人一眼，張口無情無義：「你們這種直男懂什麼啊？」

男人：「去幾天而已，妳他媽帶了多少東西？」

姑娘：「五雙鞋、三個包。」

男人聽著有點崩潰：「姊姊，我們一共才去幾天？」

姑娘：「算下來平均三天才換一雙鞋，五天才換一個包，很過分嗎？夠可憐了吧！」

初禮：「……」

十分鐘後。

晝川甩著手一臉輕鬆地從洗手間走出來，一抬頭就看見自家姑娘拖著兩個行李箱，一臉見了鬼似地往自己這邊飛奔而來。

晝川：「幹麼，撞鬼啊？」

一個小時後。

飛機上。

初禮拿著登機證，三十五排A座，晝川是三十五排B座。

到了地方，她拎著包往裡頭一坐，發現晝川站在走道上不動了。她伸手拉扯了下晝川，示意他有點公民素養，別像個門板似地擋在中間。此時晝川動了動，露出了隔壁鄰居兩位，初禮一看，就看見江與誠和他身邊的恐怖分子顧白芷。

顧白芷口罩外的眼睛笑得彎起來：「喲，巧了。」

初禮：「……」

晝川：「……」

江與誠：「……」

初禮覺得到目前為止，世界上再也找不到比眼下正在發生的事更操蛋、更尷尬了。

還好座位是六人座的，所以在兩邊走道還坐了兩名不明真相的路人甲，免去了很多不必要的尷尬寒暄和大眼瞪小眼。不過初禮發現，覺得尷尬的好像只有她一個人而已，顧白芷全程在用手機看韓劇，頭都沒抬過；晝川和江與誠兩人相談甚歡……

晝川：「你那個《消失的天帝少女》怎麼就微博連載轉發閱讀量第一了？我呢？」

江與誠：「我怎麼知道你，你自己不算怪我囉？」

晝川：「臉都不要了的。」

江與誠：「臉也不能換一口飽飯、披一件新衣……說到不要臉，你更加不要臉一些，全國直播的頒獎典禮上秀恩愛，怎麼，迫不及待宣示主權，生怕人搶了去啊？」

晝川：「我就是尿急，讓她替我拿下外套，你們非要覺得是秀恩愛——那我有什麼辦法？我們日常就是這樣了，我呼吸的空氣是你們這種單身狗鼻腔中的奢侈品。」

江與誠：「是，都是空氣。很多人說，情侶的第一次旅遊就是他們戀愛關係的終點……我很期待。」

晝川：「死心吧，我們已經同居那麼久，還能有什麼不合拍的？」

初禮：「……」

要說不合拍的，大概得從您老人家壓根連門都不想出開始說起……早上刷個牙都不情不願的，從未見過以「誤機」為最終目的而拖拖拉拉不願出門這般厚顏無恥之人。

初禮撐著下巴聽著晝川和江與誠兩位文壇大佬，你一句我一句小學生吵架似地從G市一路吵到烏魯木齊；然後在烏魯木齊機場等了三個小時轉機之後，初禮被晝川拋棄了。這倆大兄弟直接坐在一起，兩人同牌同款不同色的休閒服，四條大長腿一擺，直接成了飛機上一道亮麗的風景。

要嘛怎麼說男人GAY起來就沒有女人什麼事了呢——

而本來就是G市發出的一波聯程機票，座位本就挨在一起，又因為晝川和江與誠兩人非要黏糊在一起，所以轉機換乘之後，初禮看看自己手中的機票，理所當然要坐到顧白芷的旁邊。

顧白芷是個美人，可能是她臉上口罩的關係，看上去自帶殺氣，放了以前初禮可能都不敢跟她搭話，還好經過元月社快兩年的摧殘之後，至少在外人眼中，初禮也幾乎變成了和顧白芷差不多的人。

……所以，沒在怕的。

從烏魯木齊飛往伊斯坦堡的時候，初禮拚命替自己做心理建設，等真正在顧白芷旁邊坐下來的時候，她還是覺得屁股上好像長了刺。

飛機上的座位順序是，江與誠、晝川、初禮、顧白芷，正好中間四排座，四人一落坐，那飛機上的空調都低了幾度，完完全全的是敵人見面，分外眼紅的氛圍。

撇開江與誠和晝川不說，這還是初禮和顧白芷第一次正式見面。

都說一山不容二虎，現在兩隻老虎擠在狹窄的經濟艙內面面相覷，真的很尷尬。

「……想不到新盾社和元月社一樣摳門，」初禮主動開口，「出個差都不願意給個商務艙坐一下……妳看這兩位男士的腿，都快捲成大泡泡糖了。」

「就十幾個小時，能把他們的腿折了不？」顧白芷摘下口罩，「商務艙差價夠我買個包了，何必浪費那個錢……妳知道嗎？土耳其位於亞歐大陸交界處，所以屬於三不管地帶，奢侈品比任何地方都便宜，我行李箱一半都是空的，只帶了三個包出來。」

初禮第一次聽到以「能買幾個包」為貨幣計量的演算法，還有點懵逼；低下頭一看，發現顧白芷果然連腳上的高跟鞋都是可以頂她一個月工資的精品……

據她所知，其實新盾社總編的工資也不算太高。

此時，顧白芷彷彿是感覺到初禮古怪的目光，笑了下：「我追求高品質生活。」

初禮聞言有點佩服，忽然覺得自己只圍著晝川和他的狗轉，活得有點粗糙了。

然而還沒等她發話，隔壁座位的男士就有話說了——

晝川：「顧白芷，妳別教壞小姑娘。」

顧白芷：「我怎麼啦？」

晝川：「我家姑娘是一個淘寶二十塊含運費的帆布包都美滋滋用了一年的人。」

顧白芷：「你就眼睜睜看著她用帆布包用了一年啊？」

晝川：「怎麼啦？」

顧白芷：「你沒告訴她你家狗的項圈上都有個愛馬仕的小釦兒？還得意洋洋地跟

我們炫耀。」
晝川：「……」
初禮：「看來我連狗都不如。」
晝川：「……」
晝川不敢說話了，隔空指了指顧白芷的鼻尖，扔下一個「我下本書能簽給妳我才是狗」的涼颼颼眼神，轉過頭去看江與誠。
江與誠捨命救基友：「就妳住的那個狗窩，還高品質生活，妳可拉倒吧。今天早上到妳家樓下接妳的時候，我都不敢相信自己的狗眼……堂堂新盾社總編，就住那貧民窟般的地方，我親眼看著一個戴安全帽的大哥從妳隔壁走出來，準備開始一天辛勤的搬磚工作。」
顧白芷踢掉高跟鞋，換上空姐發的小包包裡的毛線襪子，頭也不抬道：「是很慘的，所以江與誠老師，你能把自己賣給赫爾曼，我就能搬出那個貧民窟了。」
初禮：「我以前也住貧民窟，直到我連貧民窟都住不起，晝川老師把我從街邊撿回家。」
晝川一聽立刻接話：「沒錯，這些年妳欠下的房租夠買一百個愛馬仕狗項圈了，我一分錢沒要——」
初禮轉頭看晝川，後者理直氣壯回視她：「我對妳好吧？」
初禮：「……是，所以我得把你的書賣給赫爾曼，算報恩。」
她這會兒輕描淡寫地提起赫爾曼，氣氛一下子又有些微妙。

顧白芷點點頭道：「嗯，你們果然也是為了赫爾曼下一本書的合作去的？我就知道，初禮，妳說妳，當初要是來新盾多好——現在咱們也不用為了赫爾曼的事那麼尷尬了……」

顧白芷話語剛落，旁邊的三張臉懵逼，明顯寫著：您哪看起來有一點兒尷尬了？

「妳說元月社有什麼好啊，真的，管理層思想老化得嚇人，還有幾個腦殘……呃，被妳懟走了一個小腦殘老苗，但是還剩下個大毒瘤啊，小氣又保守的，還看不起編輯——這是最搞笑的——明明是靠著編輯大人吃飯、混吃等死型的行銷部，偏偏還看不起編輯——新盾社雖然沒有比元月社富有一點兒，但是每個月還是能開給我五位數的……畢竟他們就清楚，沒有了我他們可怎麼活啊。」

顧白芷將口罩塞在前面的兜兜裡，「妳要來我也開五位數給妳，妳偏不願意，真的，真的不知道元月社有什麼好的，妳懷舊啊？喜歡古董？」

初禮：「……晝川老師跟我轉告妳想挖牆角的時候，完全沒提薪資的事。」

顧白芷有些驚訝地看著初禮：「那現在妳知道了，來不來——唉算了，妳混完年終獎金再說吧，現在走，平白無故便宜了梁衝浪那個摳門貨。」

初禮：「是這道理。」

女人打開話匣子，亙古不變的唯一經典套路——

就是找一個雙方都認識的人，然後，講他的壞話。

於是此時此刻，坐在辦公室裡看報表、摁電腦鍵盤的梁衝浪，在不知情的情況下為初禮和顧白芷的友情做出不可估量的奉獻。

兩人從《洛河神書》書展首賣那日的活動安排開始吐槽，一路吐槽到「緣何故」與「今何在」事件，在顧白芷笑得上氣不接下氣的節奏中，大家總算是挨過了最尷尬的時期。

夜幕降臨，機艙裡的燈熄滅了。

長達好幾個小時的飛機旅途枯燥乏味，顧白芷戴上耳機看劇去了，而晝川和江與誠兩個難兄難弟紛紛拿出自己的筆記型電腦，開始劈哩啪啦地打字。

初禮迷迷糊糊地靠在晝川的手臂上睡了一會兒，睜開眼的時候已經過去兩個小時，身上不知道什麼時候多了條毯子。晝川一手攬著她，靠一隻手打字。

晝川沒發現初禮醒了，一雙眼還盯著電腦螢幕，空白鍵摁得飛起，還壓低聲音和旁邊的人繼續懟——

「就你這種渣渣還要跟我拚文，黑人問號臉，老子一隻手都比你快。」

江與誠：「是，不愧是單身二十八年，單手手速就是快，在下佩服。」

晝川：「現在懷裡溫香軟玉的人好像是我不是你啊朋友，扎心了不？」

江與誠：「……」

江與誠那邊不說話了。初禮覺得這話題全世界大概就晝川這神經比水桶還粗的人不覺得尷尬，於是索性閉上眼，往晝川懷裡拱拱，繼續裝睡。

沒一會兒就感覺到從晝川胸腔傳出來的震動：「那你和顧白芷……」

江與誠：「你罵誰？」
晝川、閉眼裝死的初禮：「……」
「顧白芷也工作能力卓越啊，初禮偶爾還會因公徇私、犯點小錯……我看顧白芷那鐵石心腸、眼裡只有錢的人就完全不會，相當適合你這種市儈佬。」晝川懶洋洋道，「這次兩個人孤男寡女地出來，不發展發展？」
江與誠「啪」地合上筆電：「你轉過腦袋看一眼，看看你這句話裡的女主角……我要是這麼看中姑娘家的本事，我怎麼不跟電腦結婚？」
「你當初就是這麼跟初禮說的啊。」
「都被拒絕了我他媽還不得替自己找個臺階下？」
初禮閉著眼，聽見晝川慢吞吞地「喔」了聲。
她正想著這哥們兒心也是大，她本人還在這呢就討論她的事討論得飛起，也不怕她半路醒過來尷尬啊……隨即又聽見晝川用那種急死人的語氣問。
「你還喜歡她？」
初禮一顆心都提起來了。
江與誠沒說話。
短暫的沉默，把初禮逼得有點尿急。
就在這時候，她感覺到自己的腦袋被晝川寶貝似地一把抱住，往自己頸窩塞了塞，用斬釘截鐵且充滿占有慾的聲音說：「從小到大，什麼都能讓你，這回別惦記了，不給。」

根據《民航法》乘坐規定，在飛機上打架鬥毆一律會被捉起來關小黑屋……初禮很怕江與誠一個抑制不住，拳頭就揮晝川臉上了，所以她選擇像漫畫女主角一樣「嚶嚀一聲，緩緩轉醒」，拉了拉晝川的袖子問：「幾點了？」

晝川把注意力從江與誠身上收回來，看了看筆電螢幕下方的時間：「妳睡了兩個小時。」

初禮「喔」了一聲，端過晝川的筆電，看了看他這兩個小時裡打的新章內容。

緣何故有一個總結很精闢，她說每當作者寫不出來，卻因為必須要更新而拚命往外憋時，整個文章就會充滿著一種為了生計不得不更的養家餬口感，剛出來的章節也充滿一種養家餬口味。

比如現在的晝川。

初禮看了幾千字，沒敢直接跟他說「你這充滿了養家餬口的感覺」，只是委婉又小聲地指出哪個地方可以增加情節，讓這幾千字變得不那麼乾巴巴，至少有點意義……晝川也聽得挺認真的，遇見不認同的地方還會跟初禮爭兩句。

等兩人爭論完，大概又過了快半小時，初禮直起腰開礦泉水喝的時候，感覺到江與誠在看著自己。

她一口水含在嘴巴裡，吞也不是，吐也不是。

「沒什麼，」江與誠彷彿感覺到她的不自在，「就是突然想到了《消失的遊樂園》那會兒的事，好多情節也是妳摁著我腦袋加上去的，後來自己看文，就會想：咦，這段劇情挺妙的，怎麼會出現來著？」

初禮看了眼低頭劈哩啪啦打字的晝川，把水遞給他，他的腦袋往旁邊轉了轉，初禮說「喝點兒水不然上火」，他這才不情不願接過礦泉水。

看著他咕嚕咕嚕喝下半瓶水，初禮才搭話：「顧白芷不管你這個啊？」

江與誠搖搖頭，正欲回答，那邊顧白芷摘下耳機：「我管他這個幹麼，自己寫得好不好，心裡沒點兒數嗎……但凡是有點廉恥心的，寫不好的東西都不會往外貼。」

初禮轉過頭：「萬一就是臭不要臉呢？」

顧白芷：「出版的時候整個替他刪了，或者再重寫……那麼多作者呢，天天教人盯著內容還得了，當我托兒所阿姨啊？」

初禮：「……」

顧白芷：「這叫培養寫作自覺性。」

初禮深以為然，心想還有這樣的操作？她立刻轉頭看向晝川，晝川頭也不抬繼續打字：「讓妳倆待在一起是真的危險，答應我回來的機票千萬別買同一天的——十幾個小時的洗腦，把我家可愛的小姑娘洗腦成顧白芷二號我這是造了什麼孽？」

初禮拉扯他外套上的繩子：「培養你寫作自覺性不好嗎？」

「以前我單幹的時候，這個技能倒是點滿了，」晝川慢吞吞道，「後來妳非要出現，管這管那，錯別字都要管——把我活生生管成了廢物，怎麼，現在又想撒手不幹了？」

初禮：「……」

「門都沒有。」晝川說。

初禮摸著他的腦袋：「好好好，管你一輩子啊。」
晝川低下頭繼續打字。
顧白芷在旁邊捏著耳機看得兩眼發直，良久才回過神一般道：「要是七十萬首印得用這種養兒子的方式養出來，我突然有了一點點想要改行的衝動。」
江與誠：「鐵石心腸。」
顧白芷：「只是對你們這些擅長蹬鼻子上臉的寫文佬沒有愛心而已，有這時間讓我去想想行銷企劃，替你們多賣兩本不好嗎？」
初禮：「所以《黃泉客棧》賣得好嗎？」
顧白芷：「挺好的，十幾萬總有啊。」
初禮一聽十幾萬，整個人就嫉妒得臉都要扭曲了：「虎口奪食。」
顧白芷：「誰讓妳家有老梁這種弱智隊友？那天書展，我站在你們隔壁的攤位，看著COSER的粉絲絡繹不絕地向前，硬生生擠開來購買《洛河神書》的讀者，心裡就覺得《黃泉客棧》應該是穩穩要花落新盾社了……但凡晝川老師還有一點點文人傲骨的話。」
初禮伸手摸摸晝川的頭髮，一臉慈愛：「別的他不一定有，『文人傲骨』這東西真的是多得要噴出來。」
晝川抬起手拍開初禮的爪子。
顧白芷：「我知道，所以真的是承讓承讓。」
初禮：「……」

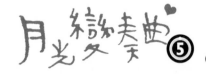

狹窄的經濟艙裡，昏暗的環境和周圍人睡著打呼的聲音，讓人類的交流變得容易許多。

有時候初禮都覺得這一波偶遇也許是所謂的「命運的安排」……因為她很清楚，換了任何一個環境，她永遠也不可能這樣和平地和顧白芷討論關於做書的理念，討論關於那些年她被新盾社搶走的書……

交流之下才發現，其實顧白芷有很多東西跟她的看法是一樣的，比如顧白芷也能很敏銳地捕捉到當下的讀者、作者之間那種無形的牽連與羈絆，並且將這種事重視起來。

給予購買者、產出者絕對的尊重，並以此為基礎賣書、賺錢，最終就能創造出皆大歡喜的結局。

元月社的高層裡，但凡有一個人明白這個道理，不要老覺得自己的智商高人一等，把讀者當傻子哄騙，初禮的日子也不會過得那麼辛苦，彷彿每天踏入元月社大門之後的每一分、每一秒都在跟蠢貨戰鬥。

可惜這樣令人欣賞的優秀資質是出現在她的敵人身上。

初禮覺得世界上大概沒有比這更教人抓心撓肺難受的事了。

幾個小時後。

算上時差，飛機安全降落在伊斯坦堡機場時，大概是當地時間的凌晨二點，下飛機的眾人都是一臉懵逼，被長途飛行折磨得不成人形。

顧白芷重新戴上口罩，等行李的時候站得遠遠的，聯繫新盾社在當地負責接應的工作人員。初禮聽說新盾社在土耳其都有負責接應的工作人員時羨慕不已，按照晝川的說法，當時她滿臉都寫著「我要辭職去新盾社」。

此時，土耳其的旅遊業並不如想像中那麼發達，誰也不知道這個地方會在幾年後在某個地方電視臺的綜藝節目帶動下熱門起來，吸引千萬國人奔赴前往。

初禮他們來的時候，呃，簡單來說，就是想找臺能領取當地貨幣的銀聯ＡＴＭ都差點兒跑斷了腿，最後終於在機場角落裡找到有四葉草標誌的ＡＴＭ，那是整個土耳其唯一一臺帶有銀聯標誌的ＡＴＭ。初禮抱著那臺ＡＴＭ捨不得撒手，並預測這麼有遠見的銀行早晚要成為土耳其銀行業的龍頭。

領了錢，就到租車的地方排隊租車前往飯店。

在初禮拿著 iPad，結結巴巴地跟租車的工作人員核對飯店地址的時候，晝川展現出他偶像劇男主應有的專業素質，一把抽過她手中的 iPad 掃了眼，然後用驚人流利的英語，幾秒內完成了租車的過程。

初禮目瞪口呆。

晝川租好車、付好錢，收起錢包掃了初禮一眼：「妳真的讀過大學？」

初禮：「我讀的是中文系，中文。」

晝川：「妳別騙我，我只知道大學英語四級不過不給畢業證書，妳不會拿著肄業證書來做我的責編的吧？」

初禮：「……你好好說話。」

晝川勾了勾脣角，笑得邪惡：「別招惹我，看來接下來的十幾天妳都得乖乖當一株依附我茁壯成長的菟絲花……惹急了就把妳丟大馬路上，讓妳叫天天不應，叫地地不靈。」

初禮：「……」

和赫爾曼預約見面時間被安排在第二天，也就是說初禮他們回到飯店能美滋滋地睡一覺，醒來後再在周圍逛一逛。

初禮訂的飯店就在伊斯坦堡的著名經典藍色清真寺旁邊，而這座城市的其餘經典建築物如聖索菲亞大教堂、地下水宮殿距離藍色清真寺也是步行就可以到達的距離。初禮到了飯店，放下東西，稍微規劃了下旅遊路線，拿給晝川看。

此時晝川已經睏得神智不清。

他登上微博把飛機上打好的新章節更新了，看了眼明天初禮要去的地方，頓時擺出了標準阿宅的厭惡運動臉，揮揮手示意她趕緊滾來睡覺。

初禮刷牙洗臉一番爬上床，蹭進晝川懷裡。此時軟玉溫香在懷，阿宅晝川卻累得一點兒邪惡心思都沒有，翻了個身將懷中軟綿綿的一團抱穩，半眯著眼低頭一看，懷裡的人跟打了興奮劑似地在看旅遊攻略。

晝川「嘶」了聲，抬起大手去遮擋她的手機螢幕：「……睡不睡了妳？」

初禮：「我得把明天的事安排好，咱們在伊斯坦堡就兩天，第二天還得談正事——咱們孤兒寡母的，不像人家新盾社，自帶導遊……」

晝川不以為然：「新盾社又不是什麼國際出版社，接應人也不過是提前幾天過來幫忙安排下住宿和赫爾曼的見面……人多礙事，派個梁衝浪那樣的導遊妳要不要？」

初禮：「……」

不得不說，晝川還真的挺會安慰人。

初禮放下手機，轉身縮進他懷裡，感覺到他的大手爬上她的腦袋，插入她的髮間，蹭了蹭。初禮被他弄得有些癢，睡意也上來了，貓咪似地瞇起眼。

「明天去查查赫爾曼老師有沒有什麼忌諱，別談事情的時候冒犯了。」

「查什麼查，老子當了他那麼多年書粉當假的啊，還有什麼我不知道的事？」

「那你跟我講講……」

「明天。」

「現在吧。」

「……妳知道明天要去的地下水宮殿還養著魚不？」

「啊？」

「明天別去什麼教堂了，直接去地下水宮殿吧，我現在一門心思想把妳扔下去餵魚。」

「……」

初禮雖然爬上床的那會兒還是興奮的，但是架不住她年輕人的睡眠品質好，腦袋往晝川臂彎裡一拱，三十秒內就開始打呼，哼哼得像是一頭安逸的豬。

晝川這個老年人感覺自己被羞辱了。

被她搭了兩句話，睡意散去，反而清醒了一些，聽到懷裡那人說睡就睡的打呼也是氣得很，翻了翻身，垂下眼看著她的睡顏——白皙的臉蛋在他懷裡拱得紅撲撲的，像是剛從蒸籠裡蒸出來的壽桃包子。他忍不住用兩根手指頭去捏，軟綿綿的，指尖一戳就陷下去一部分。

夢中的她被打擾，發出哼哼的抗議。

晝川玩夠了，面無表情地放開她的臉蛋，像是抱枕頭似地將懷裡的人往自己胸前攬了攬，把她的額頭壓在自己的肩膀上，然後掀起被子，關燈，準備睡覺。

初禮正打著呼，睡得迷迷糊糊間，好像聽見耳邊一聲「喀嚓」關檯燈的聲音，她閉著眼稍稍抬起頭，意識渙散地叫了聲「老師」，又聽見晝川「嗯」了聲，那聲音近在咫尺，她這才安心地安靜下來。

她用鼻尖拱了拱男人的脖子，手也像是樹懶似地扒上來，剛洗過的髮散發著淡淡的橘子果香，她像是一顆大橘子，把自己塞進男人的懷抱中。

有人總是問，睡覺就好好睡，這麼黏糊糊地抱在一起能睡得舒服嗎？

事實上，有地方放腦袋，有地方架腿，這麼睡那肯定是舒服的。

問這話的，顯然是晚上只能抱著枕頭睡的單身狗。

初禮迷迷糊糊地睡了好幾個小時，第二天醒來的時候發現自己抱著的男朋友變成了枕頭，被子好好地蓋在身上，有點熱。

將被子拿開，伸出個腦袋，初禮一眼就看見她的男朋友腳上踩著飯店的拖鞋，頂著個雞窩頭，正慢吞吞地從臥房門前經過。他繞過茶几來到客廳的沙發上坐下喝咖啡，手邊放了個空的早餐盤子，大概是他醒後叫的客房服務。

初禮爬起來的時候，他正在列印什麼資料。

「……飯店包早餐，付了錢的，」初禮爬起來，打了個呵欠，「叫什麼客房服務，挪動金步走兩個臺階，想吃什麼沒有？」

「妳還是睡著了以後比較可愛。」

客房的客廳中，坐在印表機前的男人蹺起二郎腿，頭也不抬地回答，他順便喝了口黑咖啡，咖啡進了肚子後他微微蹙眉。咖啡有點苦，其實他不喜歡咖啡，但是黑咖啡消腫，這都是為了英俊。

初禮雙腿從床上落下，踩在拖鞋上：「那你把我毒啞吧。」

客廳裡的人冷笑：「餵妳吃老鼠藥豈不是更快？」

初禮睡得手軟腳軟的，爬下床伸了個懶腰後，轉身進浴室洗了個澡。

她出來的時候神清氣爽，帶著一身沐浴乳香味，裹著浴袍湊到晝川身邊，見對方頭也不抬地在筆電上敲敲打打完全無視自己，她非要跟他刷存在感，沒話找話：「你覺得我頭髮變長了嗎？」

晝川轉過頭，看見她紮成一個小揪揪的頭髮，正想說「能有什麼區別啊」，視線就落在她還帶著水珠的白皙脖子上——

一滴水珠順著脖子滾落。

一路滾進她胸前浴巾紮裹處的陰影中。

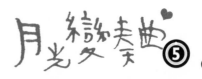

「……頭髮變長不變長我不知道，」晝川轉開腦袋，「我覺得妳今天是不想出門了才是真的。」

初禮：「啊？」

只見晝川站起來，將印表機裡剛吐出來的幾張紙整理了下，塞給初禮：「明天去見赫爾曼之前先把這些看完，都是早些年我在網上看赫爾曼的新聞時知道的事，因為不怎麼光彩所以並沒有廣泛流傳，國內也沒有大肆宣傳過——我剛才下載了一些，幫妳簡單翻譯了下……」

初禮接過來，看著鋪天蓋地的土耳其語和下面的中文翻譯，有些震驚地抬起頭看了眼晝川。

晝川翻了翻眼睛：「追尋一個外籍作家作品的靈魂，最好的方式就是去閱讀原文，哪怕對他的語言並不熟悉，但是一知半解，也許也能獲得和閱讀譯本完全不同的閱讀感受。」

「所以你為了看赫爾曼的書多學了一國語言？」初禮說，「你是真粉啊！」

晝川不以為然地又翻了翻眼睛。

初禮：「別故作不屑啊，我記得你以前說，不當作家的話，人生志向是地痞流氓。」

她話語剛落，腦門被拍了一巴掌。

晝川：「國際風的地痞流氓不行啊？誰能一輩子把自己的總部據點放在中學門口商店，地痞流氓也講究進步。」

初禮：「……」

她拿起手中的資料看了看，發現就是很簡單的赫爾曼人物生平、這輩子在什麼時候創作了什麼作品並拿到了什麼獎項、性格、寫作風格、愛好等等……

這些資料和百度百科好像沒什麼區別，而出發之前，初禮已經認真研究過百度百科上赫爾曼的資料，幾乎到了倒背如流的程度。

她捏著晝川給的資料，嗤之以鼻：「你這還不如度娘上的齊全，抖什麼機靈？」

晝川這會兒開始認真研究今天出門溜達的路線和攻略，聞言抬頭瞥了她一眼：「妳再仔細看看？」

初禮認真地看了看手上的資料：「看什麼啊，這上面寫，赫爾曼先生出道寫作以來約有八部作品，《月城》、《玫瑰挽歌》、《騎士與頭顱》、《耶路撒冷》、《櫻花樹下，燦爛腐朽》、《皮囊》、《活在無人區》，還有最近一部把你從平臺展示位擠開的《別枝驚鵲》……

「這不對啊，你給的資料少了赫爾曼先生早年與摯友共建同一世界觀下的系列作品《龍刻寫的天空軌道》，這部作品在赫爾曼先生早些年出道的時候非常紅啊，因此被稱為『鬼才作家』也是因為這一本……」

晝川一隻手拿著手機在查飯店到景點的步行路線，手肘撐在沙發上，他斜靠在沙發邊，想了想突然道：「妳知道《洛河神書》最開始的責編為什麼突然從老苗換成了妳嗎？」

「……難道不是因為我美，你貪圖我的美色？」初禮看著晝川，晝川面無表情地回看她，初禮抬起手撓撓頭，「好吧，我記得是因為老苗那個蠢貨說錯了話，瘋狂吹噓一波你的處女作多厲害，殊不知那時候真正的處女作還被打上永不見天日的標籤，做為傷心廢紙被壓在你的書房。」

晝川換了個站姿。

他指了指初禮手裡的那疊紙，淡淡道：「妳差點犯了同樣的錯誤，今兒要不是有本大大在，像老苗一樣被赫爾曼先生掃地出門的人將會變成妳和我。」

初禮：「……」

在初禮裹著浴袍、懵裡懵懂接受晝川的教育時，江與誠和顧白芷已經著裝整齊地坐在赫爾曼位於伊斯坦堡的別墅裡。

為了方便交流與溝通，兩人還帶了一個新盾社不知道從哪個角落縫裡挖出來的土耳其語翻譯——也就是讓初禮羨慕不已的接應人員。

這名翻譯早些年做過土耳其語的資料書面翻譯工作，與新盾社有過合作，後來年紀上來了，就乾脆留在新盾社當了編輯。這個翻譯有個挺好的習慣，做什麼翻譯工作之前都會仔細查閱相關資料，盡量在做事當天達到翻譯圈標準的「信、達、雅」三部曲。

顧白芷和他簡單交流後，也很滿意他好歹知道搜索一下赫爾曼是誰這件事，所以也沒多想，這一天便帶著他來了。

談話原本可以說進行得非常順利，千穿萬穿馬屁不穿，顧白芷和江與誠這兩個勢利眼加馬屁精強強聯手，最擅長的事就是用真誠的笑容蒙蔽一切，讓全世界都覺得他們超有誠意，把赫爾曼哄得開心，鬍子一翹一翹的，還要拿當年第一次創作的作品手稿給他們看。

……雖然就是一堆泛黃的紙，上面有塗塗改改的痕跡。

但是顧白芷和江與誠到底是文化人，再怎麼演戲，對於「作家手稿」這玩意還是挺有興趣的，因為這東西最能看出當初作家創作時的思路變化和思考方向。

所以當赫爾曼拿出來的時候，兩人都湊上去看。

翻譯也湊上來，看了一眼手稿的標題，告訴顧白芷他們，這是《月城》的手稿。

顧白芷不動聲色，江與誠顯然先前也知道了些什麼，並沒有發出不該有的疑問。

顧白芷微笑著拿起手稿，好像她能看得懂似地看一遍說：「從正式出道之作《月城》到《玫瑰挽歌》，再有後來的《騎士與頭顱》、《耶路撒冷》、《櫻花樹下，燦爛腐朽》、《皮囊》、《活在無人區》，至最近與我們新盾社合作的《別枝驚鵲》，赫爾曼先生每一本都是精品，今日能看見《月城》手稿，真是榮幸至極。」

顧白芷說著這種沒什麼營養的話。

話語落下，明顯感覺到那個翻譯停頓了下，看了她一眼——

她正琢磨，是不是這個翻譯大哥不太懂赫爾曼的八部作品該如何用土耳其語說，正想提醒他實在不會的話，就籠統地翻譯一波……

她還沒來得及說話，就聽見他劈哩啪啦報了一串書名。

顧白芷還沒來得及鬆口氣。

結果一抬頭，就看見原本還挺高興的赫爾曼臉色突然變得有點不好看，她心裡咯登一下，暗道不好，抬起頭就問翻譯：「你跟他說什麼了？」

「妳漏了本《龍刻寫的天空軌跡》，」那個翻譯大哥一臉無辜地說，「我替妳加上去了。」

顧白芷：「什麼，你再說一遍？」

江與誠瞬間沉默。顧白芷倒吸一口涼氣，當時就想拉著這不正規還愛自作聰明的翻譯一起去跳熱氣球。

縱橫沙場那麼多年，她從來沒有想過自己會被一個社裡為了貪便宜而臨時拉來的外門翻譯給坑了。

顧白芷抬起頭，看了眼赫爾曼的臉色，彷彿看見雙方的合作計畫插上翅膀似地越飛越遠。她動了動唇，也有些懵逼，一下子都沒想明白該怎麼補救。

也不知道現在跳起來給這翻譯一巴掌，能不能撇清她無辜的立場？

在江與誠即將被赫爾曼用掃帚打著腦袋趕出門時，晝川坐在飯店沙發上，蹺著二郎腿跟初禮講了關於赫爾曼那個鮮為人知的故事。

早在《月城》之前，赫爾曼就有過一部名叫《龍刻寫的天空軌跡》的作品，這一本書是他真正意義上第一本出版的書籍。按照一般國際知名作家的套路，他的出道處女作哪怕寫得沒那麼精采，那也絕對會被再版十幾次，翻譯成各種國家語言，改編成電影、舞臺劇，傳遍全世界的。

就像是晝川的《命犯桃花與劍》，哪怕確實寫得不如他現在的作品好，架不住讀者就愛看大大青澀的那個味兒。就好像你的寫作路上，他作為讀者，與有榮焉一般。

但是神奇的地方在於，情況到了赫爾曼這邊就有所不同。

當年《龍刻寫的天空軌跡》在第一次小範圍、小印量出版之後，就完全沒有後續動作，甚至沒有再版一說。所有當時有心或者無心買了這本書的人，手裡的書都成了絕版之作。

如今在 eBay 上，這本書的價格被炒得很高。

這一切都只是因為，赫爾曼本人現在抗拒、甚至任性地拒絕承認這本書的存在。

至於原因，還要從他年輕的時候，一位名叫伊米爾的摯友說起。

當時赫爾曼還非常年輕，對於創作充滿熱情，剛剛進入寫作圈的他與當時同為初學者的伊米爾一拍即合，兩人天天交流寫作經驗，討論故事情節，從白天至晚上，無話不談……

終於，某一天，伊米爾提出：「赫爾曼，我們腦洞這麼大又這麼契合，我們可以共建一個宏偉的世界觀，然後各自去寫這個世界觀之下的故事，將世界觀逐漸完善，搞出一個大事業！」

赫爾曼一聽，覺得好像挺好的。一個人寫一個世界觀不紅，那兩個人寫一個世界觀，紅的機率好歹也能翻倍啊，於是欣然答應。

之後，他就寫了《龍刻寫的天空軌跡》在報紙上正式連載。連載期間，不慍不火，人們反響的成績不錯；而同時開始動筆寫《荊條生長的天空軌跡》的伊米爾，則暫時沒有找到刊登平臺，只是在家埋頭寫稿。

期間，兩人還是正常交流故事情節，赫爾曼這本作品的書寫過程中，主線劇情參考了大量伊米爾提出的意見；而與此同時，《荊條生長的天空軌跡》依附著《龍刻寫的天空軌跡》故事情節而生，就像是站在巨龍肩膀上的小雞。伊米爾將赫爾曼書裡的一個配角摘出來，以這個配角的視角寫了另一部獨立作品。

用現在的話來說，就是一本官方同人。

大家相安無事，其樂融融地寫文，直到一年之後，赫爾曼的書連載完畢，出了實體書，伊米爾那邊《荊條生長的天空軌跡》也簽下了實體出版的合同，赫爾曼甚至沒來得及為伊米爾感到高興，某天夜裡，報社那邊的編輯深夜一通電話把他一巴掌打醒——

編輯說：你為什麼從來沒有告訴過我，《龍刻寫的天空軌跡》擁有這麼強烈的宗教暗示？

當時年輕的赫爾曼就有些傻眼了。

他就是寫了本書而已，暗示什麼了？

赫爾曼還沒來得及擺好姿勢，就收到了千萬憤怒讀者的來信質問。那些購買、追了一年《龍刻寫的天空軌跡》的讀者，字字誅心：我們就是追一篇小說而已，而宗教信仰自由，你為什麼要對我們洗腦你信仰的宗教思想，這真是太可怕了！

那個年代給作者的「書評」還不是網上打打字，人們靠寫信，得有多大的憤怒、受到了多大的羞辱，才能抓起筆用透出憤怒的潦草字體寫這些深刻的責問給作者？

赫爾曼一臉懵逼，只能問編輯怎麼回事，然後這才知道，原來正大光明以「同一世界觀」出版的《荊條生長的天空軌跡》裡，全方位、腦洞滿滿地，將《龍刻寫的天空軌跡》中的主角行為，以宗教信仰的角度完整地解讀一遍。

而且因為《龍刻寫的天空軌跡》這本書有許多情節都是伊米爾建議的，所以《荊條生長的天空軌跡》裡，對這些情節的解讀可以說是非常有理有據地胡說八道……

因為這是伊米爾一早就準備好的。

《荊條生長的天空軌跡》一書出版，立刻捆綁著《龍刻寫的天空軌跡》成為宗教信仰人群的熱門刊物。正好土耳其又是一個宗教信仰占巨大比例的國家，伊米爾就這麼踩著赫爾曼的肩膀，成為了部分人群追捧的對象。

甚至有人說——

「感謝伊米爾老師，我原本對《龍刻寫的天空軌跡》毫無興趣，直到看了《荊條生長的天空軌跡》，才發現原來這本書是這麼地有趣！」

而巧就巧在，赫爾曼本人沒有任何宗教信仰。

他被伊米爾架著，成為了某宗教思想的宣傳大使，他所寫的書完完全全被曲解了意義。寫作講究的「文以載道」，突然變成了一把槍，槍口，對準了赫爾曼本人。

年輕的赫爾曼一時間遭到親友背叛、讀者質疑，以及出版社的問責，人生彷彿跌入深淵……

哪怕功成名就的今日，還是不時會有人提問這件事，每次提及，都被赫爾曼視作是對他的羞辱與嘲笑。

他曾經在公開接受採訪的時候，義正辭嚴地表示當初寫這本書時受到他人的影響，並非他本人意願之作，並且無論是從前、今日，往後再也不想提及。

當晝川結束故事，初禮聽得目瞪口呆。

「還有這種操作？」初禮震驚道，「我之前就超級奇怪，《龍刻寫的天空軌跡》怎麼完全沒有譯本，連電子版都搜不到……原來是因為作者不想承認自己寫過！」

「那個伊米爾至今在土耳其作為宗教作家還是非常有名，藉著赫爾曼的名聲，同一世界觀下的宗教宣傳作品一本接著一本出，這是最騷的。」晝川瞥了她一眼，「從此《龍刻寫的天空軌跡》被赫爾曼視作奇恥大辱。」

初禮想了想，因為土耳其語推廣程度有限，國內大環境對土耳其這個國家也不怎麼關心，所以國內根本完全不知道這事。

偶爾提到《龍刻寫的天空軌跡》這本書，也都是說，自己沒看過這本書到底是說什麼，也不知道去哪能弄到譯本。

想想今天要不是有晝川——這個為了赫爾曼去學土耳其語的真腦殘粉——這件事她怕是完全不知道，到時候說錯話的機率幾乎可以算是百分之百。

……害怕。

初禮拍了拍胸口，趕緊把晝川之前準備的資料拿起來認認真真看了一遍。晝川靠在旁邊，看她這一副輸得心服口服毫不反抗的模樣也是相當滿意。

「你說這事顧白芷他們知道嗎？」初禮將資料翻得嘩嘩響。

晝川停頓了下，站直身子想了想道：「應該在《別枝驚鵲》合作之前就知道了，顧白芷很聰明，要拿下一個作者之前，他的祖宗十八代幹了什麼都會翻出來——《龍刻寫的天空軌跡》這本書沒有譯本這事情本來就不正常，顧白芷人精似的，怎麼可能不深究？也就妳這傻子沒放在心上。」

初禮：「你罵誰？」

被人用苦大仇深的眼神盯著，晝川「哎呀」了一聲，走過去拍拍她的腦袋：「妳不用那麼聰明，妳有我啊，有本大大給妳保駕護航，傻一點兒沒事。」

初禮一臉嫌棄地躲過他的手。

晝川縱容地笑了笑，放了咖啡杯，轉身回房換衣服，準備逛景點去了。

沒想到他進了房間，手機就響了。

他拿起來一看，發現是江與誠。

晝川心想這是國際漫遊，這人莫不是有病啊？他接起電話「喂」了聲，語氣不怎麼配合地問：「幹麼？」

「我們這邊結束了。」江與誠聲音聽不出起伏，「你明天過來？」

晝川將手機從耳朵邊拿開，看了眼，隱約聽見那邊顧白芷在說什麼，但聽不清楚，只好先搭江與誠的話：「你們談得那麼快啊，這才幾點？赫爾曼有點摳門啊，午餐都沒留你們吃一口……」

電話那邊沉默了下，「所以說結束了——真正意思上的，結束了。」

晝川：「……」

這回他就聽出一點而喪氣味了。

晝川問了句「怎麼回事啊」，客廳裡那個人聞風也躡手躡腳地鑽進房間，看晝川在講電話，抬起手、踮起腳，抓著他耳朵讓他強行彎下腰，然後湊過來搶過他的手機看了眼，一看來電是江與誠，微微瞪大了眼。

晝川拍了下她的腦袋想讓她滾遠點兒，然而那抓著他耳朵的小爪子就不鬆手了，整個人香噴噴、軟乎乎地靠上來，一臉八卦地湊到他手機旁邊。

她湊近的時候，正好聽見手機對面的男人用低沉的聲音緩緩道。

「剛開始都挺好的，叫個不知道哪裡請來的翻譯坑了……沒事畫蛇添足瞎搞，雖然後來強行解釋一波，但是赫爾曼看著還是不高興的樣子——哎喲，還留下來吃午餐，怕他在麵包裡撒砒霜啊。」

晝川、初禮：「……」

「你們明天來的時候注意點兒，打死了也別提《龍刻寫的天空軌跡》這本書，這是老虎鬍鬚，別說摸了，看都別看一眼。」江與誠道，「也不知道你做了功課沒有，要是不知道，晚點再跟你解釋——反正老子ＧＧ了，看著肥水不流外人田才告訴你，哎，偷著樂去吧。」

晝川拿著手機沒說話。

手機那邊傳來顧白芷的聲音，與江與誠一頓爭吵——

「你告訴他啦？你告訴他幹麼，老娘當初為了翻譯新聞、搞清楚《龍刻寫的天空軌跡》這本書到底咋回事上淘寶花了快一千大洋！一千塊！」

「晝川會土耳其語，說不定早就知道了……」

「萬一不知道呢，我還等著有人給我陪葬呢！」

「妳這什麼心態，毒婦啊！」

「對，咱們現在正要去參觀以我為原型製造的地下水宮殿，裡面全是我的大腦袋（註3）……電話給我掛了，還沒死透呢！」

「看赫爾曼的眼神我覺得我不僅死透了還已經涼了。」

「你掛不掛？」

「不掛。」

「給我掛了！」

沒多久，電話（大概是）被搶走，強行掛掉了。

初禮和晝川在房間裡面面相覷。

註3　又名「美杜莎宮殿」，裡面擁有雕刻著倒立美杜莎頭顱的柱子。

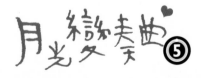

第三章

藍色清真寺，原名蘇丹艾哈邁德清真寺，位於土耳其重要經濟交通城市伊斯坦堡心臟位置。

藍色清真寺是現在還在啟用中的宗教建築，寺周有六根宣禮塔，象徵伊斯蘭教六大信仰；作為世界現存為數不多的古老拜占庭風格標誌性圓頂建築之一，每一年，藍色清真寺不僅擁有無數信徒前往朝拜，同時也吸引大量海外遊客前往觀賞。

以上，大型旅遊宣傳資料講解結束。

回歸到現在，早早出門辦事二人組和拖拖拉拉才起床二人組在藍色清真寺門口相遇了——當時氣氛很尷尬，「我覺得我們已經涼了」先生和「我覺得還能再搶救一下」小姐還在為早上的事爭論不休。

江與誠說：「別想了，好好玩，這是咱們最後一次來土耳其。」

顧白芷反駁：「不一定，萬一明天晝川他們去見了赫爾曼先生，赫爾曼先生發現這小子比你還討人厭呢？」

初禮猶豫地舉起手：「……呃，我們還在這。」

晝川很會抓重點地反駁：「不可能，我是人見人愛、溫潤如玉公子川，不可能有人會不喜歡我的。」

眾人：「……」

在其餘三人幾欲嘔吐的放空表情中，一行人往景點裡走。藍色清真寺門前有很大一片開闊廣場，碧綠的草地，如琉璃碧藍蒼穹之頂，白雲飄浮，有白鴿飛過……還有人山人海的遊客、小攤販，以及前往朝拜的信徒。

初禮看著身後的人群，蹦躂著找了一個稍微能落腳的地方，要晝川替自己照相。男人嘟囔著「這有什麼好照的啊」，拿出手機，然後往後退了退，手機舉到鼻子這麼高，對初禮說：「站穩啊，就照一張，一、二——」

初禮看他拿手機的高度就覺得有點不妙。

等晝川照完，她一溜小跑跑到他身邊，扒著他的手踮腳看照片，發現——至少在照相這方面，晝川和廣大女性群眾的男朋友是一個調調的……

「老師，你把我照成一米三，你的良心不會痛嗎！」

「啊，腿短妳還怪社會，有沒有王法了？」

「……」

初禮把晝川塞到自己剛才站的那個位置，後退幾步，看看鏡頭裡的男人，手機稍稍往下壓，尾部向外翹起，「喀嚓」照了一張。

照完後，她微微瞇起眼看了眼，又遞給晝川看：「這才是好好照相得到的結果吧！」

晝川拿過來看了眼，腿是長，然而問題在於……

「我腿本來就長。」他一邊狡辯一邊順手打開微信朋友圈發照片。

初禮低頭刷手機，登登兩下刷出晝川的更新，立刻質問：「你不滿意你發什麼朋友圈……」

晝川從她手裡抽過手機：「我媽想我了，問我在哪，發個照片給她看看。」

初禮：「……現在是國內晚飯時間，阿姨才懶得管你死活。」

搶回自己的手機，初禮哼了一聲，轉過頭撇開晝川這個弱智，邁著歡快的步伐找顧白芷拍照去了……

晝川看了她跑開的方向一眼，又看了下腳下鵝卵石鋪的路，叫了聲「慢點兒」，邁開步子跟上去。

江與誠雙手塞在口袋裡，懶洋洋地跟著：「摔也摔不疼，緊張個什麼勁？」

「不是，」晝川一本正經道，「萬一她懷孕了呢？」

江與誠黑人問號臉。

兩個姑娘在前面到處找地方照相，剩下兩個大男人興致缺缺地跟著當保鏢。繞過主建築，穿過整個寬闊古老的中庭，當初禮和顧白芷已經在虛假的拍攝照片技術中好得像是打一個娘胎出來的姊妹，現在正興高采烈地找角度自拍時，晝川和江與誠則肩並肩地蹲在樹蔭下聊天。

順便圍觀了一會兒當地人在建築背後的古老石砌水槽洗腳。

江與誠想了又想，用肩膀撞了撞身邊的人：「你說懷孕什麼鬼啊？」

晝川的身子晃了下，吊兒郎當，微微瞇起眼瞅了下不遠處陽光下歪腦袋自拍的智障，笑了笑：「一種對未來美好生活的嚮往。」

江與誠：「……」

晝川：「以及拐彎抹角讓你趁早死心的提示，沒錯，我們已經是可以懷孕的那種關係了。」

江與誠：「……」

大約半個小時後。

把整個清真寺裡裡外外照了個遍的兩位姑娘終於回到保鏢們的身邊，初禮跑過來挽住蹲在樹蔭下的男人的手：「走，剛才我們看見穿過藍色清真寺的背面還有一個很大的廣場，去那邊逛逛。」

晝川第一反應是：「還有？」

「這才到哪裡，接下來還有幾個景點，你別像光長腿似地走不動路。」初禮強行把男人從地上拎起來，「怎麼這麼宅？」

「哪個全職作者不宅。」

晝川慢吞吞跟她爭辯，也順著她的力道站起來，微微眯起眼走到陽光下。

穿過一條長長的林蔭走道，來到藍色清真寺的後面，果然如初禮所說有一處寬闊的廣場，廣場上立著石柱與石碑，人比清真寺的正面要少了不少。

大部分人逛到這裡都逛累了，三三兩兩坐在廣場旁邊的鐵藝椅子上休息。晝川毫不猶豫找了個地方坐下，一抬頭就看見他家姑娘真正像是從籠子裡放飛的小雞似的，撲著翅膀，從這邊撲騰到那邊，從那邊撲騰回這邊……

最後初禮回到他的面前，臉上因為奔跑而微微泛紅，眼底有光，她伸手拉他：

「老師，街道那邊的楓葉變紅了很好看，我們去那邊找顧白芷替我們合照一波吧？」

藍天之下。

陽光正好。

她背著光看他，陽光從她身後照射而來，彷彿在她的周圍鍍上一層光圈。坐在椅子上的男人心中一動，張開雙臂將她抱入懷中，入懷的是溫暖的溫度，就彷彿這一秒，他將陽光擁入懷抱。

初禮被抱了個猝不及防，下巴壓著他的肩膀，手搭在他的背上，微微側過頭看著他，用帶著笑意的聲音問：「怎麼啦？」

然後不等他回答，她像是揉搓二狗似地揉揉他的髮頂，笑嘻嘻道：「知道啦，又撒嬌。」

男人從鼻腔裡哼哼兩聲，動了動手，從外套口袋裡掏出個什麼東西。初禮歪著腦袋看他的動作，心裡驚了下，心想：臥槽，此情此景，氣氛合適，他不會掏出個戒指要幹一番大事業吧？

……在這個地方求婚的話……

那確實讓人難以拒絕啊。

但是啊啊啊顧白芷和江與誠還看著呢——

害羞。

她唇角的笑意有些保持不住，心跳加速。

男人的鼻尖頂著她頸部的大動脈，也不知道是否能夠感覺到她血液在加速流淌。

此時此刻，初禮的目光死死地盯著男人的手背，直到他用一根手指，推開她握成拳頭的手，再將一把硬幣丟進她的掌心。

「那邊有賣烤栗子，妳去買，中午還沒吃東西，快餓死了啊。」

低沉的男聲在耳邊響起。

初禮：「……」

為什麼要對這個人的浪漫細胞抱有萬分之一的幻想呢？

是老子的錯。

藍色清真寺、聖索菲亞教堂和地下水宮殿是三個連在一起的景點，步行就可以到達；腿長一點的話，一天就能把三個景點一次逛完。

聖索菲亞大教堂如其名，原本是一個基督教堂，只是在拜占庭帝國結束後，因為國家宗教信仰的關係，逐漸轉變成了基督徒與穆罕默德信徒共同使用的大教堂。

這地方是伊斯坦堡不容錯過的經典之一，對於初禮和顧白芷來說，當然要去。

只是她們忘記了行程裡還有兩位腿很長但是相當不愛運動的阿宅，這就導致了聖索菲亞教堂逛到一半，當初禮和顧白芷感慨五彩穹頂做工精美、令人震撼時，在她們身後，有著聖母瑪利亞懷抱耶穌鑲嵌畫的穹頂閃爍的光芒照亮身後兩位沉默的男士。

江與誠抬著頭看著穹頂的聖母圖案：「我有一句大逆不道的話不知道當講不當

講。」

晝川看了他一眼：「天啊，難以相信我們這輩子還有靈魂契合的時候，我居然知道你想要說什麼。」

江與誠：「我想說的是，此時此刻我有點羨慕耶穌。」

晝川：「超羨慕他有人抱著，而我還要用兩條腿在這裡罰站。」

晝川語落，兩人沉浸在令人噁心的「心有靈犀一點通」的氣氛中，默默對視一眼。

顧白芷翻著白眼轉開了腦袋。

初禮選擇跳起來揍晝川的腦袋。

最後她不得不用手挽著晝川，像是哄一個寶寶似地哄著他繼續往下走，也不敢每個獨立的小房間都伸腦袋進去看看了，只能直奔景點著名的淚柱（Weeping Column），淚柱周圍有很多人，大家把大拇指放進洞裡，手轉一圈，相傳這樣可以祈求平安喜樂。

初禮把拇指塞進去，一邊碎碎唸：「爸爸媽媽平安健康，晝顧宣老師、晝夫人平安健康；晝川熱愛運動，能閉上嘴，邁開腿，堅持完接下來的地下水宮殿。」

初禮在碎碎唸的時候，晝川的手塞在休閒服口袋裡，在她身後冷笑，相當惹人討厭。輪到他的時候，他把大拇指塞進去，看了眼初禮的肚子，然後就收回目光。

初禮一把捂住肚子：「別看了，裡面啥也沒有。」

「我跟它祈福妳每個月親戚按時一點兒啊，不是很好嗎？」晝川懶洋洋道。

初禮：「……」

逛完聖索菲亞大教堂，手機裡存了一大堆五顏六色的穹頂照，在晝川和江與誠討論著「有這時間老子可以打多少字加更一波，又有多少讀者哭喊著大大萬歲祈福我健康平安」之中，四人逛到了地下水宮殿。

初禮和顧白芷排隊買票的時候稍微談論了下，如果不是因為男士的照相技術太差，她們倆誰也離不開誰，今天之後真的不想再繼續見面——主要是不想聽兩位白長兩條大長腿的懶鬼在後面一唱一和地講著相聲掃興。

地下水宮殿又名美杜莎宮殿，整個宮殿位於地下，裡面四通八達得像是迷宮且光線昏暗，趴在走道邊上往下看，可以看到整個宮殿下半部分浸泡在地下水裡，青石磚上，有碩大的魚游來游去。

初禮墊著腳趴在欄杆邊看得出神。

周圍是來來往往的遊客。

生怕媳婦被擠得掉下去的晝川不得不緊緊跟在她後面看著，當她趴在欄杆邊看魚的時候，他幾乎是下意識地伸出手，攬住她的腰，將她固定在自己的懷中，用自己的背擋住身後偶爾走過會撞到的人。他見初禮看得那麼開心，也伸腦袋看了眼：「有什麼好看的？」

「昨晚你還說要把我扔下去餵魚，」初禮說，「現在我想跟這些魚溝通一下牠們吃不吃寫文佬，我這裡正好有一個可能帶不回去的大型累贅可以替牠們加餐。」

晝川：「……」

晝川：「一會兒走回去？」

初禮：「飯店又不遠。」

晝川：「可是我有錢可以坐車。」

初禮：「可是飯店又不遠。」

晝川將初禮從欄杆邊拖走：「我有錢。」

順著走道來到地下水殿深處，最大的承重柱下雕刻著倒立的美杜莎頭顱，柱子旁邊閃爍著印著各種圖案的各國銀幣。在顧白芷跟江與誠開玩笑說「你看，全世界的人都知道往我腦袋上砸錢可以以錢生錢」時，初禮眼角餘光瞥見身邊一道銀色弧線劃過，然後「咕咚」一聲落入水底。

一塊錢，人民幣硬幣。

初禮轉過腦袋看著晝川，看著他雙手合十閉上眼，虔誠祈禱著什麼……心中正感動這傢伙終於懂得融入景點，扒著他的手臂踮起腳湊近了去聽，這才聽見他碎碎唸的是——

「一會兒我要坐車回飯店，一會兒我要坐車回飯店……」

初禮：「……」

然後三個景點就逛完了。

也許是晝川最後這一波許願真的虔誠到觸怒了神靈，初禮認為接下來自己迎來了今日整段旅程中真正的高潮——

而任何的腥風血雨，開端都只是主角上路這麼平淡無奇，所以初禮她們回到藍色清真寺，爬上計程車時，還沒有覺得哪裡不對。

直到幾步路就能走到的路，司機愣是開出了一百二十多里拉——約等於人民幣二百五十塊。初禮坐在後座看著他的計費表跳得歡快，心裡還非常想得開：出來玩，被坑一下也不是不能接受。

她沒想到的是，這還沒完。

當計程車到達飯店，下車給錢時，她數了一百五十里拉交給司機，正等著司機找錢，沒想到司機突然拿著一張二十里拉的紙幣，跟她說她只給了一張二十和一張五十的，現在還差五十塊。

初禮眨眨眼，心裡第一反應是：什麼鬼！

每個紙幣面值不同，顏色也不同，她不可能智障到二十塊和一百塊都分不清楚，唯一有可能的就是司機換錢了；問題是雖然她也沒刻意盯著，但是司機接過錢的一瞬間就告訴她拿錯了錢，這他媽要是真的換錢了，這司機根本就是光影魔術手。

「是不是妳拿錯了啊？」晝川下車，打開後座車門，撐著車門彎腰問，「妳跟他扯能扯得清楚嗎？英語他又聽不懂，再給他五十拉倒了。」

初禮掙扎了一下，不情不願地又掏出五十里拉，下了車。

晚上坐在飯店房間床上數錢數了半天，掰著手指財迷似地一樣樣數今兒花了多少錢，越數越覺得肯定被司機換了錢，頓時難受得不行。

直到晝川洗完澡出來。

他一邊擦頭髮一邊看她掰著手指在那數錢。

最後他看不下去了，轉身回了客廳。

初禮抽空抬頭瞥了他一眼，也不知道他又發什麼神經，直到他邁開腿百米衝刺從客廳又回來，把手裡一大疊各種面值的土耳其幣往床上一扔，然後雙手並用地把這些錢迅速和初禮在數來數去那些混作一團打亂。

初禮傻眼，尖叫：「啊啊啊啊！晝川！」

晝川腦袋上頂著浴巾，包得像印度阿三，扠著腰一臉霸道：「數個毛線，被坑就被坑了，睡覺！」

初禮：「……」

鑒於第二天約好了要見赫爾曼，初禮心中一萬個不情願但還是老老實實收拾了下錢包，抱著那些小錢錢，一邊碎碎唸地睡下了。

然而她心中的不爽並沒有因為一夜睡眠而平息。

第二天，早上爬起來，初禮再次做出個偉大的決定——再次去藍色清真寺叫車到赫爾曼家裡，她還就不信了！

「妳為什麼非要跟這事死磕？」

「因為沒有人能夠從我手裡騙錢！沒有人！」

「……香蕉人，妳這種性格要吃虧的。」

「我不管！」

晝川看她一臉鬼迷心竅，也就沒有阻止，跟著她一路懶散地走到藍色清真寺附近上了計程車。這一次，司機大哥是個一隻手打著繃帶、石膏的，看著讓人特別有安全感。

司機大哥知道晝川會一點兒土耳其語，震驚又歡快，跟晝川以英語和土耳其語聊了一路，而坐在旁邊的初禮全程腦子都是——

一隻手斷了總不能夠換錢了吧？

馬的這次老子遞錢出去的時候要錄影！

馬的計費表還是跳得好快啊……大哥你一邊和我男人聊天一邊坑錢你的良心不會痛嗎？

初禮：「你跟他聊啥？」

晝川：「他說中國人有錢。」

初禮：「罵誰人傻錢多速來？」

晝川：「……妳這樣草木皆兵的，人生不會快樂。」

初禮：「……」

就這樣，在初禮的草木皆兵之中，計費表歡快地跳到了三百多，車子終於停在赫爾曼家的附近，初禮心跳加速。

她打開錢包，認認真真地數了三百五十塊給司機。

司機單手接過錢，展開，還沒等初禮來得及說話，他就直接拿起一張二十塊，用英語說：「小姐，妳給錯錢了。」

一路上，他英語一個個詞往外蹦躂。

就這句說得最溜。

初禮：「……」

晝川湊過來：「這次看清楚了嗎？」

初禮：「他一個殘疾人，憑什麼？這麼快？他什麼時候……」

初禮：「……沒有。」

晝川嘆了口氣，突然覺得自己早上同意她非要再從藍色清真寺那邊坐計程車的行為無比智障……跟一個傻子在一起久了，智商都被拉至同一水準，再被其豐富的智障經驗打敗。

失去了巨額財產的初禮已經被抽掉一半的精氣神，她無精打采地被晝川拖著走進赫爾曼的別墅——整棟別墅很大，門前有庭院，庭院內有青翠草地、池塘，還非常有人文氣息地擺放著雕像……

不遠處有葡萄架子搭成的乘涼長廊，長廊下擺著藤椅、沙發還有茶几，看上去倒是一處別有風味的會客之地。

初禮走了兩步，就將注意力放在腳下的鵝卵石道路上，埋頭走了一段感覺到在前面帶路的男人忽然停了下來，她愣了愣抬起看向晝川，卻發現此時晝川正看向那個葡萄藤架下。

「怎麼了？」

初禮好奇地順著他的目光抬眼一看，便看見了坐在沙發上的江與誠和顧白芷。

初禮當時就倒吸一口涼氣，忍不住回頭看了眼自己來過的路：莫不是在不知情的情況下一腳踏入了地獄？

晝川倒是波瀾不驚的模樣，雙手插在褲子口袋裡，邁開沉穩的步子走過去踢了下江與誠：「不是昨天被掃地出門了，怎麼今天又臭不要臉地回來了？」

「因為我臭不要臉啊，然後那邊，」江與誠指了指顧白芷，「有個比我更不要臉的，屍體都涼了還非要搶救一下，昨晚回到飯店以後跟赫爾曼先生的翻譯打了一通電話，解釋了下那個豬隊友翻譯的事，順便道德綁架。」

初禮看向顧白芷。

顧白芷面無表情地接過話題：「我說，以赫爾曼先生這樣深明大義的人，肯定不會因為一些小小的誤會就讓一個充滿了文學創作之夢的青年失去自己的夢想。」

初禮：「……」

果然是非常道德綁架。

晝川也是非常會抓重點：「青年……三十多歲的人還能稱呼為青年？那我是什麼，少年嗎？」

顧白芷假笑了起來：「後來赫爾曼先生說，你們今天也會來拜訪他，正好大家就湊個熱鬧，有什麼事坐下來一起聊一聊……其實我也沒怎麼跟他解釋太多，大家都是成年人了，有些事是不是故意的難道還看不出來嗎？《別枝驚鵲》合作的時候我都沒提《龍刻寫的天空軌跡》這本書，這個時候又刻意提莫不是弱智？」

顧白芷在那裡笑得非常淡定，就像一切盡在她的掌握之中。

江與誠看著她演技一流，沒有揭穿她昨晚打電話給新盾社時是如何地暴跳如雷，像個潑婦似地，絲毫不講道理地吼新盾社老總，讓社裡立刻替她找個正規的土耳其翻譯進行搶救性洗白，否則他們在收到土耳其機票報銷單的時候，還會一同收到她的辭職信。

……難以想像她白天是壓抑著怎麼樣的怒火和滿肚子的陰謀詭計，在那淡定地逛景點玩耍。

而畫川這邊心也很大，沒怎麼細想這件事就挨著江與誠坐下了，兩人在等赫爾曼的時候喝茶閒聊，反而是初禮這邊心思動了起來——

原本以為江與誠都死透了。

沒想到突然死而復生。

這說明什麼？

肯定不是像表面上說的，顧白芷有特別的能力洗白啊還是怎麼的，洗白也要有人聽才行，很顯然顧白芷主動道歉只是給了雙方一個臺階……

真正的原因是赫爾曼還是對江與誠感興趣的，並不想就此放棄和他合作的可能性。

那麼現在問題來了。

赫爾曼和江與誠合作的意向有多大？

是否已經大過畫川？

確實，從兩人目前連載作品的大世界觀架構、故事曲折性還有結合赫爾曼個人風格來說，也許一開始可以說就是為赫爾曼準備的《消失的天帝少女》更得他喜愛一些……

思及此，初禮不得不提起十二萬分精神，認真考慮接下來可能會發生的一切。她之前還天真地以為，晝川和江與誠的戰爭已經默默結束，卻沒想到，原來這才剛剛開始！

初禮扯了扯晝川的衣角：「好好做人。」

晝川懶洋洋地應了聲，一副提不起勁的樣子，初禮想打爆他的狗頭。

片刻後，初禮和晝川在赫爾曼的管家引領下，也在葡萄藤架下入座。這個時候的葡萄藤上已經掛滿了果實，初禮好奇地碰了碰其中一串，管家笑著不知道從哪裡摸出一把剪刀，將那串葡萄直接剪下來洗淨端上來。

一起端上的還有熱茶和點心。

等不到赫爾曼，誰都沒什麼胃口。初禮只是端起茶杯抿了口熱茶，左顧右盼，等到她精神都有些不集中了，眼角餘光一閃，看見一個拄著手杖的身影慢吞吞向著他們這邊走來。

初禮率先站起來，還踢了腳晝川。

緊接著，整個葡萄藤架下的人都站了起來。

「大家坐。」

赫爾曼說了什麼之後，他身邊的人翻譯道。大家入座後，初禮才敢正大光明地看向赫爾曼：比電視裡看著的稍微胖一些，臉色不如電視上那樣好，穿衣服很講究，留著的絡腮鬍讓他看起來像個優雅的老紳士。

這就是國際知名大導演，國際知名作家、編劇，赫爾曼。

與他握手的時候，初禮感覺自己像活在夢裡一般。要是剛畢業的時候誰告訴她有朝一日她能親自握一握赫爾曼先生的手，她會冷笑著叫那個人醒一醒。

現在她做到了。

站在赫爾曼先生的面前。

「妳激動什麼？」晝川向著初禮歪了歪身子。

「見到大大了，」初禮瞥了他一眼道，「我第一次見你的時候也這麼激動。」

「然後呢？」

「幻滅。」

「……」

赫爾曼入座後，眾人安靜下來等他說話；與此同時，他身邊的翻譯也開始進行同步翻譯——

「我知道大家今日前來拜訪的目的，對於你們這樣主動、積極、熱情地爭取合作意向，我深感榮幸，」翻譯緩緩道，「我們之間擁有過賞識，也有過一點兒小小的誤會，但是這些都不是問題，我依然為我們未來的合作充滿了信心，我有預感，這將會是我個人創作生涯中最優秀的作品之一……」

一波商業互吹。

接下來，赫爾曼暫時沒有理會江與誠他們。

而是選擇非常客氣地和晝川聊了下他的作品。

本來今天就是晝川他們約的主場，赫爾曼這樣做倒是無可厚非。

這個過程長達了一個小時，赫爾曼詳細地問了《命犯桃花與劍》的大世界觀架構，在晝川和藹可親地以「溫潤如玉公子川」的形象吧啦吧啦地說著自己文裡的狐族、翼族和汐族時，初禮同情地看向翻譯先生。

最後翻譯忍了又忍，不好意思地問晝川：「請問汐族，可以翻譯為人魚族嗎？」

晝川看了他一眼，然後說：「沒關係，我來。」

接下來就是土耳其語耍酷模式。

初禮明顯能感覺到晝川在蹦躂出土耳其語的第一時間，赫爾曼也懵逼了一下，幾乎是無法掩飾地從認真攀談的狀態中醒過來，他抬起眼看著晝川，問了什麼。

晝川回答了什麼。

初禮一個字也聽不懂，急得想上吊。

情急之中，初禮把求救目光投向整個人都閒下來的翻譯，為了讓大家顯得不那麼尷尬，初禮選擇和他攀談一波：「他們說啥？」

「赫爾曼先生問晝川先生為什麼會學習土耳其語，這太讓人震驚，」翻譯面癱著臉複述，「晝川先生說，赫爾曼先生是他非常尊敬的作者，為了拜讀赫爾曼先生的作品，瞭解更多有關於他的事蹟，他選擇學習土耳其語。」

江與誠：「……」

顧白芷：「……」

初禮當時就想站起來為晝川鼓掌，奏樂——

幹得好！

這種馬屁赫爾曼肯定已經聽得耳朵起繭，但是當完全不是同一個語系的外國人，用他的母語，這般情深意切地拍馬屁，他絕對是頭一遭遇到。

赫爾曼非常受用……從他逐漸歪向晝川的身體傾斜度就可以看得出。

而這種情況下，哪怕是顧白芷也只能在旁邊啃著葡萄乾著急：「你怎麼沒想著學下土耳其語？」

江與誠：「我沒晝川那麼閒。」

顧白芷：「多一門手藝多一條活路。」

江與誠：「我從來沒想過自己有一天會飯碗碎到要靠土耳其語活下去。」

顧白芷：「現在你想到了嗎——晝川正用一口天知道正宗不正宗的土耳其語，砸碎你的飯碗。」

聽著他倆蛋疼的對話，初禮也丟了顆葡萄進嘴巴裡，整個人都覺得美滋滋得不行，哪怕聽不懂也假裝聽得很認真，面帶微笑看著晝川和赫爾曼；後來初禮回憶起來，當時大概就是「吾家有兒初長成」的老母親式慈祥笑容。

一個小時後。

赫爾曼終於結束了和晝川的親切交流，期間兩人笑聲不斷，非常和諧，合作之花生根發芽，一片欣欣向榮。

直到赫爾曼身體稍稍往中間傾斜，意味著他與晝川的單獨對話結束，他看向顧白芷和江與誠——

「今天請你們二位前來我的私宅，實不相瞞，我也確實已經準備在二位之中選擇一名合作者……」赫爾曼慢吞吞道，「而就我所知，二位在各自擅長的領域上都有著卓越而傑出的優秀成績。」

赫爾曼頓了頓：「但是身為文人，這些都是虛名。」

他掃視了一眼圍繞在他身邊的年輕作者們：「做為文學創作者，忠於心、忠於靈魂、忠於自己的雙眼——我不會再去詢問你們過去獲得了什麼榮耀，今天坐在這裡，你們應該是我追尋的合作者，站在同一起跑線。」

初禮坐直了身體。

對面的顧白芷眼珠子轉動，安靜地看了初禮一眼。

同時，他們聽見赫爾曼先生繼續道——

「作為前輩，或者說是老師，我想我還有一些本事，使你們這些年輕的創作者去做一些事情，我也將會藉此選拔出最後的合作者……而文人，就該有文人的決勝方式。」

赫爾曼撐著手杖站起來，目光環繞庭院一周。

最後他將目光鎖定在進院子的時候、誰也沒怎麼在意的池塘上。

「池塘裡有一尾魚，唯一的一條，就根據這個來寫篇文章吧，」赫爾曼說，「三個小時後，我期待著你們的作品能夠驚豔我。在此期間，茶點任用，我來自遙遠東方的朋友們。」

言罷。

在場四人八眼懵逼。

他轉身揚長離去。

晝川和江與誠不知道是不是震驚過頭還是壓力太大，誰也沒說話。初禮看看顧白芷，顧白芷乾巴巴道：「看我幹麼，老娘十年沒寫命題作文了，還是看圖說故事……」

初禮想說：我也是。

然後她默默轉頭看向已經被迫拿起武器，被扔進角鬥場裡的兩位作家，想了想，開口道：「整個中國文壇的臉面都在你們身上了，你們……」

晝川換了個坐姿，輕描淡寫道：「我大腦一片空白。」

江與誠：「我也是，看來中國文壇要在今天走到絕路。」

初禮、顧白芷：「……」

文人最開始作文章的時候，只需要一枝筆和一張紙——

這就是眼下晝川和江與誠的狀態。

他們倆面對面地坐著，面前各自擺著一張紙和一枝筆，動作整齊劃一地抱著手臂，盯著紙筆——沉默。就好像只需要沉默，就會有卓越的文章自動出現在他們面前的紙張之上。

晝川的腳有節拍地敲打踩踏地面，發出「噠噠」的聲音，江與誠怒目而視：「吵死了你。」

晝川掀起眼皮子掃了他一眼：「有種你不要抖腿，我都沒嫌你地震，男抖窮，女抖賤，聽過不？」

卡文之中的作者總像是一隻暴躁易怒的獅子，而眼下的智障二人組就是這樣的狀態。

初禮和顧白芷兩人像是小太監似地站在他們身後，看著他們倆互相甩鍋，品味著什麼叫真正的皇帝不急太監急……

在顧白芷開口之前，初禮已經抱著手臂冷冷道：「在你們有空吵架的時候，閉上嘴，說不定已經想好怎麼開頭了。」

顧白芷欣賞地看了初禮一眼，就彷彿她只是率先講出了自己想說的話。

而顧白芷並不知道的是，事實上，初禮比顧白芷著急得多——

之前她就在猜測，赫爾曼先生一再地給江與誠機會，是不是因為他本身更加喜歡江與誠的作品；而現在一看，她的猜測是沒有錯的：赫爾曼先生這看似隨便一點的出題，事實上對江與誠更加有利。

這是一個很容易想明白的問題。

同樣題材的短篇文章，如果要給人眼前一亮的感覺，那靈異懸疑類顯然更容易讓人印象深刻；而相比之下，中規中矩的東方幻想或許就沒有那麼出彩。

或許赫爾曼本人並沒有這個傾向，但是事實上，在他做出最初的「即興寫作」選擇時，已經親手替江與誠增添了一個砝碼，讓勝利的天平向著江與誠傾斜。

這很麻煩。

該怎麼辦？

初禮思考之中，抬起眼，發現江與誠已經開始動筆。

江與誠想的倒不是很複雜，在《消失的天帝少女》裡，女主透過一面鏡子穿越到「孔雀阿修羅王喜獲麟子」祭典的當夜，慶典之中有無數戴著錦鯉面具的孩子在嬉戲舞龍——在這個世界裡，沒有人知道他們的真實面目，只是替他們取名為：徊。

那個世界的人們同樣不知道他們來自於哪裡，《天帝少女》中，女主曾經與這種名叫「徊」的孩子玩耍，並在他們的引導下爬上了高高的懸梯，接近蒼穹與星辰……

但是正文裡，江與誠沒有給這些看似龍套的小妖怪模樣角色設定具體的來歷和故事。

所以這一次，他乾脆把「徊」做為主角，設定每一個「徊」都是在人間早年夭折的孩子的靈魂，阿修羅王憐憫他們可憐，便讓像是無根浮萍的孩子們以「徊」的形態進入到「阿修羅王的世界」，戴上千奇百怪、不同模樣的錦鯉面具，等待與他們有著機緣的父母懷上新生命時，他們才會離開這個世界。

在此之前，他們的父母周圍一定會出現有「魚」的暗示，或許是家裡的錦鯉游動獻禮。

或許是看見天空有魚形白雲飄浮。

或許是家中池塘裡，一條魚正好躍出水面……

那是他們的孩子回來了。

「徊」，拆字為「雙人旁與一個回字」。雙人旁為「走走停停」，回為「歸」——

即為，人生漫漫之路，在行走中走走停停，最終輾轉折返回到原地。

江與誠一改往日的偏暗黑式寫作風格，而是書寫了一位孩子病重的母親在失去孩子後，將池塘裡的一條錦鯉當作是精神寄託，朝夕相處的故事。

故事之中，每天落日，年輕的母親都會坐在池塘旁，將腳放入池塘裡，踩著水將每一天發生的一切都告訴錦鯉。

而在另一個世界裡，變作是「徊」的孩子遊蕩在阿修羅王的世界裡，只是每當落日之時，他彷彿都能聽見耳邊響起熟悉的聲音，於是他停止嬉戲，茫然地回過頭看著身後的方向，逆著人群，張開雙臂，像是拚命地、拚命地逃離這裡，想要回到某一個該去的地方……

人流撞歪了他臉上的錦鯉面具，露出了面具之下，茫然的孩童的臉——這一刻，他突然想起了作為人類時的一切。

錦鯉驚起，從母親的腳邊游走。

很早以前網路上流行一句話，魚在水中，所以人類看不見牠的眼淚。

再後來，母親懷孕，喜獲麟子。

孩子很健康，只是背後生來就有一片片淡淡的斑駁胎記，就像是魚鱗被撞掉之後，魚身上會留下的傷痕。

孩子睜開眼的那一天，臉上的茫然也如同那天，站在人群之中，被撞掉了臉上錦鯉面具的「徊」。

是早夭的孩子，終於在那一日逆流而上，撞碎了人間與那個世界的結界，回到了母親的身邊。

出乎意料的溫馨圓滿大結局。

文章描述的過程中，因為江與誠知道赫爾曼要的是什麼，所以著重放在母親的身上，失去孩子的傷痛、坐在水池邊與錦鯉說話的失魂落魄，直到最後，始終咬著牙沒有哭泣過的母親抱著小小的孩子，撫摸著他背上的胎記卻流下了唯一、也是最後的一滴眼淚。

很難想像他是如何做到將一個人的感情描寫到如此細膩的程度。

在江與誠刷刷寫作的過程中，初禮就站在他身後看，越看心裡越涼，心想：馬的，他怎麼寫得這麼好。

頭一次覺得原來看到作者寫出了好文章，作為編輯的她也不一定是歡欣鼓舞的。做為江與誠的死忠粉，她一眼看出這已經是江與誠能夠寫出最好的故事，好到甚至讓她想摁住江與誠的手，讓他趕緊別寫了。

再抬頭看看晝川，一個小時過去了，江與誠已經快完成八百字小作文的長度，這傢伙還捧著臉咬著筆在那放空，一臉讓人焦慮的呆滯。

初禮不得不走到他身邊，踢了他一腳：「老師，請問你的魂兒還在家嗎？」

晝川「嗯」了一聲，初禮低頭看了眼，發現他也不是完全沒有動筆，在他面前擺著的紙上寫了幾個梗，其中一個被圈了起來，大概是說魚從一條魚，修煉成一個人的故事。初禮看見的是魚和人之間被劃了個等號，大概就是這個意思。

這想法沒問題。

至少晝川也知道赫爾曼曾經提到過。

他想在新作品裡表達的，是東方女性之美，柔軟、溫柔、黑髮齊腰、慈愛，以及西方女性沒有的神祕妖嬈。

但是，太普通了。

相比起江與誠那個結合了親情、母愛、愛情等題材的小短篇，光是想用「鯉魚成精」這個題材，便已經活生生在開頭的設定上矮人一頭……

初禮從背後看著晝川，看著男人抽出一張新的稿紙，在上面寫下「從前從前」四個字的時候，突然就有一種「好像要走遠了」的絕望。

她從側面看著晝川，晝川一隻手撐著臉，面無表情的樣子似乎沒有什麼情緒波動，不焦慮，也不著急了，就好像已經勝券在握。

是的，最瞭解江與誠的就是晝川，他肯定覺得自己也猜到了江與誠會寫什麼。

初禮看在眼中，心中焦慮，非常想揪著晝川的脖子，告訴他：今天的江與誠不走尋常路，你想要寫這種普通的套路無可厚非，但是，至少在今天，這種東西贏不了江與誠！

然而，初禮卻什麼都不能說。

她只能滿腦子胡思亂想地站在晝川身後，看著他落筆寫下第一句——

很久很久以前，有一個名叫「池」的村子，村子長久祥和安寧，與天很近，彷彿伸手就能觸摸到碧藍蒼穹……

是要輸了嗎？

是要輸了吧。

初禮背著手，抿脣站在晝川身後，專心致志地盯著寫下第一行字的晝川，心中，前所未有地覺得，晝川會在這一天敗落。

「很久很久以前，有一個名叫『池』的村子，村子長久祥和安寧，與天很近，彷彿伸手就能觸摸到碧藍蒼穹……

少女『鯉』便生活在這個村子裡，她身上總是穿著火紅的衣裳，閒來無事的時候總喜歡站在藍天之下呆呆地望著天空發呆，如此這般天天盯著天空看，她便發現一些別人不知道的祕密。

『池』更像是一個籠罩在玻璃罩子下的獨立世界，罩子是透明的，也是不可打破的……她用自己的腳從村子的這一頭走到另外一頭，一共只需要短短的一點點時間而已，村子裡的人更像是被囚禁起來了。

然而村子裡的人卻絲毫沒有察覺。

『我想離開這個玻璃罩，到外面的世界去看看。』鯉說。

『別天真啦，外面什麼都沒有。』村子裡的人嘲笑。

『我們被關起來了，被什麼人關起來了，世界不應該只有這麼大，從村子的這頭走到那頭，只需要短短的時間。』鯉反駁。

『妳大概是瘋了吧。』村子裡的人對鯉避而遠之。

就是這樣，村子裡的人都覺得自己是被神明恩賜著的人——因為他們不需要辛勤的勞動就可以得到食物。每一天，大概是午時剛到，或者午時剛過，從鯉眼中的玻璃罩子外，就會從天而降許多食物，人們一擁而上地將那些食物分食，並給這個時間段取名為『恩賜時間』……

聽爺爺輩的村人說起，更早的祖先歷經萬險、跋山涉水來到『池』，他出生的時候，『恩賜時間』就出現了，多年如一日，想來雷打不動。

不知道為什麼，對於這種說法，鯉總有些不安……」

晝川的筆尖到這裡停頓了下。

初禮站在他的身後，看著他寫好的一段字，有些迷迷糊糊地不知道他要寫什麼主題，只是下意識覺得眼下他在寫的東西的文風和內容似乎都與平日寫的不太一樣……

「寫啥呢？」初禮伸出指尖戳了戳晝川。

晝川扔了筆，站起來，伸了個懶腰離開桌邊。

初禮看著他那副懶洋洋、提不起勁的模樣，心裡「格登」一下：完了完了這是要放棄治療啊，畢竟高考考場裡這麼扔了筆，一臉輕鬆樂觀走出考場的，都是準備明年再來的！

「晝川，晝川，老師，大爺！您別自暴自棄，」初禮像個小太監似的，腳尖對腳跟地跟在晝川屁股後，「我真誠覺得你寫的那個開頭滿有趣，雖然除了女主的名字跟魚有關之外，有點跑題跑得離譜，但是我們要樂觀點兒啊，萬一後面還能掰回來呢，想想你最擅長的——」

晝川腳下一頓，在走出葡萄藤架外後突然停了下來，轉身看了眼初禮：「這種命題短篇，東方幻想題材哪怕加上言情，乍一看，驚豔程度也沒辦法跟懸疑靈異相提並論。」

初禮：「……咦，你也想到啦？」

晝川瞥了初禮一眼，就好像她在說什麼廢話。

初禮瞪大了眼：「那怎麼辦？這不是你可以就此放棄治療的理由啊。」

晝川抬起手，「啪」地拍了下初禮的額頭：「誰說我要放棄治療了？」

初禮：「……」

晝川：「懸疑靈異，我也會寫。」

初禮臉上的表情像是聽見了什麼笑話，上下打量晝川一圈，想說什麼，又吞回肚子裡，期期艾艾道：「別病急亂投醫，發揮出自己的特長很重要……你跟江與誠比他最拿手的，不是著了他的道嗎？」

說到最後，初禮真的覺得自己像是兒子要去高考的老媽子，操碎了心，還盡說廢話。

晝川想了想問：「妳對我沒信心嗎？」

初禮沒有直接回答這個問題，而是看著晝川的眼睛說：「我比任何人都想要你贏，這樣的希望程度，也許甚至超過了你自己……知道我現在最氣的是什麼嗎？至少今天的這一個環節，我好像使上了吃奶的勁也幫不上你什麼，無論你輸還是贏，我都只能看著，這是最氣的。」

話語剛落，站在她面前的男人抬起手，替她將耳邊的髮別至耳後；與此同時，他彎下腰親吻她的唇角——

「好的，別氣，看我贏。」

五分鐘後，晝川拉著初禮的手回到桌邊。

就好像剛才那一瞬間，他只是出去做了個體操。

他坐下之後拿起筆，接著剛才的故事，繼續寫下去——

「日子一天一天地過去。

有一天，鯉遇見了英俊的少年，與少年相戀，並很快地懷上了孩子……兩人每天手牽手、肩並肩地一起仰望天空，發發呆。鯉會跟少年說一說自己想像中玻璃罩子外的世界，少年笑而不語，只是聽著，握緊了她的手。

當『恩賜時間』裡的其他人一窩蜂地哄搶食物，他們遠遠地看著，偶爾去撿一些人們搶剩下的食物，生活倒也知足。

但是和平的日子並沒有過很久。

有一天，鯉擔憂的事情發生了，『恩賜時間』到了，但是蒼穹之上，卻沒有掉下任何的食物……剛開始人們都很鎮定，只是相互安撫著，肯定只是恩賜者一時忘記了。

他們聚集在一起，從午時等到第二天的午時，『恩賜時間』卻還是沒有出現。

一天。

兩天。

三天……

一週。

村子裡的存糧已經被吃得差不多了……『恩賜時間』再也沒有出現，陸續有虛弱的村民死去。

村子裡的人逐漸在減少，而伴隨著饑荒而來的還有別的問題，似乎是周圍的屍體在變多又沒有人去清理的緣故，村子裡的空氣也開始變得渾濁，環境變得越來越糟糕。曾經碧藍的天空消失了，抬起頭，就是渾濁的一片，再也看不見清澈的蒼穹……

更糟糕的是，伴隨著鯉的身體越來越虛弱，寶寶要出生的日子在逼近。

有一天，鯉的愛人離開之後就再也沒有回來。

鯉不得不挺著大肚子，一步步地沿著兩人散步曾經經過的方向去尋找，空氣的能見度已經很糟糕了，擦肩而過的都是苟延殘喘的人，他們有的餓得兩眼發綠，有的得了皮膚病而皮膚開始潰爛，曾經光鮮的衣服腐朽、脫落，露出森森白骨……

死亡的陰影終於籠罩了整個村子。

鯉在『恩賜時間』的地方找到了愛人的屍體，死的時候他的雙眼睜著，只是平日那雙溫柔的眼中灰濛一片，盡是絕望。

在完完全全被悲痛支配的痛苦之中，鯉的孩子們誕生了。

饑餓之中的生產讓她雙目暴凸，她拖著瀕死之軀，將孩子生下，下一秒，她眼睜睜地看著即將餓死的人們從四面八方湧了上來，他們的眼中閃爍著綠色的光，說著『終於等到了』、『我們還是沒有被拋棄』這樣的話，像是一群喪屍蜂擁而至，將她的孩子胎盤撕扯開來，吞噬——

鯉愣在原地片刻。

然後她衝入人群，從一個人的口中搶回自己的孩子，手上被鮮血染紅，她死死地抱著懷中的孩子，定眼一看，卻發現孩子只剩下了上半身——

他睜著茫然的眼，剛剛來到這個世界的他又知道什麼呢，就匆忙地和他的父親一樣死去。

鯉瘋了。

用身體撞擊、牙齒撕咬，所到之處揚起黃沙，空氣變得更加渾濁，她就像是一條瘋狗在血肉之中戰鬥，從他人身上撕咬下來的血肉模糊了她的雙眼，她吞嚥下同類的血肉，饑腸轆轆的身軀終於得到了活力的補充……

鮮美。

嫩滑。

還帶著一絲絲的腥甜。

一片混亂中，鯉靜靜地摔倒在『恩賜時間』降臨的天空之下，她攤開手掌，呆滯地看著天空……隨後，身邊感覺到空氣的流動，下一秒，就好像天空又變藍了，新鮮的空氣注入，周圍同伴的屍體被什麼東西清理乾淨，汙濁的空氣也逐漸消失……

藍天啊。

又回來了。

就彷彿一切只是惡夢。

有包在胎盤之中、倖免於難的孩子從她身邊咕嚕嚕滾過，鯉張開手，卻發現自己沒有力氣捉住他們，眼睜睜地看著他們隨著汙濁的空氣一起被抽走，抽入一個黑漆漆的、圓柱形的黑洞裡。

隱隱約約中，她好像聽見，蒼穹之上，有什麼人在說話。」

畫川手中的筆落紙如飛。

字體伴隨著劇情的發展脫離現實而越發潦草與狂野——

直到此時，他停了下來。

稍一定神，目光變得凝聚而沉澱。

「『哎呀，出門一個禮拜，管家都沒有替我好好餵魚。』

『真是糟糕，池水也一片渾濁的樣子，魚都死了吧？』

『還有互相啃咬的痕跡呢……啊，這裡還剩一條紅色的錦鯉，倒是還活著的樣子。』

『撈起來我看看……呃，看著也活不長的樣子。』

『確實，看，說著這就死掉了，真可惜。』

這是鯉最接近那片碧藍蒼穹的時候。

她終於得償所願離開了那玻璃罩。

原來玻璃罩外面雖然沒有空氣，但有陽光。

陽光很暖。」

至此，故事結束了。
晝川放下筆。
他也完成了自己的故事，關於一條池子裡的魚的故事。

第四章

三個小時後，兩位作者都交上自己的作品。雖然只是兩篇短篇小說，但是為了公平以及準確地、不留遺憾地選擇出理想中的合作者，赫爾曼表示自己並不會立刻就做出選擇，而是準備聘三位翻譯老師，分別對晝川和江與誠的作品進行三次翻譯工作，然後再仔細閱讀、對比三個版本的翻譯作品，便可以得到最接近原作想要表達的含義。

重視程度可見一斑。

赫爾曼接過了稿子，鄭重表達了對晝川與江與誠的感謝之後，留他們下來吃晚飯，叮囑管家好好照顧兩位作者，自己則如獲至寶、一刻也不願意多等似地轉身回到書房親自去聯繫中文翻譯了——

都說赫爾曼的作品從成稿之初便親力親為，如今看來果然名不虛傳，或許這便是所謂的「文人匠心」。

這邊，等赫爾曼回到書房後，晝川和江與誠像是小學生似地放鬆下來，癱在院子裡的葡萄藤架下。

晝川拿過放涼的茶水一飲而盡，然後抬腳踢了踢江與誠，問：「喂，你寫什麼內容？」

江與誠想了想，面無表情道：「東方幻想，母愛。」

江與誠抬起頭看了晝川一眼，停頓了下，問晝川：「你呢？」

晝川「哦」了聲，也面無表情道：「靈異懸疑，母愛。」

江與誠：「……」

晝川：「……」

江與誠：「為什麼有種好噁心的感覺？」

晝川：「我也是。」

江與誠：「互相寫了對方擅長的題材，不約而同地使用同一個主題……噁。」

晝川：「誰要和你心有靈犀啊！」

江與誠做了個嘔吐的表情，回踹了晝川一腳。

初禮和顧白芷站在旁邊看著這兩個幼稚鬼，表示她們都插不上話。那兩個人你一眼我一語，像是剛高考完的考生迫不及待在那對答案一樣討論得熱烈，她們像保母般地在兩位大大身邊坐下，隨時準備兩人一言不合大打出手的時候出手阻攔。

晝川拉著初禮：「這人學我寫東西，可以說是非常噁心了。」

江與誠冷笑：「搞得好像你沒學我一樣。」

晝川不屑一顧：「我是為了贏，這種命題作文，懸疑靈異之類的比較好贏。」

江與誠：「別呀，話說得太絕對就是一個 flag，比如萬一我贏了你老臉往哪擱？」

初禮把手從晝川的手裡抽回來：「你倆繼續，別帶上我，謝謝。」

因為完成了任務，這一天的晚餐氣氛格外輕鬆，赫爾曼和江與誠、晝川都聊了很多；席間，初禮再一次感覺到晝川和江與誠之間看似岌岌可危的友誼其實有多麼堅固——在整個晚餐過程中，晝川沒有再使用土耳其語創造與赫爾曼多聊天的機會，而是乖乖地用中文，等待著翻譯一碗水端平地替他和江與誠一人翻譯一句……

初禮想起那一天，江與誠面對翻譯說錯話、可能面臨被淘汰的情況下，大概是前腳剛踏出赫爾曼的別墅、後腳就打了電話給晝川提醒他不要說些不該說的……

再想想今天兩人不約而同地寫了對方擅長的題材和同樣的主題——

真的可以說是非常的……呃。

可見真愛。

初禮越發覺得如果不是她從中間橫插一腳，文學屆的《羅密歐與梁山伯》說不定已經華麗誕生。

罪過罪過。

晚餐是魚和羊肉。

初禮對土耳其的羊肉之擅佩服得五體投地，象徵性地扒拉了兩口，備感反胃後，就放下餐具，假裝微笑著慈愛看著晝川與赫爾曼聊天。

晚餐過後，晝川他們正準備離開，這才被赫爾曼告知，替他們預定了今晚觀賞土耳其著名旋轉舞，又名孔亞旋轉舞的演出表演票，這會兒就準備讓家裡的司機開車送他們過去參觀後，再打包送回飯店。

孔亞旋轉舞是來到土耳其必看的表演節目之一，雖然因為表演擁有濃重的宗教儀式感和內涵，大多數非信徒也只是看個熱鬧就拉倒……

但是來都來了，該看的總得看看。

初禮原本安排的行程裡就有這項活動，眼下被人安排好了自然千恩萬謝。

晚餐過後，他們跳上車，車子一路開到郊外稍微偏遠的地方，一座巨大得像是古堡似的建築平地而起，建築之外停著幾輛遊覽車，有一些歐洲的遊客聚集在車下。

驗票進入後是一片巨大又空曠的中庭，沒有椅子，只有稍微寒冷的穿堂風，初禮打了個小小的噴嚏，晝川瞪了她一眼，把外套脫下來扔給她。

初禮吭吭嗤嗤地穿上還帶著男人體溫的外套：「不想給外套就別給，不情不願的，嘖嘖，瞪人家幹麼……」

晝川語氣不善：「早上出門讓妳多穿點兒不聽，就指望男人脫外套給妳，男人不是人類啊，是個人類就會感冒怕冷——」

初禮：「凍死你了嗎？」

晝川：「穿著我的外套神氣什麼，還給我。」

初禮裹緊了衣服背過身：「不給。」

江與誠在旁邊笑咪咪道：「要不妳還給他，我也有外套，我還不冷……」

江與誠的話成功讓晝川如臨大敵一般，將自己的外套和自己的人一同攬過來，也顧不上嫌棄了，將吸著鼻涕的初禮的腦袋往懷裡一摁：「當著老子的面勾引老子的人，你他媽是不是活膩了……」

江與誠微笑道：「要不我外套給你穿？」

晝川：「滾，滾！」

顧白芷抱著手臂站在旁邊看著他們一唱一和，搖搖頭，萬分無語道：「都唱的哪齣戲，微博粉絲加起來快超過五千萬的兩位大大，能不能放過我……」

顧白芷碎碎唸中，中庭裡忽然有音樂響起，不一會兒，在他們身後那堵牆上亮起了光。她定眼一看，居然是3D投影！

投影之中，金戈鐵馬，鼓聲震震，生動立體地向站在中庭的遊客們展示了土耳其從古至今的歷史——從古老的鄂圖曼帝國起，攻陷君士坦丁堡，滅拜占庭帝國，至十九世紀衰敗，繼承東羅馬帝國文化，吸納伊斯蘭文化，逐漸演變，在不斷的戰爭中發展工業與農業，最終形成了土耳其共和國……

全程初禮都窩在晝川的懷裡，在幾十米高、百米寬的「巨幕」之上看完了長達大約二十分鐘的3D小電影，正感慨光是這一下已經值回票價，旁邊的建築大門開了。

初禮又打了個噴嚏，總覺得抬著頭看久了大螢幕，頭有些暈。

也許是感冒了？

初禮也沒怎麼放在心上，裹緊了晝川的外套跟著人群走進古堡裡，裡面的地板、石柱都由大塊磚石鋪墊，光線昏暗，歷史感沉重撲面而來……

初禮回頭看身後的男人：「有沒有什麼靈感？」

晝川：「什麼靈感？」

初禮：「作家來到一個全新的環境，難道不會獲得一些寫作的靈感嗎？」
晝川：「不會。」
江與誠：「妳知道什麼才會給作家靈感嗎？」
初禮：「啊？」
顧白芷面無表情地跟上：「是人民幣——鑒於臺灣那邊的稿費結算習慣，美金大概也行？」
初禮：「……」
在建築中央，四人由工作人員帶領入座，在他們的正前方是一個方形的寬闊舞臺，四周都是觀眾席，布局分割像是古老的角鬥場。
初禮坐下之後，又覺得屁股底下有些涼，不過這種抱怨說多了她覺得矯情，於是乖乖閉上嘴，決定回去之後喝點兒熱水倒頭睡，估計睡一會兒就能好。
好在沒讓她等待太久，真正的土耳其旋轉舞便開始了——
舞者統一為男性，他們身著象徵塵世萬物的黑袍，雙手搭在肩膀上旋轉入場。轉著轉著，舞者的右手緩緩抬起，象徵著天上神聖的恩澤；左手稍稍低垂，象徵將這樣的恩澤傳遞到世間。
舞蹈期間，他們除去黑袍，留下的白裙象徵真主，腰間黑帶象徵自我，高高的黃帽象徵墳墓。
以左腳為圓心旋轉，象徵著生生不息、四季變換和周而復始。
旋轉的不間斷，代表舞者距離真主越來越近。

旋轉舞一共分為七個部分，時間約一個小時，七個部分也暗示著創世紀的七天。以上，晝川說的，百度補充。

原諒初禮藝術造詣不是很高，看到一半時滿頭霧水，低頭找資料去了，搜尋了半天懵裡懵懂地抬起頭，舞臺上的舞者們還在旋轉著變化隊形，變換的只有他們的手勢，以及旁邊的主祭教士高吟的《古蘭經》經文與祝福內容。

初禮看了一會兒，覺得頭暈越發嚴重。

看著他們一圈圈轉得開心，自己也跟著天旋地轉。

好不容易撐完表演，回到飯店，她掙扎著爬上床躺了一會兒，然後又掙扎著從床上爬起來，抱著馬桶吐了個翻天覆地。

吐夠了撐著爬起來，到洗手臺漱口刷牙，之後用手抹抹嘴上的水，她把這一切歸結為正事辦完之後，緊繃的神經放鬆，於是疲憊感排山倒海而來。

洗了把臉，正想轉身找晝川賴地打滾說「你看我都病了你還不買個鑽戒給我解解乏」，結果一抬頭，就看見她要找的人老早就出現——

此時此刻，男人抱臂斜靠在洗手間門框邊，冷眼看著她一臉發青的狼狽。

兩人在鏡子中對視幾秒。

初禮：「……」

晝川換了隻腳支撐重量：「如果是女兒的話，叫晝月初豈不是很好？」

初禮：「……」

晝月初個毛。

不如叫馬冬梅。

晝川走進浴室，將掛在洗手臺上的人一把打橫抱起，初禮尖叫一聲伸手抱住他的脖子。

晝川穩穩地抱著她，轉身大步往房間裡走：「晝月初的名字，我解釋一下，首先妳我名字首尾各取一個字，再加上咱們王八看綠豆時……」

初禮：「情投意合——什麼王八看綠豆，你是王八還是我是？還作家呢，咱能有點兒文化嗎？」

晝川一頓，額角跳了跳，忍住把懷中抱著的人扔出去的衝動，這才緩緩繼續道：「再加上咱們情投意合時，用的最多的無非就是今晚這月亮怎麼樣……烏雲密布也要睜眼說瞎話感慨今晚月亮又大又圓真美什麼的。」

初禮：「……」

夏老師，您一語成讖，晝川老師真的是個文痞啊，不寫文的時候就是一個不學無術的小混混，張口盡是粗痞的淫詞浪語。

初禮正腹誹之時，已經被晝川抱回臥室，晝川彎腰將她放床上，手卻沒有挪開，而是直接撐在她腦袋旁邊，一臉認真地把沒說完的話說完：「所以一個『月』字，我覺得用得非常好，妳覺得呢？」

初禮躺在床上，整個人舒服了一些，雙手交纏上晝川的脖子，衝著他燦爛地笑了笑：「我覺得，我沒懷孕。」

晝川停頓了下，稍稍抬起身子，認認真真地打量著初禮，直到把她看得毛骨悚然、渾身汗毛都快要豎起來，他才垂下眼，方才那輕鬆且樂在其中的樣子消失了，臉上忽然沾染上一絲絲不太高興的情緒，內斂的、不外放的不高興。

和「妳當我要飯的啊」那種一樣，讓人感覺更可怕一些。

晝川盯著初禮，抿起脣，又鬆開，開口叫道：「初禮。」

連名帶姓被叫著的時候，總覺得他語氣裡有殺氣。

初禮臉上的嘻皮笑臉收斂了一點兒，抱在晝川脖子上的手也稍稍放鬆了一些，她用指尖小心翼翼地順著他的頭髮，指尖繞著一小撮繞圈圈，「嗯」了一聲，用「雖然不知道哪裡闖禍了但是我先認慫」的語氣乖巧道：「幹麼突然用這麼可怕的語氣叫我？」

晝川想了想，總覺得接下來的話難以啟齒的示弱且非常扎心窩，努力組織了好多次語言也沒能找到一個準確的詞彙，最後只能隨便挑揀出一個詞出來用了，看著懷中的人，壓死了聲音問：「妳是不是不想跟我過日子了？」

初禮：「啊？」

這他媽就有點兒驚悚了。

她剛稍微冷靜一點兒的腦袋又痛了起來，那種想要嘔吐的衝動又來了——這次是因為緊張，還有不確定。

啥玩意……

他說這個幹麼？

初禮擺弄男人頭髮的手指尖一頓，眨眨眼，她無比真誠且無辜地說：「我沒有，你又在那汙衊誰？」

晝川理直氣壯反問：「那妳為什麼每次都一口否認自己懷孕？」

「……因為我覺得就那一次沒有安全措施，這都能中像什麼話，更何況最近這麼忙，天天上一秒天堂、下一秒地獄的折騰，月事不來或者腸胃不舒服都很正常啊。」初禮誠實地說，「你哪來的思維跳躍，我覺得我沒懷孕就是不想和你過了？」

晝川：「……」

因為。

「堅持沒孩子」等於「暫時沒考慮結婚」等於「隨時都可以分手」等於「隨時準備分手」等於「觀望中」等於「有了這種可怕想法的苗頭」等於「目前日子有一些過膩了不想過了」。

晝川不說話，只是用自己的身子擠開初禮，跟著爬上床，在讓出一個身位的傢伙身邊躺下，瞪著天花板，沉默了好一會兒……想了想，好像又得出了新的結論，又問：「那妳是不喜歡小孩？」

初禮：「嗯，真不怎麼喜歡……但是自己的應該不嫌棄。」

晝川「喔」了聲：「那妳就是不喜歡跟我生小孩。」

初禮額角青筋狂跳：「……你知道嗎？我現在有點想把你踹下床去。」

晝川先用大腳丫子踹了她小腿一下：「妳踹我幹麼？妳還委屈上了？妳不心虛？不然為什麼提到這話題妳總是一臉抗拒？」

初禮：「……」

得。

話題又轉回來了。

也不用再跟他說什麼「我覺得我沒懷孕」這種話，反正就是「不聽不聽王八唸經」。

初禮想了想，想出了一個友愛又和平且顯得沒有那麼跑題萬里的新話題：「不是，我就是在想，那萬一要是個兒子怎麼辦？也不能叫晝月初啊。」

晝川：「妳為什麼扯開話題？」

初禮：「……」

你為什麼非要揪著之前的話題不放！

多麼好的新話題。

奈何某人並不想跟她友愛又和平……

真的，氣到變形。

初禮掀起被子蓋住腦袋，翻了個身拒絕再跟他胡攪蠻纏。奈何晝川不依不撓湊上來拽她的被子，見拽不開乾脆將她連人帶被子摟進懷裡，隔著被子在她耳邊碎碎唸：「上次跟妳求婚，妳不答應；說到孩子，又一臉抗拒……妳說說看，得多沒心沒肺才覺得這樣很好、這樣沒問題，我都不知道妳到底想幹什麼——」

初禮捂在被子裡微微一愣。

抱著她的雙臂稍稍收緊，初禮感覺到男人的頭隔著被子挨近了她背後，就像是大型犬似地拱一拱。

「妳怎麼像個流氓似的，光談戀愛不談一輩子……別不是想抓緊時間爬上編輯女王的位置，然後轉身把我畫某人一腳踹了包養小白臉吧？」

他越說越不像話。

初禮覺得自己再不理他，他能腦補出一個銀河系，什麼霸道總裁的小嬌妻被始亂終棄帶球跑什麼的……嗯，最大的問題在於，她是那個霸道總裁。

她縮在被子裡，毛毛蟲似地拱著拱著翻過身。

然後初禮低下頭，放開被子，張開雙臂主動把自己塞進男人懷裡，鼻尖頂著他的胸膛，想了想說：「你看。」

晝川：「看毛看？」

「閒著沒事的時候，還是想抱抱你。」初禮說，「你走在我前面的時候，我就想牽你的手；你站在那說話的時候，我就想讓你彎下腰，好讓我親親你的唇……」

初禮抬起頭：「這還不是我喜歡你的證明？」

沒等男人回答，她眨眨眼：「我就差想當個樹懶掛在你身上了，怎麼就不想和你過日子，我喜歡你，全世界範圍內，最喜歡你。」

晝川低下頭，看著懷中那人一雙眼閃爍著誠實的光，她的目光柔和，眼睛裡倒映的全部都是他的影子。

心中的鬱悶與急躁稍稍被平息，或許是此時此刻抱住他的腰的雙手確確實實充滿了依賴，他眼角稍柔，抬起手摸摸她的腦袋，將她的頭髮揉亂摁進自己的懷裡，深深地嘆了口氣。

晝川「嗯」了一聲，想了想又道：「我也喜歡妳。」

初禮腦袋壓在他胸膛上，就要被他捂到窒息。

抱住晝川的腰，初禮忽然悟了一個問題，人們都說「車至山前自有路，船到橋頭自然直」，而兩個人的關係大概亦如此……

她和晝川好像已經進步到了一個需要打破目前的和諧，攜手共進入一個新關係的程度。

這一切發生得如此自然。

自然到晝川這樣的粗神經甚至感覺不到它的到來，他也不知道具體該怎麼做，只是本能地做出了應對方式……什麼懷孕不懷孕的，壓根只是他能夠捉住的一根救命稻草。

儘管他因此越發變得急躁起來，變得不確定，腦中充滿了各色奇特魔幻的幻想。

呃。

作家的腦袋。

一不小心沒照顧到，瞬間就自己腦補出了一齣八點檔大戲，自顧自就氣上了，也不管他腦補的另外一個人，是不是從頭至尾壓根沒見過他的劇本。

「別胡思亂想了。」初禮拍拍男人的背。

晝川不假思索道：「不行，回國時去戶政事務所走一趟，帶上妳的戶口本。」

「……你一大作家，千萬身價，一副恨嫁的模樣到底怎麼回事？」

晝川的腿也掛上來夾著她的腰，「哼」了聲：「喜歡妳。」

初禮：「……」

初禮能說啥？

她抬起手拍拍他的背：「好好好。」

這一夜晝川抱著初禮睡，抱得很緊，就像抱著一個寶寶；初禮也睡得很踏實。

雖然表面上是個風風火火的臭脾氣，但是她也是有一些少女心在的，被人抱著睡、早上起來一抬頭就是心愛的人稍稍有一些鬍碴青的下巴這件事，她從還不會談戀愛的時候就惦記著了。

今兒算是完成了一半。

為什麼說是完成了一半呢？

因為第二天早上起來，她發現昨晚抱著她的傢伙不見了，反而是她自己像個很缺愛的樹懶抱著一個枕頭。伸手一摸，旁邊的床都涼了，就像晝川本人在初禮心中一樣，如屍體，涼得硬邦邦。

初禮：「……」

這個人讓她少女心撲通撲通跳的感覺從不堅持過夜，這原則也是很讓人迷醉。

初禮看了下時間，此時是上午十點半，爬起來刷牙洗臉化妝，等一切收拾完畢後，又晃悠出去吃了早餐。

吃完早餐，左等右等也等不到她家晝川老師，於是坐在房間裡打了一會兒遊戲，順便上QQ催催稿子，看看那些作者有沒有趁著她不在時鬧事情。

結果發現鬧事情的不是作者，是編輯——

在你身後的鬼：話說明年新連載的大綱不是早就給妳了嗎？合同妳準備啥時候給我？

猴子請來的水軍：什麼妳再說一遍——合同還沒給妳⁉

初禮到土耳其之前，眼看阿鬼的航海文連載將結束，已經和她商討好了新的題材，而且還是個可能可以連續寫七部的大世界觀連載，這真的足夠阿鬼在《月光》雜誌連載到元月社倒閉都寫不完；更何況阿鬼的航海文在《月光》的成績和讀者迴響一直不錯，這多少也算是一件大事。

於是大家早早就商討第一部的大綱和初稿，初禮交上去給新總編看了，總編也表示挺喜歡，這事就愉快地定了下來。

原本接下來就該訂合同了，初禮走之前還交代了負責接手各種作者事宜的那個新人編輯阿先，叮囑這件事務必要盯著，沒想到這會兒初禮壓抑著怒火去質問，對方卻一句輕描淡寫的「啊，梁副總說不著急合同的事啊，等晝川老師和赫爾曼先生的新連載拿下再一起走」……

初禮氣得恨不得七孔流血。

她才走幾天，這個小編輯就成了老梁的門下狗？

越想越不對勁，她直接一通越洋電話就打回了國內——

「那晝川的事要是談不下來呢？你們就這麼吊著阿鬼？人家初稿都寫了妳不給合同像話嗎？」

阿先解釋：「不是，梁副總說這種確定談下來的也不著急走合同了，到時候晝川老師的合同還得重新弄多麻煩……之後讓鬼娃老師還有碎光老師也跟著晝川老師用同一個範本合同，肯定對作者而言福利更好，想必鬼娃老師他們也——」

初禮快把牙咬碎了：「喔，碎光的合同也沒走……妳想說鬼娃他們也怎麼樣？也高興能夠沾晝川的光拿合同範本？」

阿先沉默了。

碎光是晝川的一個作者朋友，初禮抱著大腿搞來的作者資源，原本準備明年一起在《月光》開個新連載，現在也是一言難盡地吊在那裡……

「在你們看來，『尊重』作者這件事只是要哄騙他們好好寫稿的手段之一，只要他們答應寫稿，其他都是狗屁是吧？」

「……」

「還一副作者也普天同慶的高興模樣，誰給你們的勇氣這麼有自信，梁靜茹嗎？別以為我不知道你們為什麼這麼搞，真的有什麼問題，人家作者還不是來找我這個當初負責拉線的主編？」初禮捏著手機，冷笑一聲，「從未見過把『偷懶』說得這麼理直氣壯、清新脫俗的無恥之人——」

「老大，妳不要這麼說……」

「我就這麼說了，妳聽清楚啊，我說無恥，無——恥！」

初禮「吧唧」一下掛了電話。

過了兩分鐘。

阿鬼來了。
在你身後的鬼：……你們那個小編輯來道歉了。
在你身後的鬼：別氣，沒事，不給合同也行，給錢就可以了。
猴子請來的水軍：我沒氣。
猴子請來的水軍：放心吧，無論如何，就算我要把元月社整個炸了，也會等妳明年那個擠滿廁所旁邊小巷子的簽售會結束之後。
在你身後的鬼：QAQ好感動喲。
在你身後的鬼：我和阿光還有索恆都覺得不給合同也行吧，哎呀反正也都是這麼寫，元月社再怎麼胡搞難道還有種不發稿費？……所以妳不用在這心急如焚的，不值當。
猴子請來的水軍：嗯QAQ
猴子請來的水軍：氣到變形。
阿鬼打著哈哈，這事暫時就算過了，初禮正和阿鬼一邊罵梁衝浪一邊聊天說得開心，飯店門「嗶嗶」兩聲，失蹤了整整兩個多小時的男人推門回來了。初禮抬起頭看了他一眼，然後視他作空氣地繼續低頭打字。
身穿運動服、短褲、跑鞋，滿身大汗的晝川大步走過去，用汗津津的手把初禮的手機抽走，在後者「嘶」了聲抬起頭瞪向他的時候，他笑了下，粗糙的大手捧著她乾乾淨淨的小臉，俯身在她唇上啃了一口。
初禮一臉嫌棄地躲開：「哪去了？」

晝川看著心情很好，捧著她的臉不撒手：「跑步。」

初禮：「大清早的跑啥步啊，一身臭汗。」

晝川：「為了保持迷人的身材，把妳迷得神魂顛倒，一輩子替我做牛做馬。」

初禮：「……」

誰家養的臭孩子，嘴賤起來一套套的。

晝川這時候很有眼力地發現初禮眼底含怒，收起嘻皮笑臉，彎腰拿起她的手機看了看，只掃了兩眼就放下了，對眼下熟悉劇情了然於心：「貴社梁副總又作妖啊？」

「嗯，」初禮拿回手機，半開玩笑道，「問問顧白芷新盾社還要人不，我錯了，什麼一山不容二虎，我這就當她洗腳婢去……明年阿鬼簽售完，立刻就去。」

晝川：「去去去，妳去哪我也去哪，娶蕉隨蕉，娶猴隨猴。」

初禮伸手拉住晝川的手，頗為滿足地搖了搖，明顯覺得這話還挺中聽。

這一天，初禮和晝川啥也沒幹，就手牽手在藍色清真寺附近逛了逛，琢磨著赫爾曼那邊一時半會兒也沒消息，兩人稍一商討，本著「來都來了」的旅遊黃金法則，決定收拾後直奔卡帕多奇亞。

晚餐前，他們隨便在街邊找了家旅行社預定好在卡帕多奇亞搭熱氣球，晝川一聽要早上四、五點起床，坐在熱氣球上看日出，臉都綠了。

初禮倒是不以為然，拍拍他的背：「演給誰看，正常情況下五點你都沒睡呢，看完日出、坐好熱氣球回來補眼一樣的，我保證不吵你。」

這麼一說，好像也是。晝川拿出手機搜了下「土耳其熱氣球」的照片，強行安利自己一波，這才勉強答應。

第二天他們離開伊斯坦堡，前往土耳其的另外一個城市，卡帕多奇亞——相比起伊斯坦堡，卡帕多奇亞的城市綠化做得不是那麼好，一路上鋪天蓋地都是土黃色。他們前往預定好的天然洞穴飯店時，整條都是盤山路，放眼望去全是風蝕山丘，土黃土黃一大片。

「山裡挖個洞的飯店也這麼貴，」晝川看著飯店預訂資訊嘟囔，「一晚上快二千，瘋了吧？」

初禮強行要跟晝川平分飯店錢，這會兒看著這個身價八位數的人還在抱怨，心痛得不行，「我都沒說話呢，這一千塊占據了我卡裡十分之一的存款。」

「這不是妳非要ＡＡ嗎？」

「我不好意思讓你全出。」

「妳還知道不好意思，妳怎麼就不覺得非要抓著我來卡帕多奇亞而不是放我回家這個行為就充滿著一股『不好意思』的氣息？」

「……我覺得在茫茫人海中找你當男朋友才『不好意思』，翻譯成英語對應那句，『I'm so sorry』。」

「……」

兩人在爭吵中到了飯店。

果然是天然洞穴，整個飯店就鑲嵌在岩石山脈之中，晝川從走進飯店的那一瞬間，臉上就寫著「就這」的表情；在看見房間裡因為天然石頭打磨而有些斑駁的牆壁時，「就這」變成了「坑誰呢」的表情。

晚上八點左右，他被初禮要求睡覺時不情不願的。

早上四點半，他被初禮要求起床時還是不情不願的。

初禮就像帶了個小學生出門，抓著晝川刷牙洗臉梳頭，替他套上了棉質外套，出門。外面的天還是黑的，晝川一走出飯店房間門就被凍得跳起來。

接他們前往搭熱氣球的本地人帥小哥已經在等了，此行一共七個人，還有幾個是別的國家的散客。大家上了車互相用英語打招呼，雖然都是一臉沒睡醒的懵逼，但是氣氛還不錯。

汽車開到乘坐熱氣球的地方，大家喝了杯熱咖啡、吃了兩塊餅乾，熱氣球準備好之後就開始手腳並用往上爬。

此時天際泛起魚肚白，天有些灰濛濛地亮了。

當熱氣球逐漸往天空升起，那一片昨日坐在車裡看的黃土坡突然變成了腳下的一片景；當熱氣球的火焰發出舔拭燃料的聲音，他們逐漸升高，同一熱氣球籃子裡的老外開始歡呼起來。

初禮踮著腳，扒在籃子邊緣低頭看——

看著熱氣球的影子投影在那些山丘之上。

她抬起頭，在灰藍的天空邊際，一道暗橙色的光隱隱約約出現；與此同時，從他們的四面八方，各式各樣、五顏六色的熱氣球正在緩緩升起……

此生得見此壯觀之景。

她感覺到自己的雞皮疙瘩都在瘋狂往外竄。

當身後，掌控熱氣球的小哥提醒他們「馬上就要日出」，下巴搭在籃子邊緣的初禮瞪大了眼，看著遠方那從紅色變為橙色、然後越來越亮、逐漸照射出幾道光的方向——

在太陽緩緩升起的時候，周圍的熱氣球已經高高低低，升滿天際，火焰猶如白日繁星，遠近高低。

當陽光升起。

初禮聽見身後的晝川說了句「好像能抓住光」，她也跟著伸出手，張開五指對準了陽光所在的方向，看著陽光從她指縫透過，將她手指邊緣照成透明的輪廓——

忽然眼前一隻大手放下，與她的手重疊起來。

初禮微微一愣，甚至還沒有反應過來發生了什麼事，下一秒便感覺到一微微冰涼的金屬環裝物順著她張開的手指中指落下，穩穩地落在她的指根。

當她身後的男人的大手拿開。

她發現自己的手上多了一枚在初升陽光之下璀璨的鑽石戒指。

「鑽戒到位——初禮，嫁給我，好不好？」

沉穩的聲音在身後響起的同時，男人的吻落在她的面頰一側。

初禮瞪著自己那戴著碩大鑽戒的手、大腦放空地發呆時，身後目睹一切的老外們已經開始很嗨地鼓掌、吹口哨、歡呼，方圓百里之內，數他們這只熱氣球最他媽熱鬧非凡。

初禮轉過身，抱著晝川的腰，臉埋進他的懷中，先是開始笑，笑著笑著又哭了，哭得渾身哆嗦……接下來熱氣球飛了多高、飛去了哪，她統統不知道，只知道自己右手中指的指根被大小正好的戒指套牢了，就像她的整個人，以及人生，都被晝川套牢了一樣。

……雖然這戒指定眼一看真他媽醜。

非常直男的審美——一顆碩大的粉色鑽石在中間，旁邊一圈圍成正方形的碎鑽，整個戒面迷你麻將似的又大又閃。

初禮猛地被醜了這麼一下，想到自己一輩子大概也就這麼一個求婚戒指，嗓子一噎又哭不出來了，抬起頭，下巴頂著晝川的胸膛，問他：「什麼時候搞來的戒指？」

晝川摸摸她的狗頭：「那天出門跑步，偶然路過一家小店……我覺得小姑娘應該都喜歡粉色。」

初禮一臉無語凝噎，沒想到這輩子還有被「小姑娘」這人設坑得內褲都掉的一天。

這時候晝川見她不說話，還追問：「難道不是嗎？」

「是啊，」初禮為了不破壞氣氛，委屈自己忍氣吞聲，還噁心吧啦地加了句，「你真好。」

……然而是個屁。

仔細總結一下，也就是說，從前從前，有個男人出門晨跑，跑著跑著偶然路過一家可能是精品店之類的鬼店，忽然靈光一閃，覺得自己的女朋友替自己做牛做馬了幾年，好像是時候跟她求個婚，於是……

初禮吸了吸哭出來的鼻涕，眼睛通紅地抬起手看了看手上的「鑽」戒——看第二眼，依然醜得驚天動地。她沉默了下，然後問：「透過你描述的隨意性，我合理懷疑它是玻璃做的，你不會打我吧？」

晝川放在她腦袋上的手摁了摁，十分寬容地微笑：「不會，我跟土包子計較什麼？」

初禮：「……」

買了這麼個東西的傢伙說她土。

哭了。

初禮十分委屈加委婉道：「老師，回國去周小福金店補一個碎鑽的給我行嗎？這他媽是求婚戒指，雖然我知道咱倆隨意慣了，但是我這輩子就這一個——」

晝川好像是被她「這輩子就這一個」幾個字取悅了，原本臉上表情看起來不樂意理她，這會兒倒是低頭認真看了她一眼，點點頭，勾起脣角說好。

初禮踮起腳，親了下男人的脣角——近乎於感激的那種。

同時她鬆了口氣。不然回家告訴她媽她準備嫁人了，男朋友用了個醜到爆炸、小學生玩家家酒都不樂意戴的玻璃戒指就把她拐走，她媽非得打斷她的狗腿不可！

不過除了精品店之戒醜且假這件事之外，其他的都沒什麼問題了，暫時忽略這玩意的實用性，整個過程還是很浪漫的。初禮樂顛顛地重新回到粉色氣氛裡，抱著晝川的腰又臭不要臉地同他講了些肉麻的話。

反正一籃子就兩個中國人，他們說什麼人家也聽不懂，只是知道這對剛完成人生中重要儀式的情侶似乎有了一個 happy ending，並真心祝福他們。

等熱氣球顫顫悠悠落了地，例行開香檳慶祝儀式被一群人過成了訂婚儀式，有個外國的妹子衝上來和初禮碰杯，恭喜她之後扒著她的手湊上來看戒指，看了半天「wow」了一聲：「Harry Winston!」

初禮不知道她說的是啥。

只是衝著不遠處端著香檳衝自己笑的男人揚了揚手指，開玩笑道：「難道這他媽還是個名牌貨？」

晝川衝著初禮所在的方向舉起杯子，笑而不語。

初禮不知道他葫蘆裡賣的什麼藥，心中隱約覺得自己可能有眼不識泰山了，也不敢說話，就強行假裝很淡定地微笑著接受眾人祝福，然後收工，回飯店。

晝川回飯店，打著呵欠就爬上了床。

初禮走到床邊拍拍他的屁股：「買戒指的發票呢，拿來我帶回去跟梁衝浪報銷……元月社的作者和元月社的編輯要結婚，元月社報銷個求婚道具豈不是有理有據？」

「……滾，說好的回來讓我睡覺的。」

「現在讓我滾啦，你跟我求婚的時候說愛我一輩子。」

晝川翻過身，將蹲在床邊、腦袋放在床沿上的傢伙轉過來，響亮且使勁地親了口她的唇瓣，「滾。」

初禮：「……」

晝川讓她一邊瘋去，初禮見他不理自己，就轉身去掏那天他出門晨跑的時候穿的衣服。

掏啊掏，就從他那個汗臭熏天的休閒服裡掏出一個黑色的盒子，盒子上面印著「ＨＷ」兩個燙銀字母，首飾盒也不是隨手就上下掰開的那種，而是一左一右向兩旁打開的。實不相瞞，這盒子看上去非常高級……

高級到初禮忍不住去網上搜了下「ＨＷ鑽戒」，關鍵字跳出來的訊息，第一行介紹是：ＨＷ，Harry Winston，比Ｔ家和Ｃ家更高一等級的珠寶品牌。

Ｔ是Tiffany。

Ｃ是Cartier。

初禮黑人問號臉，不小心想起那個一起搭熱氣球的妹子嘴裡說著的可不就是「Harry Winston」這個單詞，初禮整個人都有些不太好，心想這醜炸了的戒指不會要他娘個五、六萬吧……

她像是供奉佛祖似地把黑色首飾盒子放在小茶几上。
此時臥房裡已經傳來了男人打呼的聲音。
初禮蹲在行李箱旁邊像個傻子似地仰著脖子掏晝川那天穿的褲子，掏啊掏，掏出一張商場信用卡簽單，最下方龍飛鳳舞地簽了晝川的名字。初禮看了下上面的數字，大概是「1768000」，單位是里拉。
初禮認認真真數了下發票上的零。
然後意識到這組數字代表的意義是，人民幣兩百二十萬。
兩百二十萬。
初禮：「……」
她抬起手，用不敢置信的眼神瞪著手指上的醜戒指一會兒，頭一個的想法是——
臥槽，我的中指上戴了一套G市市中心的房；在我老家，三套還能搞個裝潢。
第二個想法是——
晝川出去跑個步花了兩百多萬，要不把他腿打斷。
第三個想法是——
這戒指真的巨他媽香蕉船的醜，可是我好喜歡。
初禮扔了發票，一陣龍捲風似地颳回臥室，手腳並用地爬上床，爬到晝川的身上，騎在他的腰上。
睡夢中的男人猝不及防地被她一屁股坐醒，伸手揮蒼蠅似地在她身上推了兩把，見實在推不下去，又捨不得把她掀翻下床，只得無奈地睜開一隻眼，迷迷糊糊問：「幹什麼妳，白日宣淫嗎？自己就爬上來了，想要了？」

……要什麼要。

色鬼。

初禮抱住他的手臂，壓低了身體，伸手掐晝川的臉。

晝川被煩得不行，拍開她的手：「滾滾滾，別鬧，等為夫睡醒了再餵飽妳，明天妳能下床自己走去廁所算我輸……」

初禮不理會他滿嘴淫詞浪語，掰著他的手指，把自己的手指塞進他的指縫裡：「……你那天出去跑個步花了兩百二十萬？」

「嗯。」

隨口應了一聲，晝川順著初禮的手，將她從自己身上拽下來。初禮「哎呀」一聲摔到他身邊，被他一把撈進懷裡，臉以被憋死的力道死死地壓在他的胸口。

初禮撲騰了下把腦袋從他懷裡拔起來，舉起自己的手：「這義烏（註4）工藝品兩百二十萬！」

晝川盯著那顆璀璨的鑽戒，心想這麼好看的戒指怎麼踏馬的就不值兩百二十萬了，於是捉著她那不知好歹的手，毫不猶豫往自己褲襠裡塞——

晝川：「這個值。」

註4　位在杭州的批發商場，販售的商品非常便宜。

初禮：「……」

下一秒，原本緊緊閉著雙眼的男人張開眼睛，翻身反騎在她的身上，將她的雙手壓在腦袋旁邊，初禮感覺到肚子上頂著一個硬邦邦的東西，她眨了眨眼，看著上方那張面無表情的俊臉，頓時覺得有些大事不妙：「……不、不是睡覺嗎？」

晝川板著一張臉，皮笑肉不笑地勾起脣角：「不睡了。」

初禮還想說什麼，這時候被晝川摁進床裡狠狠地親了下，舌尖闖入，彷彿捲走了她肺部所有的空氣。她雙手掙脫開晝川的牽制，按在他的肩頭上，掙扎著想將他從自己身上掀翻下來，然而被吻到最後似乎也忘記了自己要說什麼……

她的手軟趴趴地搭在晝川肩膀上，從一開始的推拒變半環抱。

當緩慢與曖昧的喘息成為房間裡唯一的聲音，太陽徹底升起，陽光傾瀉、灑入房間時，晝川的進入緩慢而溫柔——大多數情況下他都像是個魯莽的毛頭小子，偶然的溫馴反而教人氣血上湧，彷彿渾身的雞皮疙瘩都立了起來，毛孔都在起立唱歌。

「晝川……晝川。」

初禮嘟囔著他的名字，感覺到他咬住自己的耳垂「嗯」了一聲，卻只是動了動脣瓣沒有說話，雙手抱住他因為動作而微微汗溼的頭顱。

最後。

當房外走廊上響起人們說話的聲音，房客陸陸續續起床走動談話時，此時初禮他們房內卻陷入了一片靜謐。

強烈的睏倦襲來，初禮累到眼睛都睜不開，只記得睡眼矇矓之間被人抱進浴室裡，她的雙腿盤在晝川腰間，下巴卡在他的後頸，整個人像是無尾熊似地趴在他身上。

當晝川把沐浴乳抹在她身上，大手從背部劃過，她哆嗦了下，迷迷糊糊地抗議：「睏了。」

晝川側過臉在她面頰上落下一吻：「一會兒再睡。」

「現在。」

「我剛才睡的時候妳不是這麼說的。」晝川托著她的屁股往上拽了拽，「抱好，坐沒坐相。」

初禮渾身痠痛，睏倦得眼皮子直打架，為了不睡著只能揪住晝川後腦杓的一綹頭髮拽來拽去……有時候下手狠了，拽疼了，就聽見晝川「嘶」了聲掐了把她的屁股，她痴痴地咧嘴笑，整個人睏成一個智障。

「晝川啊。」她趴在他的耳邊，「晝川老師。」

「嗯。」

晝川拿下蓮蓬頭，沖掉她身上的泡沫，洗乾淨了想把她放到一旁，奈何她就像是連體嬰似地死死捉著他不肯撒手，無奈之間，他只得連同掛在身上的人一起隨便沖了沖，站起來拿起浴巾，考慮到屋子裡涼，先把趴在他身上的人裹起來。

抱著初禮往門外走，他聽見她在他耳邊碎碎唸：「這戒指真他媽醜，但是因為是你送的，所以我很喜歡。」

晝川垂下眼，看著她溼漉漉的臉蛋。

初禮閉著眼，揚起脣角，像隻愚蠢的貓似地蹭蹭他：「當然還因為它貴……咿嘻嘻嘻嘻嘻，誰敢想像二年前我還是一個窮得要沿街乞討的編輯，而現在——」

「妳依然是一個窮得要沿街乞討的編輯。」

「不，」初禮嘻嘻笑道，舉起右手又欣賞了下自己的中指，「我走哪，手上都戴著一套房，編輯界中的寄居蟹！嘎嘎嘎！」

晝川暗暗翻了個白眼：「妳怎麼這麼財迷，之前還一口一個精品店產品，這年頭村裡人也知道用百度了。」

他走到床前，將懷裡的人扔到床上，初禮倒下去彈了彈，腿抬起來在晝川的小腹上踩了踩，晝川一把捉住她的腳踝，目光順著她的腿往下看，眼神暗了暗：「先穿衣服。」

他說完扔了初禮的腿，轉身去行李箱裡替她找內褲。初禮翻了個身，趴在床上看著男人赤身在屋子裡走來走去，背對著她彎下腰時，結實挺翹的屁股一覽無遺。她揚起脣角，色迷迷看了一會兒，直到男人轉過頭瞪了她一眼。

「別盯著老子的屁股看，內褲放哪了？」

「右邊那半拉的角落裡。」初禮嘟囔，「你的屁股也是我的，憑什麼不讓看？」

晝川拎著一條小內褲回來，面無表情地往初禮腦袋上套。

初禮嘻嘻哈哈地躲，兩人鬧了一會兒，又軟綿綿地躺回床上。

晝川拉過被子替初禮蓋上，初禮的手還在他臉上摸來摸去。這會兒洗乾淨了躺回床上，睡意更濃，初禮半瞇著眼，感覺到晝川捉住自己的手，粗糙的指腹蹭了蹭她右手中指上的鑽戒。

她哼唧了一聲：「別蹭了，送我就是我的了，要不回去。」

「好。」

晝川捉著她的手，忽然想到那一天在人來人往的理髮店門前小心翼翼牽起她的手時，心跳如擂鼓的悸動……他無聲地勾起脣角，忽然想到，也許那個時候開始，就做了打算，這一牽，就再也不會放下。

將柔軟的指尖送到自己的脣瓣邊蹭了蹭，他的動作輕柔又虔誠。

「戴一輩子？」

「嗯，嗯。」

已經半進入睡眠狀態的小姑娘含糊地點點頭，頭髮在枕頭上蹭得「沙沙」作響。

也不知道過了多久。

靜謐的臥房被手機的震動打碎了寧靜。

沉睡中的晝川率先睜開眼，伸手將床頭滋滋作響的手機拿起來，震動聲一下子消失。腦袋拱在他懷裡的人動了動，茫然地抬起頭看了他一眼：「怎麼了？」

「沒有。」晝川輕聲誘哄，「我看下信件，妳繼續睡。」

初禮「喔」了聲點點頭，也沒多想，聽著男人手機「噠噠」的按鍵聲又沉沉睡去，並沒有看見男人那雙深褐色瞳眸之中倒映著一連串的土耳其文字——

「尊敬的晝川先生：

展信佳。

首先非常感謝您親自前來土耳其登門拜訪，因為時間緊急沒能更好地招待您與江與誠先生讓我非常羞愧與感到抱歉。

更讓人羞愧的在於我卻還是收到了兩篇極其傑出、構思巧妙的短篇作品！

必須承認這兩天我處於極端的糾結當中，江與誠先生的作品裡展現了東方女性獨有的愛與美，而您的作品中展現的愛與恨，就像是兩篇衝擊力極大的光明與黑暗，讓我久久回味，無法做出一個公平的取捨……

但經過認真的閱讀與解讀，我還是有一件令人愉悅的事情通知您——在明年即將啟動的新作項目，我最終選擇了您成為我的劇本原作合作夥伴。

項目具體的推進和後續，我將會在與我的助理商討後通知您。

當然我私人熱切希望整個項目推動的過程裡，我們會得到江與誠先生的友情幫助與參與，這當然會看他的個人意願……總之我們之間將會很快地簽訂一些正式的合作合同，擬定我們的新作題材，最快的話也許是在明年五月中旬，我們就可以向全世界正式宣布這個激動人心的消息。

感謝一直以來的支持與喜愛，此時此刻我懷著與您同樣激動的心情，共同期待著這將會是你我人生顛峰的作品。

最後，祝您在土耳其有一段愉快的旅途。

休斯頓・赫爾曼」

深色的瞳眸之中逐漸沾染上笑意。

將手機語言調整到土耳其語，晝川飛快地用手機軟體回覆了一封信件。

「噠噠」的打字聲鬧得他懷裡的人不得安生，於是她不老實地動了起來，伸出手捏他的鼻尖。

晝川發完信件，扔了手機，捉住她的手：「睡得好不？」

初禮咧開嘴：「好啊，美夢成真，還能有比這更好的嗎？」

停頓了下，她又相當有禮貌地反問抱著她睡了一個下午的傢伙：「你呢？」

原本還以為他會抱怨一下什麼手被她當枕頭睡得快斷的屁話，卻沒想到男人只是抱緊了她，低下頭在她額頭上印下重重一吻——

「嗯，美夢成真。」

第五章

大概十天之後。

初禮和晝川拖著沉甸甸的大行李箱回國了，回國的飛機又是跟顧白芷他們一起的，這次不是冤家路窄，而是大家商量好買同一天的回國機票。初禮和顧白芷一個對視，就能感覺到對方眼中那種「把小孩放在一起他們就能自己玩起來，做家長的可以趁機休息」的陰謀詭計。

在回去的路上，根據晝川的盤問，初禮得知江與誠沒怎麼猶豫就放下尊嚴，欣然同意要在與赫爾曼的合作計畫裡參一腳。

「你吃飯總要給我喝口湯，」江與誠的回答非常坦然，「不然呢？」

「三年內你都不能用這種可笑的傲慢語氣跟我說話了，」晝川一揚下巴，非常討人厭道，「手下敗將。」

「對，活了二十幾年好不容易贏了這一回，還是在對方完全割捨不下本大大的情況下贏的，可把本大大嫉妒死了。」江與誠歪嘴笑著踢晝川，「回家發個錦旗給你掛門上吧，『熱烈祝賀晝川小朋友有生之年終於暫勝隔壁家的孩子』——『暫勝』，暫時的暫。」

晝川解下自己的頸枕捂江與誠臉上。

初禮收回放在瞎胡鬧二人組身上的目光，看向顧白芷。顧白芷一隻手撐著臉，一臉洞察一切：「鑽戒真大，恭喜妳啊。」

初禮還有點兒臉紅：「精品店的醜貨。」

「妳別騙我，精品店不會有這麼醜的戒指，賣不出去的，店主又不是傻子進這種款。」顧白芷擺擺手，「這種戒指只有擺在正經八百的珠寶店裡，標上七到八位數的價格，人們才會忽略它的醜陋，然後昧著良心說：天啊，這鑽戒，超美的！」

初禮覺得顧白芷說得好有道理——

至少她就是這麼想的。

顧白芷感慨：「真好，晝川老師很大方啊，趕緊嫁了，趁著同行別的編輯還沒反應過來——會讓妳花錢的男人不一定愛妳，但是會買七位數鑽戒給妳的男人肯定愛死妳了。」

初禮此時正無聊得到處亂摸，聽了顧白芷的話，對著一個嘔吐袋笑得嘎嘎的：「別的編輯反應過來會怎麼樣？」

「爭先恐後，前仆後繼，」顧白芷淡淡道，「但是不包括我，我這輩子都不可能和作者好了，因為在來得及看見他們的美好之前，他們已經讓我失去了去探究他們美好一面的信心。」

初禮笑彎了腰。

再次確認了顧白芷的性格很合她胃口這件事。

五分鐘後，在知道顧白芷替整個編輯部的小姑娘每人都帶了個價格差不多一千元左右的包時，想了想自己一行李箱做為伴手禮的冰箱貼，初禮更加堅定了這個想法。

初禮：「所以你們那還要不要人啊？」

顧白芷：「妳可以做完赫爾曼的書就來，帶著這樣的豐功偉業，不說升職，至少給妳個主編位置讓妳平行空降還是沒問題的。」

初禮笑得瞇起眼：「我也想有個出差買包給我的總編。」

顧白芷：「手上戴著一套房的人，把臉往左邊轉，看見坐在妳左手邊的男人了嗎？跟妳老公撒撒嬌、跺跺腳，他能買一行李箱的包給妳。」

初禮把臉轉向晝川，晝川聽見了顧白芷說的話，伸手捂住初禮的耳朵：「妳別帶壞一個只知道淘寶哪家店賣的包結實能用很久的淳樸小姑娘。」

顧白芷刻薄地笑：「買了一棟房給她戴手上的人又不是我。」

晝川：「……」

經過了十幾個小時的轉機加長途飛行，一行人順利回國。

機場相互道別之後，初禮和晝川回到家裡悶頭睡了一覺。

大概是心中惦記的事做好了，加上旅途勞累，這會兒回家整個人都放鬆下來，初禮第二天起來就發起了高燒。

她休息了半天，然後禁不住梁衝浪的奪命狂催，下午就在晝川不贊同的目光中，央求著他開車送自己去上班。

晝川一開始不願意，覺得梁衝浪有個屁天塌下來的破事這麼著急，兩人相互爭執了一波，最後見初禮已經喉嚨腫到話都說不出了還堅持要回去報到，晝川沒辦法，才把她塞進自己車裡，總不能真的放她去擠地鐵。

一路上他仗著初禮說不出話，像個老媽子似地教育她——

「差不多弄完了就發微信給我，我來接妳，送妳上醫院。」握著方向盤的男人眉頭緊蹙，「多少度了，出門前量的那次呢？」

他說著要伸手來摸初禮的額頭。

初禮躲了過去，把他的手放回方向盤上示意安全駕駛，然後比劃了下：三十九度，沒事。

「三十九度沒事，多少度有事？燒傻了怎麼辦，本來就不聰明。」晝川不依不撓，說得來勁了又補充了句，「一會兒咱們先去醫院，回來也別著急睡覺，先把妳辭職信打了……」

初禮瞪他一眼：辭職個屁，現在辭職，明年阿鬼和索恆兩個小崽子的簽售你帶她們去呀？

晝川：「還有力氣瞪我。」

初禮伸手拍了下他的大腿。

然後她用沙啞的嗓子道：「還有力氣打你呢，閉上嘴。」

晝川：「……」

半個小時後，車子在元月社門口停下，初禮解開安全帶下車，往元月社裡走了兩步忽然覺得不對回過頭，一眼就看見晝川的車頭已經開進大門口一半，這會兒他正趴在車窗上一邊和保安說什麼，一邊用手指她。

初禮愣了下，沒一會兒手機響了，拿起來一看——

戲子老師：看毛看，快點進去，我在樓下等妳。

初禮沉默了下，勾起脣角收好手機，笑了笑跟身後的男人揮揮手，一溜小跑衝上樓，梁衝浪已經率領眾法務部、行銷部、編輯部等人在會議室等候。

初禮推開門看見那齊全的陣勢都愣了下，往那一坐，才知道——

原來打從她把「搞定了赫爾曼」這個消息發回來的那一天起，元月社上下天天喜氣洋洋得堪比過大年。法務部的同事以前所未有的高效率把晝川未來與赫爾曼的出版合同擬出來了，除了高達真．一百萬的首印量和十二個點的天文數字之外，為了確保這份合同能夠簽下，合同裡還塞了很多誘人的條件。

比如一般元月社的合同裡絕對不會出現的承諾港澳臺繁體合作發行，前幾年非獨家代理，而且是非常低的抽成，低到初禮看了三遍以為梁衝浪是財神爺降臨凡間撒錢。

相關作品的影視版權、有聲讀物版權、動漫畫改編版權等各種版權全放，代理費直接一個大寫的「0%」，一副要為晝川免費做嫁衣不收錢的好人樣……

初禮看著合同，腦補了下梁衝浪在擬合同的過程中瘋狂挑戰下限，不斷自我鬥爭的過程，差點笑出聲。

同時她心裡也有些舒坦，元月社這一次終於能讓人省省心。滿意地點點頭，用她沙啞得像是老巫婆的聲音說：「可以，誠意很足。」

梁衡浪笑得很開心：「妳要多和晝川說說，肥水不流外人田，那可是赫爾曼，去年《別枝驚鵲》賣了多少妳也看見了，接下來三年內，咱們吃肉還是吃空氣，橫豎就看這一回。」

初禮點點頭，示意自己知道了。

看完晝川的合同，初禮用手勢表示會把合同給晝川看，也會盡力勸說他——當然她並沒有告訴梁衡浪，因為他著急把她叫回來帶病上陣，已經把某人逼得鬧著讓她辭職……

把晝川的合同放到一邊，然後初禮毫不猶豫伸手要索恆、阿鬼、碎光三人的新連載合同。

她原本稍微做好了梁衡浪會支支吾吾拿不出來的心理準備。

但是當梁衡浪大手一揮，真的掏出三份合同的時候，初禮真的震驚得以為自己走錯了大門，要嘛就是壓根穿越來平行世界的元月社。

「吃錯藥啦？」她驚喜地看著梁衡浪，「突然這麼有效率。」

「都說了幾份合同一起做，要給另外兩個作者一些福利啦，是妳老那麼著急。」

梁衡浪把三份合同遞給初禮。

既然說是福利，初禮幾乎是千恩萬謝地接過來，心裡也踏實了些，心想總算能夠給阿鬼和索恆這麼久的等待一些交代。至少在晝川的合同裡，那些條款真的可以說是很大的福利了。

初禮原本以為按照梁衝浪說的，三份合同應該跟晝川的差不多，最多是不會給阿鬼他們高額首印和版稅點數，於是漫不經心地隨手翻開一看——

然後就發現哪裡好像不太對。

首先，港澳臺繁體發行承諾還在，只是從晝川的非獨家代理變成了獨家代理，還有百分之五十的抽成。

連載稿費相比兩位作者前一本的千字價格，分別只漲了千字十塊和千字十五塊；相關影視版權等各種版權放棄代理的條款直接消失了，依然是獨家代理，代理費抽成百分之三十五。

還有作品版權歸屬期限，大剌剌的「十年」差點閃瞎初禮的狗眼。

哈囉，你不如說你花千字一百五的「天價」買了這三名作者的人生好啦！

這破合同也有臉叫福利喔？

那老子帶回來給你們的冰箱貼難道應該叫神賜的恩典嗎！

初禮「啪」地把三份合同摔桌子上，在場眾人除了梁衝浪，每個人都被嚇得在位置上跳了一下。初禮被氣得面色發白、頭疼欲裂，指著三份破合同用盡了渾身的力氣，啞著嗓子問：「你管這，叫福利？」

梁衝浪笑嘻嘻：「海外繁體發行可不是所有的作者都有的……」

初禮感覺自己快被氣死了，也不知道這算不算謀殺，腦子裡嗡嗡作響，心情一下子天上、一下子地上的：「百分之五十抽了稅，毛都不剩了……作者都不是傻子，你要這樣搞不如別給了，看不起誰？」

她說完這句話瘋狂咳嗽了一波，咳得喉嚨都直往外冒血腥味！

《月光》編輯部的小編輯連忙站起來替她倒了杯溫水，初禮喝了一口，稍微緩了口氣，覺得自己整個胸口像是破損的拉風箱似的。

她深呼吸一口氣，試圖勸解：「老梁，你這樣做真的很難看，要索恆她們知道了怎麼想？」

梁衝浪不說話，踢了腳旁邊的屬下，旁邊的人立刻七嘴八舌說開來。

「有保密條款的啊，她們怎麼會知道。」

「初禮，妳不要老站在作者的立場，妳是元月社的員工，好好想想我們的利益。」

「哇，以前沒有的海外發行承諾了還不叫福利喔？至少承諾了啊，蚊子再小也是肉吧？」

「在晝川身上我們得少賺多少錢，這些錢多少也得從別的作者身上平衡一些回來吧……」

「妳怎麼知道她們不會答應？」

所有的聲音一窩蜂地向初禮湧來的時候，她忽然聽見耳朵裡「嗡嗡」的耳鳴，頭痛得快要炸裂，她有些茫然地看了看周圍的法務部、行銷部眾人，忽然意識到這些人今天聚集在這裡到底是幹麼的……

她眨眨眼，人群之中，梁衝浪臉上的笑容彷彿被無限地扭曲。

她就像是被人用一盆冷水從頭上扣下——

初禮用雙手「啪」地砸了下會議室的桌面。

周圍一下子安靜下來。

阿象看不下去地站起來，拉扯了下初禮的衣袖，找了個椅子讓她坐下，站在她左邊，難得用嚴厲的聲音說：「得了得了，有什麼事不能慢慢說……梁副總你這也太過了吧，我們老大剛從國外回來，燒得眼睛都紅了還巴巴跑來看合同，沒有功勞也有苦勞吧？更何況她功勞大著呢，她覺得合同不適合，大家一點點商討著改改就行了，做什麼非要搞得吵架一樣……」

初禮揮揮手，打斷了阿象的話。

她站起來，掃視了一圈周圍的人，緩緩道：「夏老師走前總是告訴我們，要尊重作者、尊重讀者，你們這些人到底誰往心裡去了——」

聲音越來越低沉，她動了動唇，嗓子冒火，徹底發不出聲音。

這時候周圍又有人在說話，她發現聲音小了不少，原本是以為他們還真的受教了，結果聽了一會兒發現並不是這樣，因為此時她完全是右耳聲音大，左耳聽的聲音就小。

初禮茫然地看了眼身邊的阿象，發現原來她一直在跟某個行銷部的人說話……但是她一點兒都聽不見阿象說話的聲音。

初禮抬起手捂住自己的右耳，這才發現，原來不是誰說話的聲音小還是怎麼的，而是她左耳完全聽不見了。

初禮當下有些恐慌。

首先想的是——

我去，不會就這麼聾了吧。

然後是想——

這要是讓樓下等著的人知道他還不得把我剁成肉醬？

……臥槽元月社，這群蠢貨！

打從進元月社至今，這是初禮第一次正經八百地真正冒出了想要跑路不幹了的想法。

初禮擺擺手，示意自己這個半殘疾人士拒絕再和這些人脣槍舌戰，直接把晝川的合同收起來以後，把索恆、鬼娃、碎光的三份合同推回去，無論是臉上的表情還是手上的動作，情緒都表達得很到位：你們對晝川的愛我替他接收了，至於另外三份合同，我不同意。

梁衝浪見初禮這動作，非常不滿意。

作者連合同都沒看過，也沒說不行，憑什麼直接替他們拒絕啊？

於是他纏著初禮不依不撓，讓她至少先把合同拿給作者看看，初禮搖搖頭，頭昏眼花地拒絕幹這種找罵的事，直到梁衝浪蹦躂出一句。

「要嘛妳給，要嘛妳安排個手下的編輯給，今兒這合同必須送到作者手上，他們同不同意另算，要不咱們就僵著吧，誰也別出這個門了。」

初禮被氣笑了。這什麼鬼，綁架啊？

好好一個文化工作者，怎麼搞得和地痞流氓似的？

初禮沙啞著嗓子，強忍著喉嚨的腫痛，挑起唇角問梁衝浪：「你確定啊？」

梁衝浪以為她在問合同的事，仗著初禮不能一巴掌糊過來，乾脆挺直了腰桿：「我看著像開玩笑？」

話語落下，卻見初禮點點頭，掀起沉重的眼皮，用燒得通紅的眼角扔給他一個「你別後悔」的眼神，然後拿起手機撥通一個號碼，電話響了兩聲就被人接起了。初禮把手機貼到右邊，用沙啞的嗓音軟綿綿哼哼道：「喂？晝川？你還在樓下嗎？」

梁衝浪：「……」

梁衝浪站起來的一瞬間，初禮一臉冷漠地背過身，嘴巴裡發出來的聲音卻是相當可憐：「我好像有點燒過了，有一邊耳朵突然聽不見了……什麼，你先別吼，這邊耳朵也被你吼聾了就徹底聾了啊。」

眾人「……」

初禮握著手機，如果現在她的嗓子是好的，聲音大概是柔軟得像是浸進了蜜，黏稠得很的樣子：「晝川，我不舒服，一會兒乖乖和你去醫院……但是現在老梁把我關在這不讓我走，你上來接我一下好不好？」

初禮話還沒說完，那邊直接掛了電話。

耳邊傳來「嘟嘟」的盲音，初禮面無表情地轉回身，看了梁衝浪一眼，惡鬼似地咧嘴露出森森白牙，笑了笑。

你要當地痞流氓沒問題，那老子只好請惡鬼羅剎來鎮壓了。

……雖然是殺敵五千、自損一萬，但是要死大家一起死，老子還能順手拉個背鍋的幫我轉移火力。

大概二分鐘後，會議室所有人都聽見走廊外面響起什麼人跑動的聲音。再過了十秒，會議室的門被人從外面一把推開，身形高大的男人當真面如惡鬼，直接無視了一屋子啞巴似的人，長腿一邁走進來，徑直走向坐在門邊的人，拎著她的胳膊將她一把拎起來。

男人面色極其難看，大手板著她的臉仔細觀察了下，先是被手上的溫度嚇了一跳，接著翻看她的臉，發現除了虛弱的蒼白之外，面頰上還浮著病態的紅暈……

「哪邊耳朵聽不見了？」他聲音低沉，還帶著一路狂奔上來的喘息。

初禮反而淡定得多地拍拍他的手，示意他別激動，先放開自己：「左邊。」

話語剛落，感覺到他粗糙的指腹在她左耳小心翼翼地蹭了蹭。

晝川轉身一腳踹開原本初禮坐著的椅子就要撲向梁衝浪！

會議室裡頓時陷入一片騷亂，梁衝浪見了鬼似地跳起來往後退！

而初禮也被嚇了一跳，像是拽著一匹野馬似的一把捉住晝川手臂，然而這個時候晝川已經朝著梁衝浪鼻梁來了一下，那本來就不怎麼高的鼻梁發出「喀嚓」一聲，梁衝浪捂著鼻子慘叫倒下。

又一陣雞飛狗跳，其中伴著無數「文化人」驚恐的目光和梁衝浪的慘叫，好不熱鬧！

最後直到老總親自來了，和初禮一左一右架住晝川，當著盛怒中的晝川的面把梁衝浪訓了一頓，什麼「太不像話」、「初禮病了有什麼不能明天再說」、「這麼大的事也不通知我」之類的話劈哩啪啦砸下去。

老總和梁衝浪本來就是穿一條四角褲的，這會兒一人唱紅臉、一人唱黑臉唱得開心，晝川也不是傻子，就真信了元月社老總什麼都不知情，只是懶得再跟他們廢話。他把自己的胳膊從老總手裡抽出來，看了眼初禮，將她手裡還拿著的那份合同拽出來，看也不看地往桌子上一甩，然後一把拽過初禮，凶巴巴地說：「走。」

初禮看了梁衝浪一眼，又看了眼桌子上那份合同。

梁衝浪面白如雪。

說實話，連初禮也沒那個狗膽伸手把合同撿回來，只好跟阿象使了個眼色，示意她一會兒把合同撿起。

初禮最後看了梁衝浪一眼，確認他沒有勇氣站起來再說「打了人你就想走啊」這種話，心裡對眼下如此簡單粗暴的事件發展既震驚又有點滿意，於是一轉腦袋，小鳥依人狀、踉踉蹌蹌地被晝川拖走了。

她的手被男人的大掌握住。

狐假虎威地昂首挺胸走出會議室時，初禮意識到這是她真正意義上地把晝川搬出來，以「我家男人在此，誰敢造次」的身分用雞毛當令箭。

……效果非常好。

……她很滿意。

而且幾乎要沉迷這種瑪麗蘇的愉快之中無法自拔。

晝川牽著初禮一路下樓、上了車。

彎腰替初禮繫上安全帶後，晝川以幾乎要把車門砸下來的力道關上副駕駛座的門，初禮看著那震出重影的門，肩膀縮了縮。

晝川坐上駕駛座，引擎發動的那一瞬間一腳將油門踩到底，渾身的滔天怒火完美地被汽車「滋兒」、「嗡嗡」的引擎咆哮聲表達出來。

初禮這才心想：完了，他媽的，自食惡果的時候到了。

轉過頭，目光飄忽地小心翼翼瞥了眼身邊的男人，她發誓自己真的已經很久很久……沒有見過他這副面色鐵青、氣得六親不認、頭髮都豎起來的模樣了。這會兒他手扶著方向盤，手背青筋暴起，也不知道是使了多大力氣握著。

想到他會生氣，卻沒想到他會這麼生氣。

初禮突然有點後悔把他叫上來，又有點心疼。

「你開慢點兒。」於是初禮乖巧地伸手拍拍晝川的大腿，「不著急。」

晝川腿一抖，掀開她的手，沒理她。

但是車速卻是降下來一些。

初禮被掀開的手懸在半空，愣了下，心驚膽顫地自我糾結一番後，又鼓起勇氣放回他的大腿上，十分狗腿地蹭了兩蹭，好在這一次沒有再被推開。

晝川開著車一路開向醫院，期間初禮因為左耳什麼都聽不見，也聽不見他的呼吸聲，這種感覺就好像左邊的世界一下子消失了，讓人覺得十分不安。她只能下意識地向左傾斜著身子靠近他，生怕他說什麼她因為聽不見錯過了。

直到車子停在一個紅燈下，晝川伸出手，將她左耳邊垂下的髮挽至耳後，然後她的右耳彷彿聽見從很遠地方傳來的聲音，他言簡意賅道：「坐穩。」聲音硬邦邦的，比隔夜麵包還硬。

初禮吭吭嗤嗤坐直了身體，接下來到醫院前也沒敢亂動。

到了醫院下了車，她被晝川拽著一路直奔掛號處，男人率先一步走到櫃檯，要替她掛胸腔內科，結果剛張口，就被初禮推開。

晝川愣了下低頭，看著初禮抽走他手裡的零錢遞給櫃檯，用沙啞得幾乎失聲的聲音道：「麻煩先掛個婦產科，謝謝。」

晝川愣了愣，低下頭看了她一眼。

趴在掛號櫃檯上的她雙眼燒得發紅，專心致志地看著裡面的護士安排掛號，拿到了號碼，她掏出手機，啪啪在上面摁字，然後拿給晝川看——

「我那什麼還沒來，真要有了，有些感冒消炎藥用起來有講究，先看看，以防萬一。」

晝川彎腰看了眼她手機上的字，懵裡懵懂地點點頭，顯然不知道還需要注意這個……想了想，抬起手摁了下她的腦袋：「能不能讓人省點兒心？」

初禮：「……」

娘的，這輩子也有輪得到他說這話的時候。

沉默之中，兩人牽著手到婦產科，坐在門口的一大排肚子大小不同的年輕媽媽轉頭齊刷刷地看過來，初禮腳下一頓，甩開了晝川的手，當下不知道為啥就尷尬得產生了想要落荒而逃的衝動，結果腳還沒邁開就被晝川一把拎回來。

「躁什麼，妳當自己高中生啊？」

晝川沒壓低聲音，惹得周圍人連同門口叫號的小護士一起笑了起來，初禮滿臉通紅，拉著他作賊似地遠遠站著。

叫號用了些時間，期間初禮迷迷糊糊地靠著晝川休息一下，然後被叫進去，被醫生問了諸如「上次生理期什麼時候」、「結婚了嗎」、「流產過嗎」、「自己提前驗孕過嗎」、「平時生理期準不準」之類的問題……

晝川目光如炬，就像門神似地橫在她身後，旁聽得非常認真。

直到初禮端著一個小杯子溜進洗手間準備驗尿，他這才稍微勉強走開。

大概半個小時後。

出於某種鴕鳥心理，初禮把晝川摁在門外，自己回到醫生跟前。

聽了一串「懷孕了低燒很正常，高燒不退去胸腔內科看看」、「記得把我寫的病例給內科醫生看別開錯藥」、「房事要節制，特別是前三個月」、「情緒要控制好，孕期情緒敏感」、「年輕人工作不要太拚，注意休息」等一連串教育……

初禮捏著一張寫著一大堆龍飛鳳舞字體的單子，一臉懵逼地站在婦產科門前。

大腦空白之後，滿腦子都是：臥槽，怎麼辦？

她媽上一次接到通知——還是從電視裡看到——是她有了男朋友，下一次再接到消息就是要當外婆了，這……還能好？

初禮滿臉放空。

直到手裡的單子被人抽走，她這下子回過神來，看了眼捏著單子看得認認真真的男人，她背部汗毛都立了起來，跳起來想搶回那個破單子。

卻被男人一把撈住腰，穩穩摁在懷裡，大手順勢警告似地拍了下她的屁股：「還蹦躂，單子上寫什麼看不到？耳朵聾，眼也瞎啊？」

捏著那張炸彈似的單子，初禮心中惴慄不安地又到胸腔內科走了一趟，一路上樓時她都是輕飄飄的，眼神也很飄，全程由晝川牽著她的手，猶如行屍走肉。

那種感覺特別奇妙——

從今以後她不是一個人了。

她肚子裡還揣了一個，雖然現在他／她大概也就指甲蓋那麼大，她甚至感覺不到……但是她就是覺得整個人都不一樣了，走路都看著地，生怕哪兒憑空多個石頭把自己摔了。

對了，以後是不是不能拎大米了呀。

哎，臥槽，回家還要教二狗以後不許在老子肚子上蹦。

還有她滿腦子都是哪雙鞋是高跟的呀，穿不了了，特別喜歡的款式得去買雙平底的才好。

防輻射衣服有沒有用啊。

得買些書放著打發時間，後期產假在家待著無聊不好老玩手機。

化妝品得上網搜搜哪些是孕婦不能用吧。

啊，還有護膚品呢？

這一路琢磨的事多了，她安靜如雞，直到開好藥、吊著點滴，往注射室一坐，感覺到晝川猶豫了下，繞了一圈在她右邊坐下來。初禮沒怎麼在意，低頭拿出手機，看了眼通訊錄，盯著「初家娘娘」的名字看了半天，這才靈光一閃，像是想起來什麼事一樣，放下手機，看向身邊的男人。

被她灼熱的目光盯著，晝川原本低頭不知道在和誰說話，也是反應慢半拍，這時才茫然地抬起頭看了她一眼問：「怎麼了？哪裡疼？」

他一邊說著一邊抬頭去看她的點滴瓶，是不是滴得太快。

「不是，不疼。」初禮眨眨眼，「老師，這個——」

她猶豫地輕輕拍了拍肚子，然後深呼吸一口氣，小心翼翼地問。

「你覺得，要不要啊？」

這一路上惦記這、惦記那，完完全全就落入了一個「哎呦媽呀怎麼辦」的情況，以至於從頭至尾忽視了一個根本性的問題：懷是懷了，孩子，要不要留下？

這會兒初禮抿著唇，有些緊張，其實她根本沒做好要當媽的準備，她就覺得自己他娘的是個寶寶呢，怎麼就要有比她還寶寶的寶寶了，未免有些荒謬。

但是此時此刻，她看著晝川，幾乎是沒怎麼猶豫地就迅速做好一個可能非常雙標的決定——他敢說一個「不」字，她跳起來就能給他一巴掌然後讓他有多遠滾多遠。

初禮沒說話，看著晝川，晝川臉上先是放空了下，然後……居然比她一個孕婦更加易怒地挑起眉，隱約露出了一個要發怒的表情，伸手掐著她的下巴把她的臉轉開：「我今天生氣的時候夠多了，妳別再來招惹我……我也不是聖人，一會兒抑制不住說話說重了妳又哭哭啼啼我難收拾。」

初禮一臉黑人問號臉，啞著嗓子問：「我怎麼了我？」

她說著，委屈勁就上來了——

他凶什麼凶？

沒想到身邊的人沉默了下，捏緊手機：「我知道妳覺得自己年紀還小，這些事情定下來太早，可能會有些不甘心或者怎麼的，不想要小孩……但是有些事就是既來之則安之，今天不來，以後早晚有一天也會來——我保證，就算有了小孩，妳該怎麼過還是怎麼過，我不會拿這件事束縛妳，也不會成為妳的絆腳石……」

初禮被這一套沒什麼邏輯、明顯是想到哪說到哪的長篇大論搞得一頭霧水。

她抬眼看著晝川，看著他眉頭緊蹙。

「雖然好像是有點措手不及，但是也不是完全來不及，這不還有八、九個月嗎？八、九個月學個抱孩子、換尿布老子還學不會嗎？又不是弱智……妳就安心生了，生完當甩手掌櫃都行，我肯定——」

初禮：「……我沒說我不想要孩子。」

晝川的聲音戛然而止。

初禮眨眨眼：「不想要我還惦記著掛什麼婦產科，這一路上上樓梯，我滿腦子都是該上某寶名正言順瘋狂採購一波啥，拖鞋、內褲、紙尿褲，還有二狗你別送走，別看牠一天橫衝直撞的，其實狗可聰明了，知道不該撲、不該跳的絕對不瞎蹦躂，還有啥……呃……」

她話還未落，便被晝川攔著脖子抱進懷裡。

手邊的點滴瓶搖晃了下。

初禮腦袋扎在男人懷裡，想了想問：「你剛才說你肯定什麼，把話說完。」

晝川喉嚨動了動，嗓音低沉沙啞，「『我肯定對妳好』。」

初禮沉默。

一瞬間紅了眼睛。

她抬起沒有吊點滴瓶的那隻手拍拍晝川的肩膀。

兩人抱著，一時間誰也沒說話，初禮眼角餘光瞥見晝川的手機，這才發現原來剛才他一直沒說話埋頭玩手機是在問他老媽戶口本放哪了，趕緊找出來他要用。

初禮心想他要戶口本幹啥，然後這才想到，這年頭，生孩子都得提前去醫院建卡，建卡的前提是有結婚證書和准生證；然而沒有戶口本就妄想登記結婚，戶政事務所的人能用掃把把你打出來。

喔。

初禮面無表情遲鈍地想，原來是這樣。

「對了，」抬起手，伸手拽拽晝川的耳朵，初禮強調，「那你剛才說抱孩子、換尿布的事記得也落實一下，抱孩子還好，換尿布我真的心裡過不去那一關，還是你來。」

晝川：「……」

在二〇一四年末、二〇一五年元旦跨年之際，整個作者圈連帶著出版界一共發生了兩件大事。

第一件大事是，元月社副總、行銷部部長，因為某個不為人知的事被一個作者揍了！

整個鼻梁骨都斷了，最慘的是，人家作者要賠他醫藥費，他卻被嚇得一毛錢都不敢要，很長一段時間低調做人、低調做事，元旦跨年會的時候鼻子上還纏著繃帶，看著異常喜感。

第二件大事，在二〇一五年的第一天，也就是元旦，炙手可熱的著名作者晝川，大清早發了一條爆炸性微博，微博是這麼寫的——

【晝川：遇見妳很高興，餘生請多多指教。】

配圖是兩本紅通通的結婚證書，結婚證書上是一枚碩大的粉鑽鑽戒。

於是整個微博都炸了。

根據當時在現場的一位目擊證人兼晝川粉絲的臺詞——

「二〇一五年的第一天，我的心碎了，哪怕那個鑽戒真的很醜，也挽回不了我碎成渣渣的心。」

晝川微博發出去的時候，其實他們登記結婚都一個多月了，從「少女」變成「人妻」這個角色，初禮用了一段時間才習慣。

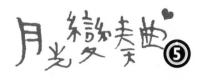

少女時代曾經偷偷幻想過一萬遍自己未來的老公會是什麼樣子——

是否高大，英俊還是平庸？

是個有錢人，還是一個普通的薪水階級？

他們是否會為房貸發愁？

他們有沒有就此攜手過一輩子的決心？

她會愛他嗎？

他會愛她嗎？

登記結婚的那天她又會是什麼樣的心情？

穿什麼樣的衣服？

說什麼樣的話……

七、八年後，當這一天終於來臨——

她還記得登記結婚那天的太陽正好。

這一天就像往常一樣，地球照轉、河水照流，對於很多人來說只是生命中毫不起眼也不值得紀念的一天。

然而當初禮手中捏著那個紅本本，小心翼翼地翻開，看著結婚證書內頁笑容燦爛的自己和面癱擺酷的男人湊在一起的大頭照，她深呼吸一口氣，不敢相信自己就這麼結婚了，從此在後半段的生命裡，多了一個即將與她朝夕相處幾十年的男人……

這個男人在過去的二十多年裡，對她來說是一個陌生人。

眼下，他卻要伴她共度餘生。

如此神奇。

思及此，當初禮和晝川手牽手地走出戶政事務所的時候，那種不真實的感覺又來了……

初禮搖晃了下晝川的手，語氣之中有一點兒興奮：「老師！老師！」

「嗯，」陽光之下，他轉過頭看著她，周身彷彿都被暖暖地鍍了一層光，他垂著眼看著她，捏著她的手的大手微微用力握緊，而後勾起脣角慢吞吞道，「叫老公。」

初禮突然發現眼下發生的一切和她少女時代的幻想其實有一樣的地方，也有不太一樣的地方，當年幻想過的具體細節她也記不起來了。

也許那個時候她幻想的「高大英俊」範本是某個暗戀的學長。

也許那個時候她幻想的「有錢人」只是開著一輛賓士。

也許那個時候她還不知道「攜手共度餘生」是一個怎麼樣的概念或者決心……

可是現在一切彷彿塵埃落定了。

拉住晝川的手，讓他彎下腰，當那張英俊的臉湊近自己的時候，初禮伸手勾住他的肩膀，笑咪咪地踮起腳親吻他勾起的脣角。

如果有機會，她會想坐著時光機穿越到七、八年前，告訴少女時代那個充滿幻想的自己：別想那麼多啦，恭喜妳，至少在最終，妳嫁給了愛情。

時間線拉回此時。

這是二〇一五年的第一天，這個時候揣在初禮肚子裡的包子總算有了些存在感。當初禮的愛情先生正蹺著二郎腿，忙著在微博跟人掐架，瘋狂強調「老子的戒指天下第一美」這件事時，初禮正帶著跟屁蟲似的二狗，站在鏡子前撈起衣服看自己的肚子，然後花容失色道：「老師，我的馬甲線不見了，都怪你！」

「妳從來沒有過那種東西，」愛情先生頭也不抬地說，「都說一孕傻三年，我可以允許妳傻十年，但是不允許妳對自己的過去充滿不切實際的幻想，還企圖賴在我頭上。」

初禮彎下腰，脫下拖鞋砸他。

晝川頭也不抬地伸手一把接住拖鞋，再抬起頭站起來。

「溫潤如玉公子川」的身分有礙於他發揮自己的掐架才能，這會兒也掐得無聊了，索性扔了手機、捏著拖鞋走近初禮。

初禮縮了縮肩膀，如臨大敵地問了句「你想幹麼，毆打孕婦要坐牢的」；與此同時，站在她腳邊的二狗皺起鼻子齜牙，衝男人發出「呼嚕呼嚕嗚嗚」的低低警告咆哮聲。

二狗這樣很久了。

不愧是初禮確認懷孕之後，幾乎算頭三件強力要求保留下來的東西之一。在初禮確定懷孕的那一天，二狗徹底成了她的狗腿子，小保鏢似地跟在她屁股後面。

凶晝川成了牠的家常便飯。

最近一人一狗時常躺在沙發上，人在玩手機，狗抱著人的腿，大腦袋放在她的肚子上閉目養神；然後當這棟房子的擁有者、這張沙發的購買人、這整個家的男主子試圖靠近的時候，就會看見自己媳婦從手機後面掃過來的幽幽目光，還有自己養的狗衝他露出的大獠牙……

晝川過這種憋屈日子過了很久了。

有時候氣急了，他指著二狗和牠的女主人咆哮「你們怎麼敢這麼對待獲得花枝獎還要和赫爾曼合作的大大」，換來兩張「馬的智障」面癱臉無數次後，終於在這一天、在此時此刻，晝川覺得是時候重振朝綱——

他伸手揪著二狗的耳朵，把牠凶巴巴的狗臉推到一邊，沉聲警告：「走開，這是我老婆。」

然後他拖鞋一扔，直接把站在鏡子前的人抱起來，聽見她「噯」了一聲，就將腳上還掛著一只拖鞋的她扛起來放沙發上，摁住了不讓她亂動；另外一隻大手掀起她的衣服，猶豫了下，摸了摸她確實有些微微隆起的肚子：「這是我閨女嗎？」

被男人用身體卡住動彈不得，初禮一臉黑線地拍開他的手：「不然呢？」

晝川：「胃脹氣？妳早上胃口不錯……」

話一落，他的耳朵就被揪住。

晝川也沒理她，低下頭就蹭向初禮的肚子，耳朵貼在上面認真地聽了半天，在初禮提醒他「這個時候你就算他媽的長了千里耳也啥都聽不見」，卻見晝川突然一個緊繃，抬起頭跟她神祕兮兮地說：「香蕉人，我好像聽見，我乖女兒在叫爸爸。」

初禮：「……」

並不想承認自己的愛情就是這麼個弱智玩意。

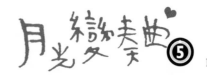

初禮：「晝川老師，那只是我正常的腸胃運動發出的聲音。」

晝川：「……」

初禮：「這時候沒有專業醫療儀器，你甚至聽不見孩子的胎心音……」

晝川眼裡的震驚和柔情四溢瞬間消失，他面無表情地爬起來把初禮的衣服拉下去：「這種事我不知道嗎？但是枯燥的生活之中不應該只有油鹽醬醋茶，還應該有詩和遠方的夢，一點兒美好的幻想都沒有，還不允許別人有，你們這種人可以說是非常討厭了……」

初禮聽著他喋喋不休的抱怨，打了個呵欠，相當不以為然：「這是來自作家的浪漫嗎？」

晝川看了她一眼：「是又怎麼樣？」

「所以我只能當個編輯啊。」初禮抬腳踢開他，從沙發上爬起來，「如果我浪漫細胞很發達，我也應該會寫書；如果我這麼聰明的人又會寫書又會賣書，這實體出版界還有你們這些傻瓜作者什麼事……」

晝川看著初禮站起來，理所當然地穿著他的大拖鞋「噠噠噠」地滿屋子溜達。從晝川的角度看她背影，她最近好像胖了點兒，只是皮膚也因為某種原因變得更白更嫩了……摸上去像豆腐似的。

因為怕肚子大了撐出妊娠紋，初禮最近都會擦嬰兒油按摩一下皮膚，晚上洗完澡往他懷裡一窩更加要了人老命，那嬰兒油的味配著沐浴乳的味道——

晝川記得自己小學畢業之後，再也沒有過像這樣翻著日曆數日子盼暑假一樣，唉聲嘆氣地數日子，盼著頭三個月早點過。

……思想有點走偏，衝動來得猛烈。

「初禮。」

「幹麼？」

「我覺得現在妳說什麼我都能答應，哪怕讓我上泰國買頭大象給妳。」

「……你又發什麼神經啊？」

「……」

當初禮沒有得到回應，站在不遠處好奇地回頭看他時，晝川不自在地動了動，並不想被罵禽獸，於是抓過一個抱枕擋住下半身，清了清嗓子說：「沒有，就是覺得妳確實最能幹了，所以妳準備什麼時候辭職……我不覺得妳天天帶著我的孩子面對梁衝浪那種蠢貨能有助於胎教——」

「那好辦，你讓梁副總別氣我啊，他現在聽見你的名字就腿打顫。」

晝川那句「妳現在說什麼我都能答應」給了初禮靈感，她不著痕跡地溜到玄關附近，然後伸手從鞋櫃上拿過自己的小帆布袋。自從她懷孕，晝川看了不知道誰發給他的「警惕！這個孕婦僅抬手取物便流產」這種毒雞湯，家裡的東西全部放在和她手臂同等高位置，她已經很久沒有抬手取過東西了。

「我能說什麼——梁副總，讓開點兒，你會讓我孩子變蠢？」

初禮拿著帆布袋站在原地笑得渾身打抖。

晝川刻薄說話時還是很有趣的。

……只要刻薄的對象不是她。

初禮一邊笑一邊從帆布包裡拿出一個資料夾，走回沙發旁邊遞給晝川。晝川還以為是什麼東西，伸腦袋一看才發現居然是上次他在元月社大發雷霆的時候，從初禮手裡搶走的合同，他瞬間收回了手：「妳給我看這個幹麼？」

時隔幾個月，他以為她識相地放棄了。

「這只是你和赫爾曼未來合作作品的出版合同。」

「不簽。」晝川皺起眉。

……說好的「說什麼都能答應」呢？

「這合同挺好的，你至少看一眼——」

「不看，妳拿走，妳知道我對妳還不從元月社辭職的事已經很不滿了，再讓我和這蠢公司合作，怎麼可能？」

「我是想走，可是現在走，走去哪？阿鬼和索恆明年的簽售怎麼辦？還有你基友碎光的新連載怎麼辦？這麼多事呢，我得對他們負責吧？」初禮抬起手，將頭髮挽至耳後，溫柔又耐心地勸說道，「更何況這個合同真的瘋了似的優惠，我打賭天底下再也找不出第二家出版公司或者出版社敢給你開這種條件了……老師，你不能因為我錯過這個機會——」

晝川把合同從初禮手裡抽走，扔到一旁：「妳還記得妳讓我簽第一份《洛河神書》合同時，要以四萬五的首印讓我點頭答應，那個時候妳強調的是什麼嗎？」

「啊？」

「讓我答應妳，吃了那破悶虧，簽了那破合同。」

「……」

「說什麼的都是妳。」

晝川背過身，表示自己拒絕理她。

身後人的沉默了下，沒一會兒他就感覺到軟綿綿的身子從後面貼了上來，胸前兩團棉花似的東西壓在他身上，她呼出的溫熱氣息就噴灑在他的脖子上。

晝川僵硬了下，背後雞皮疙瘩都起來了，剛才好不容易壓下的衝動奔流不息，在雙腿之間某處匯聚成一股欲爆發的小宇宙之力……

感覺到懷中男人呼吸加重，初禮變本加厲伸出手，抱住他的脖子，蹭上來咬著他的耳朵，搖晃他：「你冷靜點兒看下合同，這踩在阿鬼他們實體上的合同真的很好啊！」

「……」

「老公……嗯？」

所有的理智被一聲「老公」摧毀得乾乾淨淨，晝川轉過身，將趴在他身後的人拽進懷裡，狠狠地咬了一口她的脣瓣，氣得呼吸不穩道：「先收點兒利息。」

他一邊說著大手一邊不老實地撩起她的衣服下襬。

初禮一陣急促喘息，雙眼微微瞇起，心裡頭想的卻是——

馬的，為了在不被揍的情況下讓這大佬好好看一眼合同，老子絞盡腦汁想了幾個月才敢把合同掏出來，結果最後還是色誘術管用，有毒！

初禮想過一萬種她跟作者和藹可親地講合同的姿勢。

然而。

這一萬種裡並沒有哪一種是她坐在作者懷裡，指尖泛白死死地扣住作者的手腕，作者則四平八穩地用這隻手拿著合同，下巴壓在她的肩膀上，問：「這個海外發行，非獨家授權什麼意思？」

晝川的聲音聽上去很平靜，偶爾提出的一些問題代表他還真的有在認真看合同。

但是初禮就不一樣了，這會兒她連用一把刀捅死孩子他爸的心都有了，忍著不讓自己在晝川另外一隻作亂的大手下發出奇怪的聲音，她全身的力氣都壓在他的胸膛上：「說的是……嗚嗚，元月社保證會給你一條海外出版管道，同時這個授權是非獨家的，除了元月社找的，你還可以自行——嗯，不要了，晝川，老師，老公，先放我下去……」

「不行。」晝川淡淡道，「現在就這個姿勢可以用，不然壓著妳。」

他一邊說著，停下了作亂的手，雙手環抱著初禮不讓她滑下去，同時淡定地用剛剛停下作亂、有些溼潤的指尖彈起合同翻過一頁——

合同右上方留下一個溼漉漉的痕跡。

初禮面紅耳赤，難以直視，心中萬分慶幸還好這他媽就是列印的合同初版，兩個小時後它將葬身在家裡的碎紙機中……這要是元月社已經蓋好章就等著作者簽字的正式合同——

她非和這王八蛋離婚不可。

而此時，彷彿是感覺到懷中人的怨念，晝川抱穩她，討好似地湊到她耳邊：「我都忍了三個多月了，做為一名身心健康的正常成年男子，三個月不幹事妳知道意味著什麼嗎？妳這人還有沒有良心……」

初禮眉毛都快飛腦門上了：「你再說！三個月你哪天好好放我睡了？老子嬌嫩的手都替你擼出繭——」

話說到一半被晝川捂住嘴。

她聽見他嗤笑，胸腔震動：「吼得鄰居都聽見了，妳怎麼那麼粗魯……當心動了胎氣。」

初禮沒好氣地把他的手扒下來，轉過頭去瞪他。原本還能勉強分個心一邊幹壞事一邊看看合同，然而眼下被懷中人水光迷濛的眼睛這麼一瞪，晝川心都快化了，果斷扔了合同湊上去，灼熱的吻雨點似地落在她的眼睛上、鼻尖上。

這般半推半就。

把看了一半的合同扔到地上。

時隔三個月、快要一百天，晝川終於得償所願，在這舉國歡慶的跨年元旦假期，新年的頭一天取得了個好兆頭，心滿意足地抱著合法媳婦白日宣淫，風流快活。

「一年之計在於春……這個新年迎新活動我極喜歡，夫人妳呢？」

「嗯嗯……你可閉上你的狗嘴吧——啊，慢些——」

直至太陽落山。

初禮蓋著件小毯子睡在沙發上，睏倦得手指都不想抬起來，放在茶几上的手機震動，她那半闔的睫毛才懶洋洋地抬了抬，同時抬腳踢了下坐在她腳下、把她的腳揣懷裡、吃飽喝足後精神抖擻玩手機的男人：「看下我手機，誰，什麼事，說了什麼。」

晝川被初禮蹬了下胸口，下意識捉住她的腳踝固定穩，同時有些茫然地抬起頭：「……萬一是妳爸怎麼辦？」

晝川上高中時真的差點繼承學校門口商店為聚點的金龍幫，這代表著他對人民教師這種生物有著天生的抗拒和畏懼——

不幸的是，初禮一家子都是教師，登門提親那天，有鑒於還沒登記結婚就先把人家女兒肚子搞出事故，他本來就底氣不足，於是各種這樣那樣的理由一同襲來，跟初禮父母為數不多接觸的幾次時間裡，都替晝川造成了不小的心理陰影。

……雖然晝顧宣這個迂腐老頑固和親家是真的很有話聊。

這會兒初禮讓他看手機他還老大不情願，初禮冷笑了聲：「萬一是我爸，你就問他：晝川又欺負我，現在離婚來不來得及？」

晝川警告似地拍拍初禮的腳背，把她的腳從自己暖洋洋的懷裡拿出來，彎腰伸手拿過她的手機，看了一眼：「梁衝浪。」

初禮：「說什麼？」

晝川：「『合同給妳家那尊大佛看了沒？』」

初禮：「……」

晝川放下手機，冷笑：「看來這是一場有組織有預謀的計畫。」

奸計被識破，初禮沒敢吱聲，只好看著晝川拿她的手機邊打字給梁衝浪邊唸：「給他——看了，一半——說是，合同，還可以，但是之前的事，鬧得很不愉快，要考慮下……是不是，還加些什麼條款，這樣大家，都看得見，誠意——」

初禮：「你還想往上加什麼，不如讓老總退位讓你當老總？」

晝川沒理她，其實他也不知道要往上加什麼，只是隨口替自己留個日後折磨梁衝浪的後路。原本初禮以為梁衝浪肯定不會答應這麼可怕的無底洞條款，然而沒想到的是，三分鐘後，晝川舉著她的手機說：「『妳讓他有要求就提，不是太過分的都能答應』。」

初禮：「……」

晝川嘲笑：「貴社梁副總真好說話。」

初禮：「我都有些敬佩他了，從未見過如此堅定人生信仰就是人民幣，為此可以拋頭顱、灑熱血、人格尊嚴都不要了的人。」

第六章

三日後。

元旦假期結束，初禮回到元月社。

這時候除了阿象之外，元月社沒有人知道她肚子裡揣了個太子爺，初禮還是跑上跑下地忙著晝川合同的事，向梁衝浪交代之後回到編輯部，剛在位置上坐下來還未來得及喝口水……

就聽見已經入職了四、五個多月的新人編輯阿先說：「老大，梁副總說忘記提醒妳，雖然晝川老師的出版以及連載合同都還在商討階段……但是其他三位老師的連載合同定下來了，上面的條款沒辦法改，那已經是我們這邊做出的最大讓步。」

初禮抬起頭看了阿先一眼。

阿先停頓了下，抬起手推了下鼻梁上的眼鏡，目光閃躲地嘟囔：「就這樣。」

初禮「喔」了一聲。

這些新人裡，阿先是有過相關經驗的，原本初禮打算對她委以重任，甚至拿過一本不那麼重要的書親自教她怎麼做、怎麼行銷、怎麼發微博才能吊起讀者的購買慾。

那本書賣得也不錯，讓阿先得到了一些元月社的嘉獎。

也讓梁衝浪盯上了她。

初禮幾乎算是認真在培養阿先了，原本以為這樣親自教出來的人總不至於被梁衝浪搶去，卻沒想到她還是低估了梁衝浪那套利益至上的洗腦原則——阿先和梁衝浪越走越近。初禮在土耳其那次把阿先大訓一頓後，原本想看看她能不能改，結果幾個月觀察下來她還是那套「表面順從、背地裡自己想法很多」的模樣，於是便不再那麼想管她了。

這會兒，提到索恆、鬼娃、碎光三人的連載合同，是那次晝川大鬧元月社後的頭一次。

那之後初禮用了一個月才讓耳朵恢復聽力，從那天起，梁衝浪一直在催的只有晝川的合同，就好像除了這份合同，其他都無所謂；在等待晝川點頭的過程裡，元月社高層對另外三個合同是愛談不談的態度，人家作者的稿子倒是照常收，稿費也有發。

……這種放任不理、不尊重也無所謂的態度真的非常教人倒胃口。

初禮稍一盤算，這才慢吞吞開電腦，打開ＱＱ。

她敲了下阿鬼的ＱＱ——

猴子請來的水軍：新連載合同看了嗎？

在你身後的鬼：看了，還成吧，漲了稿費，十五塊呢！

猴子請來的水軍：妳他媽……就這點出息！

在你身後的鬼：……其他無所謂，反正耽美也賣不了影視之類的大版權，我一直沒答應是怕我答應了，索恆和碎光那邊不好做，我賣不了，他們是能賣的，元月社這條件限制有些過分了。

在你身後的鬼：我問過別的網站作者，比如大雞雞網替作者談影視代理，雖然合同上寫的是抽百分之五十，實際操作起來也才抽百分之二十而已……五十過了，再繳個稅，馬的作者還不如代理拿的多，像話嗎？

猴子請來的水軍：……妳數學不差啊！

猴子請來的水軍：我還以為妳真傻，還想教育妳。

在你身後的鬼：揣著明白裝糊塗，活得比較快樂一點兒。

在你身後的鬼：妳看，比如吧，這都幾個月了，妳這才來問我一次合同的事，擺明著也是元月社一點兒不著急咱們簽……呃，一心放在晝川身上了吧，噗！

在你身後的鬼：其實大家都明白，高低貴賤嘛……那還能和晝川或者妳生氣嗎？你們也沒轍啊！

在你身後的鬼：跟元月社生氣嗎？又不是不發稿費，犯不著。

在你身後的鬼：不過這種事在我看來不是那麼重要而已，我不生氣，我確實沒有晝川紅，比不了，人家大小眼又怎麼了——

在你身後的鬼：所以，該怎麼怎麼滴就是了。

猴子請來的水軍：……

初禮被阿鬼說得有點難受。

現在她幾乎有點後悔當時把阿鬼一起拉進這個坑裡。

現在兩個人都站在坑裡面，出都出不去……

明年勞動節，那篇航海文簽售的消息早就公布出去了，收不回來。而且初禮也看得出，這是阿鬼作為作者的人生第一次簽售，其實她挺期待的……而且其他出版社或者出版公司，真不一定會給耽美作者這個機會。

初禮是真的想帶著阿鬼和索恆走，但是現在不是時候。

初禮心裡難受地坐在椅子上，滑鼠無意識地在兩人的聊天紀錄上滑來滑去琢磨了半天，最後想出了件挺可怕的解決辦法——

既然元月社不在乎這三個作者簽不簽合同，那就不簽算了。

人家不要，眼巴巴送上去幹麼，對自己百害無一利的……

反正就當短篇這麼先寫著，短篇也不走合同，一樣拿錢。

未來怎麼樣，誰知道呢？

初禮這麼想好了，就把這事跟三個作者分別說了下，三個作者的反應非常一致：臥槽，還有這種做法，那行吧。

初禮看他們同意了，這事才暫時放下。

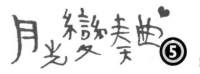

坐在椅子上又沉思冥想了一下午，越發覺得這個曾經她擠破腦袋也想要坐進來的編輯部，現在壓抑得讓她喘不上氣來……

人的心思就是不能有苗頭。

一旦有了一點點「我想離開這裡」的苗頭，那簡直都捂都捂不住，像是星火燎原一般迅速起勢，這會兒還沒有燃燒成森林大火，無非也就是個責任心還重重壓在肩上，如此而已。

原本一心向著元月社的天平已經發生了傾斜。

初禮從位置上站起來，到走廊上去呼吸了下新鮮空氣，然後在下班之前帶著晝川的合同又去梁衝浪那以「晝川老師」要求加了一條——

出版公司、出版社任何一方不得以任何形式破壞、侵犯甲方作者的名譽權、著作權、肖像權，如有觸犯，本合同無須經過雙方交涉，即刻作廢。

過了元旦，當學生們迎來美好的寒假，這意味著國人最重要的節日——新年——也逐漸地在靠近。

對於某對新人夫妻，身邊的人包括阿鬼在內的所有人都以為他們會為去誰家過年大吵一架；而事實上，初禮和晝川用一秒就解決了這個問題：各回各家，各找各媽。

在你身後的鬼：不會吧，你們捨得分開？

猴子請來的水軍：有啥捨不得的？

在你身後的鬼：大過年的只能靠發簡訊互述衷腸怎麼想都覺得有點怪怪的……

猴子請來的水軍：有啥怪怪的？

晝川：沒錯，別忘記了咱們倆本來就是網戀起家。

索恆：……聽上去好像有故事的樣子。

碎光：似乎是。

于姚：說起來去年的這個時候，初禮確實有個活在QQ裡的男朋友，文風還和晝川老師很像——

會飛的象：啊啊啊啊啊啊啊啊啊啊！初禮，所以妳當年的那個網戀對象原來就是晝川老師嗎？天啊，還發內褲給妳看的那個喔，我還心想妳總算甩了那個變態和晝川老師在一起，呃…………

江與誠：「嫌棄臉表情包」。

江與誠：變態。

猴子請來的水軍……

晝川：……

索恆：@晝川。沒想到你是這樣的晝川，聽見了不得了的東西，我會不會被殺人滅口？

碎光：@晝川。沒想到你是這樣的晝川，聽見了不得了的東西，我會不會被殺人滅口？

在你身後的鬼：@晝川。沒想到你是這樣的晝川，聽見了不得了的東西，我會不會被殺人滅口？

于姚：@晝川。沒想到你是這樣的晝川，聽見了不得了的東西，我會不會被殺人滅口？

江與誠：他一直都是變態啊。

晝川：到底是誰拉了這個群啊？

猴子請來的水軍：……是我，原本是新年發紅包用的，誰知道變成了這個樣子。

在你身後的鬼：……反正我截圖了:)。五月本大大和索恆的簽售，晝川大大要不要瘋狂幫忙轉發宣傳一波你自己心裡有點十三數了嗎？

晝川：……

這是今日微信群這個玩意對晝川實行的第一波打擊。

讓他沒想到的是，第二波後續打擊很快跟上了。

在作者微信親友群裡進行著一連串可怕對話的時候，初禮和晝川正去年前最後一次產檢的路上。此時是二月初，初禮肚子裡揣著的包子已經五個月大，肚子看得出來了，各項抽血檢查完再照了個超音波，照片裡的寶寶能看得出清晰的輪廓。

初禮和晝川抱著孩子的照片爬上車，初禮啃著手裡的包子，這幾個月過去之後，她孕吐的各種不良反應已經減輕，最近一段時間的胃口都很好，腰以肉眼可見的速度迅速變粗……

晝川還生怕她餓著似地使勁讓她吃，就恨沒替她餵兩口「豬大大」飼料，於是今天產檢時還被醫生委婉地提醒：「少吃點兒，孩子太大不好生。」

晝川一臉愚昧無知地抗拒，就好像人家和藹可親的婦產科醫生處心積慮要餓死他媳婦和他那個有龍椅要繼承的孩兒。

這會兒坐在車裡，晝川也沒急著開車，新人父母對著小孩的照片愛不釋手，腦袋湊一塊，嘀嘀咕咕地對著照片正經八百討論孩子的長相，結果看半天也沒看出個所以然來，於是「啪啪」手機拍照，往家裡四位家長都在的微信群裡一發——

然後外婆和奶奶同時站出來表示，這是個男孩。

晝川立刻崩潰了。

晝川：女的吧……我連女兒名字都取好了。

晝顧宣：你可別丟人了，這是你取好名字就必須是女兒的問題嗎？

晝顧宣：肚子上那團白色的東西不是小雞雞嗎？

晝川：那是肚臍啊，你家小雞雞和腿一樣長。

初禮：「……」

李月華（初禮媽）：這個不是看小雞雞啊，是看孕囊的形狀，這個明顯是男孩。

宣鴦（晝夫人）：親家說得對，這個是看孕囊形狀，一般來說圓形就是姑娘，長形是小子。

車內，迷信媽媽們說法的初禮一陣歡呼。

晝川覺得今天的微信群大概統統有毒。

晝川：我不信。

晝川：算了，五個月後開獎，我還能翻盤。

初禮看著手機裡還在嘴硬的傢伙：「你還在嘴硬。」

晝川：「我就不明白妳為什麼喜歡男孩，男孩能穿小裙子、紮羊角辮嗎？」

初禮繼續啃包子：「男孩不聽話可以揍。」

晝川挑起眉：「妳敢揍我孩子？」

初禮不理他繼續啃包子：「女兒長大還嫁人，挑女婿也很麻煩，你看我爸，你第一次上門的時候恨不得對你的毛孔都進行一波人口調查與採訪……」

晝川眉毛放了下來，奇怪道：「我女兒為什麼要嫁人，我養她一輩子啊，又不是養不起。」

「你看你像個變態似的，以後女兒叛逆期了，要和別的小子談戀愛了，偶爾跟老爸吵架你還不得趴在我懷裡哭得一臉鼻涕泡？」想著那畫面，初禮打了個寒顫，「所以還是兒子好。」

初禮的話太有畫面感。

晝川仔細想了下，自己的閨女要和別的小子談戀愛這種事他確實不怎麼能接受，好好養的翡翠白菜怎麼能讓別的豬拱了呢……那果然還是養隻豬去拱別人家的白菜最好了。

想到這，晝川心裡舒坦了些，然後拿出手機，低頭「啪啪」發簡訊——

晝川：老江啊！

江與誠：……怎麼，一看見你就沒好事。

晝川：以後你要努力生個女兒！

江與誠：？

晝川：我們訂下娃娃親，我兒子肯定和我一樣英俊。

江與誠：……

江與誠：你可給我有多遠滾多遠。

過年放假前，初禮掰著手指認真地數了數，過完年之後再回元月社，她肚子也差不多滿六個月了，這個時候挺著個大肚子對著梁衝浪那種蠢貨，確實對胎教不好。

雖然很多孕婦很淡定地上班上到第九個月才回家待產。

但是不能忘記她家裡還有晝川這個事事都著急上火的，從一個多月以前，晝川就天天像唸經似地問她什麼時候開始放產假或者乾脆辭職，唸得初禮煩得不行。她要是敢跟他說「我上到滿九個月再休產假」，晝川可能會當場吊死在她房門口……

這麼一盤算，初禮慶幸自己去年招了幾個新人。

所以趕在放假前的前三天。

生怕過完年就被老公關在家裡禁足的初禮決定把能解決的事都解決了，先是拿著晝川和赫爾曼的合作出版合同開了個會，會議上，她特地強調她附加的這一條禁止損毀作者名譽。

「特別是赫爾曼先生的處女作問題，《龍刻寫的天空軌跡》這本書麻煩大家隻字不提——忘記赫爾曼寫過這本書這件事。」

阿先愣了下：「可是百度百科上……」

初禮看了她一眼：「那是百度百科，不代表權威，赫爾曼先生本人十分抗拒自己曾經寫過的這本作品……」

「那也是他曾經寫過的東西，哪怕是第一本書寫得不好，也不能說不承認就不承認了吧？」阿先微微蹙眉，眼睛裡染上一絲絲不屑，「還國際知名作家呢……」

初禮見她這樣反而愣了下，沒搞懂她一個編輯對作者的事指手畫腳幹麼，又不是讓她做《龍刻寫的天空軌跡》這本書。

初禮深呼吸一口氣：「總之別提，顧白芷因為翻譯誤事提了這本書，差點把合作機會砸了……赫爾曼和晝川的書項目啟動時，我可能在月子裡，不一定能事事盯著，你們千萬要小心這細節，如果不想賠得內褲都掉的話。」

阿先：「可是最後不是沒砸嗎？說明赫爾曼自己也心虛——否認自己任何時期的任何作品都是不對的。」

初禮看向阿先，盡量讓自己語氣聽上去溫和一些：「妳的個人看法有點多了，而這恰巧是整個企劃裡最無必要的一點。」

阿先被說得滿臉通紅，又被初禮的灼灼目光看得有些緊張，想了想，最終一臉鬱悶加不服地閉上嘴。

開完會。

回到編輯部。

初禮一邊納悶阿先這人怎麼回事，一邊把手上在帶的作者除了晝川之外全部分出去，雨露均霑似地將手上作者平均地分配給幾個小編輯帶。

雖然對阿先有些不滿，初禮也還是公平地把即將開連載的碎光發給她。

把帶作者、催稿、看大綱的注意事項都跟小編輯們說了，另外兩個新人倒是點頭如搗蒜，乖得很，初禮反而對他們比較放心。

經過今天的事，初禮隱約覺得阿先對赫爾曼一副微妙的態度，聯繫別的作者跟審稿過程可能要出問題，於是在解散前又多叮囑她幾句，並對作者的寫作插手底限問題強調了幾遍。阿先表面上應著，也不知道聽進去了沒有。

又過了三天，放年假了。

這一天，初禮正坐在候機室，一邊應付晝川隔三分鐘問一次她到了沒並要求開啟定位的纏人要求，正煩躁他有完沒完，要不乾脆跟她回家過年拉倒……

這邊更煩躁的事就出現了。

碎光：…………………………阿猴，妳給我找的新人編輯略雷，咱能不能換一個？猴子請來的水軍………咋了？

碎光一頓嘮叨，說是自己的連載稿子第四期交上去之後，阿先提出了很多意見，按照碎光的意思就是，「祖國山河一片紅，這輩子沒這麼改過稿子」，阿先不僅劇情、人設上要求他修改眾多地方……

連表達方式都讓他改。

類似於主角說，「我憑什麼聽你的」，被變成了「我為什麼要聽你的」這種莫名其妙的修改……要知道，就像是晝川破折號滿天飛，主角一定是身穿白衣登場這一點也算是作者的獨特癖好，在行文之中作者還會有類似「口癖」這類玩意……七七八八湊起來，就成了所謂的「文風」。

這些東西都改了，文章的味道整個就變了。

碎光看著自己的文被改得亂七八糟，明顯充滿了另外一個人的寫作風格，相當惱火，於是和阿先爭吵幾句，就跑來初禮這告狀了。

初禮覺得簡直莫名其妙。

從前她是看重這個新人有報社工作經驗所以招進來，現在各種情況來看，這個新人的個人想法貌似有點太多了，壓都壓不住的趨勢。

猴子請來的水軍：你可以告訴她，寫文這件事，作者才是專業的，行文方面並不需要編輯去指手畫腳……

碎光：喔。

碎光：……妳不知道嗎？

猴子請來的水軍：什麼？

碎光：妳那編輯也是個作者啊，就是那個寫《賜你一丈紅》的先道，粉絲不少呢，和我差不多的人氣吧。

碎光：我還以為妳知道，因此才把她招來當編輯的。

碎光：現在我的文被改得一股《賜你一丈紅》的味兒撲面而來，我也是醉了——她完全是在以一個作者的身分在教我寫文啊。

碎光：大家都差不多的水準，她憑什麼覺得多了個編輯的身分就能對我指手畫腳？

此時初禮耳邊響起了登機廣播。

正好手機裡跳出來阿先的投訴——

阿先：碎光這作者不願意改稿，我帶不動，老大能換個作者給我帶嗎？

初禮沒回她。

碎光的抱怨還在持續。

初禮心想：你抱怨啥，她連赫爾曼先生都可以看不起，順便看不起你不也挺正常的嗎……

「文人相輕」這四個字，用在這兩人身上剛剛好。初禮嘆了口氣，心中不安，要是早知道阿先也是個作者，她就不一定會用，否則以阿先這樣無法完全脫離作者身分的態度去工作，主觀性太強，早晚得出事。

回家的飛機上，初禮認真地想了一下碎光和阿先這件事，思來想去，總覺得有些想不通，也暫時沒想到該用什麼辦法跟阿先溝通會顯得更有說服力一些。她算是看出來了，這個新人編輯真的是表面順從、背地裡一身硬骨頭，硬啃的話也只是浪費口舌而已。

一味地指責她做得不好，只會讓她覺得初禮偏袒作者、是非不分，然後變本加厲地心生怨念而已。

……啊，好煩啊。

煩躁了三個多小時後，初禮下了飛機，拿行李的時候，晝川的視訊請求正好就來了，初禮按了接受請求——男人這會兒正開車，手機放在一旁，初禮的角度只能看見他英俊的側臉。

「媳婦兒，怎麼樣，沒暈機吧？」晝川目視前方，「我現在也在去機場的路上，你跟家裡人說了幾點的飛機到嗎？」

「說了說了，我弟在外面等著呢……你自己開車小心點兒，還打什麼電話，我這剛落地還沒站穩你電話就來了，比公雞打鳴還準時。」初禮拿著手機，碎碎唸似地抱怨。

晝川在她的抱怨中笑了下，也沒反駁她。

初禮盯著晝川的側臉看了一會兒，然後像是想起來什麼似地問：「老師，你和江與誠老師天天膩膩歪歪的，就沒有個吵架的時候嗎？」

「誰跟他膩膩歪歪了，我們天天吵架。」晝川瞥了手機螢幕一眼，「怎麼突然想起問這個？」

「打情罵俏不算，我是說真的吵架——好像認識你們兩年了也沒見你們真急紅眼過，那時候你那麼討人厭天天嘲諷他過氣他也沒反應，」初禮問，「是他脾氣太好還是你心太大啊？」

「……妳非問這個幹麼，想我們倆吵架妳好獨占我嗎？」晝川單手握著方向盤，「妳最近對我占有慾越來越強了，好變態啊！」

初禮面無表情：「我正經八百提個問，你要是不好好回答我掛了。」

晝川：「別呀！別掛，老公想妳了，想再聽下妳的聲音——我和江與誠不吵架是因為都知根知柢啊，有我老爸的前車之鑒在，江與誠知道我最討厭什麼，別的說什麼都行，只要別指手畫腳地教我寫文就是……啊，我知道了，妳問這個是不是因為碎光跟妳抱怨你們那個新人編輯了？」

「咦？」

初禮一愣，隨後又覺得這很正常，碎光本來就是晝川的親友，都抱怨到她這來了，怎麼會放過晝川？

而這邊，見初禮一臉孕傻呆滯，晝川已經嗤嗤笑了起來：「有想問的直接問不就行了，跟我妳還拐彎抹角的，有那智商嗎……我知道妳在糾結什麼，妳是不是在糾結總覺得這事不是那個新人編輯一個人的鍋——那我告訴妳，妳的糾結是對的。」

初禮捏緊手機，心想這傢伙給她吃了什麼藥啊，她自己在想的事她都沒想明白，他就知道了……想了想，她這才道：「我糾結怎麼就對了，這事看著碎光沒問題。」

晝川：「文人相輕啊媳婦，妳以前摁著碎光腦袋讓他改大綱時候他說什麼了嗎？什麼也沒說，因為妳是編輯，他理所當然地認為，妳說的肯定是對的、是專業的、是為作品好的——」

「但是那個新人編輯就不同啦，她做得最蠢的事就是讓碎光知道她也是一個作者，這時候碎光就會完全忘記她的編輯身分，不自覺地將其視作自己的同行……這就直接牽扯到了——您哪位，紅遍全世界嗎？否則妳他媽憑啥教我。」

初禮被說得一愣一愣的，總覺得自己想明白了，又覺得腦子裡一團亂。

晝川見她一臉懵：「我和江與誠從來不吵架也是因為我們不對對方寫的東西做過多干擾，最多撲街了馬後炮說一句：早就告訴你這東西能賣才有鬼！」

初禮：「……你們的友誼真微妙。」

晝川假裝沒聽見她的嘲諷：「現在知道怎麼去跟那個新人編輯說了？」

初禮：「……大概吧。」

「操心完作者還要操心編輯……妳怎麼天天都有事。」晝川想了想，終於又像是憋不住一般問，「所以妳到底什麼時候辭職？」

「辭職去哪？」

「隨便啊，只要不是元月社，哪不行？實在不想去新盾社的話，我找幾個作者一起辦個雜誌給妳玩？」

「……」

初禮假裝訊號不好，手指在螢幕上晃悠了下，「喂喂」兩聲直接掛了電話。

半個小時後，當初禮拿到行李箱、爬上家裡來接機的人的車，大概是晝川那邊人也到機場了，這才發了條簡訊——

戲子老師：翅膀硬了敢掛我電話，記大過一次，等著回家收拾妳。

初禮回了他個「微笑」表情包，退出簡訊。

她在微信裡跟阿先說了碎光這事，這次換了個語氣，全程都是站在阿先這邊似地發言，告訴她稿子不用改那麼用力，有的作者不一定能接受。

告訴她盡職盡責是好的，但是也不用那麼盡職盡責，人家作者不一定領情。

再告訴她其實妳沒做錯什麼，妳做的最錯的一件事就是告訴了碎光妳也是一名作者，這樣妳在他眼中就有一個實力水準的定位了……他不會服妳的。

——妳做得沒錯。

——都是時臣（註5）的錯。

——錯的是這個文人相輕的社會！

一通教育之後，收穫效果尚佳，阿先也不是個完全爛泥巴扶不上牆一般的傻子，初禮給了個臺階她趕緊就爬下來了，當即就向碎光道歉，說自己不應該這麼替他改文……

初禮對她這次的表現還算滿意，再把天性樂觀、任人欺負的阿鬼的文塞給阿先，把已經與她產生不可調和矛盾的碎光給原本帶阿鬼的小編輯。

幾天後，初禮問阿鬼，覺得阿先怎麼樣。

阿鬼的回答是：還行吧，這期稿子沒怎麼讓改，我能過個好年。

初禮滿意點頭，順手回覆：恭喜啊，新年快樂。

至此，一切問題完美解決。

接下來，就是春節假期。

工作扔到一邊，在家裡茶來伸手、飯來張口的日子過得初禮有些樂不思蜀，整個人已經藉著「孕婦都這樣」的擋箭牌懶到極致。

大掃除自然是不參與的。

註5　出自小說《Fate/Zero》。由於「時臣」的名字和「時辰」同音，這句話被作為「時運不濟」的雙關引申義廣泛在網路圈流行開。

最多站在洗衣機旁邊摁一下開啟和關閉。

大年三十那天待在外婆家，一屋子的人忙著貼窗花和對聯，當時家裡的七大姑、八大姨正走來走去張羅著做年夜飯，初禮癱在沙發上挺著肚子理直氣壯地帶著弟弟、妹妹嗑瓜子吃零食，正吭哧吭哧打開一包巧克力往嘴裡倒，就被她媽招呼著，讓她幫忙過去貼個對聯。

初禮第一反應是：「咦，在家裡晝川都不讓我抬胳膊。」

話語剛落，就收到她媽的死亡視線，一屋子大人笑她臭不要臉，然後她就被拎著耳朵抓起來：「妳害不害臊，那麼有本事，讓妳老公現在坐飛機過來護著妳？」

初禮：「……妳這話有點酸了。」

初禮她媽冷笑：「我可酸死了，心疼自己老公是個木頭。」

坐在一旁打字牌的初禮她爸聞言抬頭，抬手推了下鼻梁上的眼鏡：「嫁了人就反了天了，別惹妳媽，這十萬八千里遠，小川還能給妳撐腰啊？」

初禮：「……」

這踏馬就很欺負人了。

初禮心裡老大不情願地跟著出去打下手貼了個對聯，發簡訊跟晝川抱怨，這時候被告知晝川正坐在書房裡和江與誠打遊戲——多麼詭異，這兩家人好到一起過年……

初禮不得不萬分慶幸這他媽還好江與誠是個男的，晝川是個直的，否則現在還有她什麼事？

晚上吃了年夜飯，初禮被從沙發上爬起來，樓上樓下地走了兩圈消化。

走到二樓，賴在有暖氣的屋子裡就不肯動彈了，隨便爬上一個外推窗檯往外瞅，初禮這才發現屋外下起了雪，樓下傳來小孩的吵鬧聲。初禮抱著暖暖包伸腦袋一看，發現是她那些弟弟、妹妹在樓下堆雪人、放煙火。年紀最小的才一歲，走路都走不穩，穿著棉襖、戴著小帽搖搖晃晃一團，笑起來嘎嘎的沒牙傻樂……

嗯，也挺可愛。

初禮下意識摸摸肚子，一想到明年過年自己肚子裡這個也該是穿著棉襖、像年畫上的胖娃娃似地供人娛樂，微微瞇起眼，突然就覺得小孩好像也沒那麼討人厭。

她正胡思亂想，手機響了。

拿起來一看，果然是「戲子老師」，眼中不自覺地沾染上一絲絲笑意，初禮勾起脣角接了手機，「喂」了聲。男人那邊因為是在市中心，禁止放鞭炮所以安靜得很，她只能聽見電話裡傳來的平穩呼吸聲。

「在幹麼？」

「外頭下雪了，我在二樓看小鬼放鞭炮。」

「窗關好，別著涼。」

電話那頭男人的聲音聽上去有些漫不經心，就好像這樣的叮囑時常掛在嘴邊以至於說出口的時候都不怎麼經過大腦……這樣安靜的氣氛讓初禮心中一動，忽然沒來由地，便覺得分外想念。

「老師，你幹麼呢？」

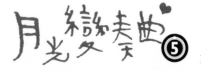

「看春晚，妳開電視啊，陪我一起看。」

「你怎麼像個老年人似的，還看春晚。」

「不然也沒事幹。」電話那邊的男人一本正經地說，「妳要在，咱們估計能幹點兒別的，一年之計在於春那種。」

「……你就當著你爹媽、江與誠老師還有江與誠老師爹媽的面前這麼開黃腔，要臉不要了你？」

「沒事，」晝川懶洋洋道，「就江與誠聽懂了，這會兒抬頭看我呢……眼睛裡能噴火。」

「……」

抓著手機，初禮爬下窗檯直接打開二樓的電視，和晝川一邊看春晚一邊吐槽春晚多無聊，實際上也不知道是不是因為有個人陪著說話，壓根就是看得津津有味……

這一通電話就是四個小時。

當窗外鞭炮的聲音越發密集，初禮抬頭看了鐘，這才發現快十二點了，電話那邊晝川的聲音聽上去有些昏昏欲睡。初禮「喂」了聲，正想說「秀恩愛的時間到了，你快發個一百三十一萬四千五百二十塊的紅包給我，我發朋友圈碾壓眾生」——結果還沒來得及開口，突然覺得肚子裡動了下，就好像被什麼玩意踹了一腳。

初禮瞬間沒聲音了。

晝川那邊聽她突然安靜下來，還以為她怎麼了，連續問了幾次「怎麼不說話了」，問到語氣裡都帶著一點兒著急，初禮這才慌慌張張握緊手機，作賊似地彎下腰小聲道：「老師，我剛才好像感覺肚子裡的那玩意踹了我一腳。」

晝川：「……」

初禮：「……你兒子給我拜年，咿嘻嘻嘻！」

晝川：「妳騙鬼啊，這才幾個月。」

初禮無情地拆穿他，「嫉妒得聲音都變調了你。」

晝川：「……」

第二天，大年初一。

中午，初禮還捂在被窩裡睡得昏天暗地，感覺到自己房間門被人打開又關上，緊接著被子被掀起一角，冷空氣鑽入把她凍得嘶嘶的，皺起眉以為是哪個小孩不要命招惹她，伸手去拍，自己一腦子的漿糊還不忘記威脅人：「找你們姨姨玩去，再鬧揍你。」

她的手拍了兩下被人一把捉住。

隨即連人帶被子地被撈起來抱進一個還帶著屋外冰雪氣息的懷裡，初禮愣了下，迷迷糊糊地睜開眼，就看見自家老公那張俊臉近在咫尺，跟她對視上，還彎下腰在她鼻尖「吧唧」親了口。

初禮：「都是幻覺。」

她一邊說著閉上眼一邊要拽被子捂臉上……奈何被子被一把摁住，她感覺到一隻大手鑽進被窩裡，撩起她的睡裙，在她肚子上一頓亂摸，緊接著熟悉的男聲在她腦袋頂上響起，充滿了變態的探索求知慾。

「哪動了？哪？」

「……」初禮無語地睜開眼，對視上晝川那雙晶亮的眼，半晌，無奈問，「你家和我家坐飛機四個小時，這踏馬新年第一天早上十點半，機場不過年啊？你坐火箭來的？」

三個月後。

過完年之後的小日子又過得飛快，轉眼五一勞動節假期將至。五一勞動節因為是國定假日，各地書展、漫展遍地開花，所有的出版社和出版公司都指望能在書展清出一波庫存狠狠撈一筆，元月社當然也是這樣。

以往初禮對這些事都無所謂，畢竟元月社賺多少、怎麼清庫存那都是梁衝浪該操心的事，她最多是在社裡需要作者的時候把作者帶出來賣身賣藝各憑本事。

但是這次不同。

索恆和阿鬼兩人的聯合簽售像是一座巨山壓在初禮的肩膀上。

如今索恆人氣回升飛快，一本《西遊記》同人教她在文壇地位比以前有過之而無不及。

阿鬼更是頭一次簽售，那些小粉絲千萬年難得碰到一次耽美作者簽售，自然一呼百應。

今非昔比，在網路預售的兩本書都非常輕鬆地突破預期銷量之後，索恆和阿鬼如今都不是任認人拿捏的小透明作者；再加上簽售當天，是兩位作者的實體書首賣日，她們二人也很期待那一天早日到來，能夠跟讀者面對面聊上兩句。

這一點從初禮和她們商討簽售會細節、當時要做的活動時，她們積極的態度就能看得出。

終上所述。

初禮各方面壓力都很大，所以為了這次簽售非常上心，早早就抓著一堆人開會，以確保書展簽售當天一切順利。

然而這世界上偏偏就是有人要讓她不順心。

四月二十一日。

這一日，元月社會議室，各部門長官都眼巴巴地看著挺著個肚子站在桌邊的人——這會兒，初禮肚子裡揣著的小傢伙都八個月大了，她再沒多久就快生了。只見初禮的肚子大得像是氣球似的，整個人也因為懷孕胖了一些、白了一些……

社裡的人都知道這次書展簽售之後，晝川說什麼也不會再放初禮出來上班，所以初禮的產假假單已經寫好了往上遞這件事人盡皆知。元月社人事部那邊也是毫不猶豫批了假：畢竟要出生的是晝川兒子，和元月社的太子爺有毛線區別？

而此時。

正當眾人盯著初禮隱約可見痕跡的雙下巴發呆，內心感慨晝川老師天天得端幾頓燕窩給她時……

「我再三強調一下簽售流程，是因為這次簽售對於作者來說十分看重，如果元月社沒有準備簽售完就和作者恩斷義絕……我真誠地希望各部門同事能夠友好積極配合，不要節外生枝……」

都說懷孕的人會因為母性光輝顯得特別慈眉善目，然而看著此時捧著資料夾、慢吞吞地把簽售當天基本流程過一遍的初禮，眾人的想法是：別騙人了，慈眉善目在哪？

趁著初禮換氣的空檔，宣傳部部長忍不住道：「初禮，妳要不要坐下說，我看著妳挺著肚子也累。」

話說到一半的初禮停了下，從資料夾上方看她一眼，然後面無表情道：「不用，這樣說話大聲點兒，你們聽得清楚些。」

眾人：「……」

慈眉善目是沒有的，只看見雷厲風行。

一個摁不住就要竄上天那種。

迎著眾人的目光，初禮一隻手扶腰、挺著肚子，聲音四平八穩地道：「書展方安排的時間是下午一點半到二點半，一個小時，前面是新盾社的作者在簽售，最後有十分鐘的空餘時間讓我們換簽售背板……我會提前半個小時帶作者進休息室，宣傳部的人和我一起到位，新盾社作者一下去，立刻開始換上我們作者的宣傳背板，注意要講點兒禮貌，等人家作者收拾完下臺了才動手換。」

初禮說完，看著宣傳部的老大點點頭，示意自己記下來了，這才繼續往下說——

「因為是兩位作者聯合簽售，所以哪怕隊伍很長，動得也會比較快……不是長得特別過分應該簽得完——阿先，妳準備好兩種顏色的便條紙，到時候提前去隊伍裡問，讓找索恆的和找阿鬼的讀者自己說明白找哪個作者，然後再替她們依次在便條紙上做記號。」

「咱們爭取每次放兩個讀者上臺簽售，同時分配給兩個作者，這樣也不會一個作者忙著、另外一個閒著，場面尷尬不說，到時候讀者隊伍塞住了反而浪費時間。」

初禮一邊說，一邊滿意地看著手底下的小編輯也在埋頭苦記。

等她奮筆疾書的過程中，初禮掃視一圈會議桌邊的所有人，問大家還有沒有別的問題時，梁衝浪站起來了。

實不相瞞，其實初禮也不覺得梁衝浪會這麼輕易放過她、不給她找事，找事是意料之中的，但是她真不信這個時候梁衝浪還能用那些破 COSER 什麼的人來糊弄她、破壞她的計畫……

所以這會兒見梁衝浪站起來，初禮心平氣和地問：「梁副總還有事？」

「有，大事呢。」梁衝浪瞥了初禮一眼，笑了笑地翻開手裡的資料夾，「因為發生了很緊急的事，所以書展簽售時間有一點兒變動。」

初禮笑出酒窩：「什麼緊急的事，辦書展的房子塌啦？」

眾人：「……」

「前天晚上這邊收到了來自赫爾曼先生助理的信，說是準備在近期正式啟動與晝川老師的合作項目並對外公布，信件中明確說明，希望元月社能夠安排一系列的作品初期宣傳活動，而赫爾曼先生也會全力配合。」梁衝浪說完，轉過頭向著初禮燦爛地笑了笑，「所以本社決定趁著五一黃金假期，邀請赫爾曼先生前來書展與晝川老師來一次長達一個小時的簽售以及針對新作的兩個小時座談交流。」

初禮：「信呢？」

梁衝浪：「發妳信箱啦。」

初禮當場拿出手機看了眼信箱，發現梁衝浪說的信件什麼的還真他媽有，昨天她去產檢沒來上班，今早直接來開會也沒注意看信箱……操！

初禮放下手機，看了眼梁衝浪，語氣裡全是防備：「三個小時的活動，你準備從哪擠？」

梁衝浪：「就在索恆和鬼娃簽售那天啊——別著急嘛，妳看妳又要發火，我也沒說要壓縮索恆和鬼娃的簽售時間是吧，我跟書展方說好了，二點半索恆她們簽售完立刻開始晝川老師和赫爾曼先生的活動，書展方看在兩位大神的分上也是答應得飛快喔……」

初禮露出一個將信將疑的表情，她不信梁衝浪辦事突然這麼有良心。

「你們索恆和鬼娃又在前面，完全不用當心當年 COSER 簽售時我行銷部霸占著地方不走嘛，主動權在你們身上不是嗎？」梁衝浪笑咪咪地厚著一張老臉道，「不知道妳在擔心什麼，胳膊肘朝外拐啊，晝川老師知道了得多傷心……」

初禮冷笑一聲：「你拿晝川壓我？」

梁衝浪也笑：「那壓住了不？」

晝川加赫爾曼，別說是壓索恆和鬼娃，碾壓國內目前一切作者組合都是沒有問題的。

初禮無話可說，再加上梁衝浪說得有道理，鬼娃和索恆的簽售在前面，出問題的可能性小很多，她再三猶豫了一下之後，終於還是點頭答應了這一次的變動。

在她點頭的一瞬間，桌邊所有人都鬆了口氣。

生怕她一言不合又和梁衝浪打起來。

散會之後。

目送初禮離開會議室，梁衝浪立刻拉過宣傳部部長，指揮著宣傳部的人趕緊把赫爾曼加晝川同臺簽售的事發布出去，進入緊急宣傳期。

宣傳部部長聞言愣了下：「咦？但是索恆和鬼娃的簽售最終宣傳資訊才發出去不到二十四小時，立刻就發布新的簽售資訊沖掉她們的宣傳真的好嗎？」

「哦喲，幾十個小時該看到的都看到啦，沒看到的也都不是關注作者的真愛粉，更不會來簽售了嘛。」梁衝浪拍拍她的肩膀，笑嘻嘻道，「而且索恆和鬼娃重要，還是晝川老師和赫爾曼先生重要，妳自己心裡沒點兒衡量嗎？」

宣傳部部長：「梁副總，大家都是同事，你不要老想著在初禮那裡鬧事，惹她生氣對你有什麼好處啊……」

梁衝浪看了眼自己那自從拆了紗布以後、整個歪了一截的鼻梁，抬起手摸了摸：「妳說呢？」

宣傳部部長抽了抽脣角。

梁衝浪翻了下白眼：「作者是編輯手中的武器，這句話可是初禮自己教會我們的——我只不過以其人之道，還治其人之身而已。」

宣傳部部長聽出他話語中的惡意，也是猜到上次挨揍的事梁衝浪果然不會就這樣善罷甘休，微微蹙眉，猶豫地勸說：「……你們真的不要鬧事了，萬一真的把人逼走——」

「晝川的合同已經在元月社了，以她和晝川的關係，在書做出來之前，她會走嗎？話說回來，就算是走也無所謂啊，反正晝川的書都已經拿下了，晝川就算是神仙，也該有個顛峰，他這輩子也不可能再有比這一本書更紅的作品了。」梁衝浪滿面春光，「再說了，就算走，她能走去哪啊，國內出版行業全是一個鳥樣，夕陽產業，走去哪只不過是換一支廣場舞跳而已啦！」

宣傳部部長：「……」

梁衝浪推了她一把：「好啦好啦，快去發宣傳，她一個雜誌分部的主編你們都那麼怕幹麼，還能翻出天來啊，好戲都在後頭呢！」

晝川這邊也是很無辜。

早上好好地把媳婦往元月社大門口一放，目送她扶著肚子老佛爺似地顫顫悠悠走了，走的時候還有說有笑的，對著他的臉「吧唧」親了口，夠他回味一上午；等下午準時把車停元月社門口，遠遠看見人走過來，晝川開門下車扶她，結果手還沒伸過去就被「啪」地一下拍開了，他愣了愣還沒反應過來，低頭就看見媳婦皺著眉，一臉苦大仇深地看著自己。

「怎麼了？」晝川問，沒等初禮回答又追問，「又叫哪個腦殘氣著了，臉皺得像個包子似的。」

「梁衝浪。」

「妳活該。」晝川幸災樂禍地扶著她往車裡塞，一隻手則是扶著車門框，怕她笨手笨腳地磕著頭，「早讓妳辭職了妳不幹。我媽今天早上還問我準備讓妳上班到什麼時候，家裡是不是就差妳上班這口奶粉錢，我他媽比竇娥還冤，反駁一句妳非要上班我攔得住嗎？還要被罵是在狡辯，攔不住妳是因為我不上心……」

初禮：「……」

她都還沒開口抱怨，這傢伙一天宅在家裡大門不出、二門不邁，也能抱怨出一大堆！

初禮沒吱聲，耐著性子等晝川小公舉抱怨完了，見他也坐上駕駛座繫好安全帶，琢磨了下小公舉說完了怎麼都該輪到她這個宮女說兩句了吧……於是醞釀了下情緒，想了想，開了個頭：「今天原本是去安排五月一日書展，阿鬼和索恆簽售的事。」

晝川「嗯」了聲：「然後呢？」

「然後梁衝浪非要把你和赫爾曼塞進來，」初禮轉過身看著晝川，「這事你知道不？」

晝川一隻手握著方向盤，另外一隻手拍拍初禮的腦袋：「我也是剛才知道，梁衝浪跟我說是排在索恆和阿鬼後面那場，我想了下，在後面的話應該沒什麼影響……就答應了，妳為這個生氣啊？」

初禮想起第一次參加書展，就是晝川實體書發布那兩天，那時候赫爾曼還在新盾社。

大清早的，赫爾曼本人估計都還在飯店床上打呼，新盾社展位前面已經擠滿了人，那人山人海的，陣仗十分嚇人，連帶著還連累了元月社。

初禮記得那次書展回來之後聽到行銷部的抱怨，說是這次的銷售額並不如以前的效果好，主要就是因為路人讀者晃悠到兩個出版社展位一看，喲呵這人多的，懶得排隊也懶得往裡擠，轉身就走了——

更何況五月本來就有些熱了。

人家讀者才不管你哪個隊伍屬於誰，走過來看一眼那麼多人就想放棄。

到時候晝川和赫爾曼的座談會，只有前面一個小時是簽售，這意味著能夠排到的粉絲數量有限，用腳趾頭想，讀者肯定又是當初在新盾社那樣，七早八早先把舞臺四周堵個水泄不通，那索恆和阿鬼的粉絲還不得被嚇死——到時候少個三分之一的流量怕都還是低估了……

梁衝浪個傻子，還以為自己多聰明，挖了個坑以為掩飾得多機智？

初禮慢吞吞地把顧慮說出來，晝川越聽越心驚，表示還真沒想到這點——畢竟是花枝獎獎杯都沒捂熱、滿腦子都是想要去噓噓的人——他對這種事向來想的少且簡單，這會兒被初禮提醒，才一拍大腿覺得：好像是那麼回事啊！

晝川：「妳什麼時候想明白這事的？」

「當時，立刻。」初禮面無表情道，「梁衝浪臉上就寫著『我不懷好意』，該說什麼好，他也不背後放暗箭，是個光明正大的真小人，要拉屎時就敲鑼打鼓地脫褲子撅屁股，生怕人家圍觀不到。」

晝川：「……」

他看著初禮，一點兒也沒覺得她孕傻，腦子靈活得很，未雨綢繆得像個被害妄想症……

然而，現在他已經答應了出席活動，人家赫爾曼的機票都訂好了，再反悔也來不及了，看了眼初禮：「那怎麼辦？」

初禮冷哼一聲：「梁衝浪那個蠢貨還用你來壓我，怎麼，以為對象是你我就不敢多說話了嗎？」

晝川覺得這話怎麼聽都彆扭，「妳這話我就不愛聽了，阿鬼和索恆才是妳親閨女，我他媽是妳從垃圾桶裡抱回來的？想當年妳也是一口一個『晝川老師』叫得歡快又尊敬。」

初禮不理會他在旁邊抱怨，手放在膝蓋上有一下沒一下地拍打，想著怎麼避免被梁衝浪坑，想得非常認真。

然後等到兩人下車的時候，她還真就想出了個法子。

她到了家就使喚晝川打了個電話給梁衝浪，要求他在書展前一天立兩條規矩——

第一、漫展當天，要圍觀晝川和赫爾曼的讀者可以提前排隊，但是必須是等索恆和阿鬼的簽售開始半個小時以後，才開放排隊。

第二、說二點半開始簽售，三點半開始訪談，五點半結束一切，就嚴格按照這個時間表來，不提前不推後，沒有加場加時。

晝川講電話的時候，初禮就趴在他身上，一隻手捏著他的耳朵撥弄著玩，自己的耳朵湊在他手機旁邊聽熱鬧。

電話那頭，梁衝浪智商上線地愣了下，問：「這是初禮說的吧？」

初禮開始咧嘴笑，心想：就是我說的怎麼了，氣死你。

晝川也不是省油的燈，他本來就最煩被人家當槍使，何況被梁衝浪當槍使，更何況槍口還對準了初禮，簡直沒了王法……於是，語氣變得更加不好商量，十分冷漠道：「跟誰說的有關係？我提的要求過分？鬼娃和索恆也是我朋友。」

當初那一拳給梁衝浪的陰影還在。

更何況如今他也確實緊巴巴地上趕著討好晝川。

所以他見著晝川真的像是老鼠見了貓似的，聽晝川語氣一沉，也不敢再多說屁話，心裡琢磨著「到時候讀者來了、讀者要幹麼你還攔得住嗎」，索性暫時一口答應下來。

晝川心滿意足掛了電話，將趴在自己身上的傢伙拎起來，一隻手蹭了蹭她圓臉上最近大補補出來的肉，入手手感太好忍不住低下頭啃了一口，含糊道：「老公替妳搞定了，妳那天自己也找人盯一下，別讓人鑽了漏洞。」

「嗯。」

初禮應了聲，面頰上被不輕不重地啃了個牙印，她轉過臉蹭了蹭晝川，感覺到晝川放在她腰間的手臂將她撈了撈抱穩；做為回應，她張開雙臂，抱著晝川的脖子。

這恃寵而驕的小日子她過得太習慣了。

仗著自家男人翻著白眼耍威風、看某些人敢怒不敢言的樣子太開心，她就喜歡這種小人得志的爽感。

「……那天我在也好，看著妳。」

她聽見晝川在她頭頂慢吞吞地說。

「書展人那麼多，妳挺著個肚子要是敢往人群裡跑，老子就打斷妳的狗腿。」

「你乾脆找根狗鍊把我拴你褲腰帶上。」

「說得好，一會兒我就去跟二狗借。」

「……」

「再上某寶訂製個項圈給妳，上面刻字，主人，晝川。」晝川腦洞越來越大，「我知道某寶哪家店能做這個，它家還有賣狗尾巴，狐狸毛做的，油光水滑看著品質非常好，可以順便買一條湊免運……」

「狗尾巴往哪裝？」

晝川一臉淡定地拍了拍初禮的屁股。

初禮朝著他的大臉就是輕輕一巴掌，「你天天在家沒事幹上某寶找A片？」

晝川嘻嘻笑，然後晚上被初禮徵收了手機，把他某寶購物車裡各種刺眼的收藏刪了個乾乾淨淨，再替他下單了一大堆手抄佛經描紅本，並追加十本「靜心咒」。

第七章

與梁衝浪的書展之爭告一段落，初禮過了幾天平靜日子。

轉眼就到了四月三十日。

那一天她拖著行李箱來到書展方安排的飯店，索恆還是那副仙氣飄飄的小仙女模樣，阿鬼是個看著比她本人更樂觀的胖子，初禮瞥了她一眼的第一句話是：「妳不是信誓旦旦簽售前瘦二十斤啊，說好的減肥呢？」

阿鬼：「我昨天沒吃飯。」

初禮：「……」

阿鬼：「現在有點餓，晚上吃啥啊？」

初禮：「吃啥吃，別吃了。」

阿鬼：「破罐子破摔吧，反正我誠意到了。」

初禮：「……」

初禮和索恆還有阿鬼擠在一個房間裡，原本就準備跟她們聊八卦聊一晚上，結果剛過十點，房門就被人敲響，然後被晝川拎回自己的房間。

阿鬼和索恆自然不敢反抗，從側面看出她們倆和初禮的友誼並沒有深到讓她們心甘情願得罪晝川。

「妳們都是王八蛋！」被晝川拎著後領提走時，初禮憤怒道，「老子為了妳們就差把菜刀架在這戲子脖子上了！」

「……晝川大大會洗乾淨脖子等著妳的菜刀，不代表他不會伸手掐死我們。」阿鬼甚至體貼地替就住在隔壁的晝川帶上了門，「晚安。」

阿鬼和索恆的背叛使得她們第二天一大早就遭到了報復。

大清早的被手握一張房卡的初禮鬧起來，抓著她們洗澡、洗頭、化妝；當晝川還在房間裡呼呼大睡的時候，初禮已經像是灰姑娘的後母似地推著兩個不成器的女兒出門。

索恆：「晝川大大呢？不用起床刷牙洗臉、收拾收拾？」

「他天生麗質。」初禮順嘴答。

索恆、阿鬼：「……」

帶著化好妝的兩作者到了書展，這時候其實才上午十點，阿鬼因為第一次來這種展覽感到特別新奇，遠遠地看著元月社的展位人山人海，人群大排長龍地買書等拿簽售入場券，一雙眼睛都亮了，興高采烈：「我靠！這麼多人，本大大人氣有點厲害的啊？」

初禮看了眼，情況是還不錯，最早放在書架上那一批阿鬼和索恆的書估計賣得差不多了，行銷部的人正拖著箱子往上重新補書呢。

她卻偏偏忍不住嘲笑阿鬼：「說不定都是來買晝川的書。」

阿鬼：「我不信。」

她一邊說一邊步伐漂移地衝進了元月社展位。

就守在擺著自己書的架子旁邊，幾乎和立架海報融為一體，一雙眼相當渴望又興奮地看著一位位讀者經過，有人拿起她的書時就揚起淫蕩的笑容……

可憐從來沒有見過阿鬼真人的粉絲，並不知道站在旁邊笑得一臉弱智的就是她們仰慕已久的大大。

當初禮好不容易嚷著「讓讓啊謝謝」、「開水開水」、「孕婦孕婦」地從人群裡擠進展位，阿鬼已經撲了上來，掛在她的脖子上不肯下來：「出書真好啊，我小時候經過書店，看著櫥窗裡的大海報，作夢都想要是有一天我也能把海報貼書店櫥窗上該有多好，現在這夢想還真的實現了——我怎麼覺得和作夢似的，我替妳寫一輩子啊好不好？」

索恆聽著她說的話也跟著笑，東摸摸、西看看，那張白皙的小仙女臉上也都是笑容。

初禮站在旁邊看著，心想這姑娘笑起來其實挺好看的。

又忍不住想到第一次見到索恆，她就坐在自己的位置上哭……哭成啥樣呢，初禮用力想了想，發現自己對那時的記憶有些模糊了，就眼前的人笑的模樣在她腦海裡，特別清晰。

啊。

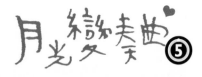

想不起來就想不起來吧。

這樣挺好的。

阿鬼和索恆守著她們的書，轉眼就到了中午十二點多，初禮將她們倆拽進休息室——說是休息室，其實就是幾塊板子搭起來的小房間。初禮一人發了一個元月社的盒飯給兩個作者，兩作者掰開筷子坐在那吃。

看她們坐穩了，初禮這才出去聯繫宣傳部的人到了沒有。十二點半有新盾社作者的簽售，初禮也順便看看別的作者簽售時都做些什麼；她還看到了顧白芷，上一次見面的時候還是在土耳其，期間也就發了下簡訊拜年。

這會兒顧白芷盯著初禮的肚子，眼睛都挪不開：「晝川老師動作真快，兩年前還他媽是在室阿宅，我還以為這輩子除了江與誠沒人要他了。」

初禮扶著腰笑，順便摸摸皮球似的肚子，想替晝川爭點兒面子，說自從要當爹了，晝川老師沉穩不少，結果話語剛落，打她臉的人就來了。

人群之中，只見一個大熱天還戴著口罩的男人遠遠走過來，撥開人群，徑直走到初禮和顧白芷跟前，一把抓住初禮的胳膊。

初禮先是一愣，然後回頭看了眼身後顧著工作區域的元月社工作人員，意思是：你們站在這是擺好看的啊，什麼人都往裡放！

元月社的工作人員是行銷部的，笑得一臉無辜：太子爺還是認識的，哪怕是戴著口罩的太子爺，走路的氣勢都不一樣。

初禮收回目光，看著拽著自己胳膊的男人，「幹麼你？」

晝川：「還有臉問，我前幾天怎麼跟妳說的，外面哪哪都是人，妳不能在休息室好好待著？出來幹麼？磕著碰著了是我一個人的事嗎？我就睡不了一會兒的安穩覺，就知道妳不會聽話。」

初禮：「……」

晝川像是機關槍似地一陣嘮叨，顧白芷滿臉禮貌微笑地站在旁邊看，心想：這他媽還能更煩人不？帶閨女呢，人多的地方都不讓去了，乾脆找條狗鍊子拴褲腰帶上啊。

晝川自然不知道顧白芷的笑容之下正在瘋狂吐槽，把口罩摘了跟她打了個招呼，轉頭連拖帶抱地把初禮往休息室裡帶，教訓完了語氣才緩和一些：「吃飯了嗎？」

「還沒有，又不餓，我剛啃了個蘋果。」

懷孕後期肚子頂著胃，容易餓，但是隨便吃兩口也就飽了，少量多餐挺正常的……

此時晝川拽著初禮進了休息室：「他們不給妳吃飯啊？那這兩人怎麼有得吃？」

被統一稱作是「這兩個人」的阿鬼和索恆：「……」

就吃個飯，怎麼感覺好像對不起誰了似地……阿鬼抹了把嘴，把腳下的箱子踢出來，裡面還放著整整一大箱盒飯：「你們要吃嗎？」

晝川把初禮摁下來，接替了阿鬼和索恆的位置在那吃飯。初禮也沒閒著，挑著根青菜指揮兩人補妝、補口紅。

工作人員進進出出的，休息室裡一直沒安靜過，有眼尖的現場活動主持人看見晝川進休息室了，趕緊興沖沖跟進來，手裡捧著一大堆剛買的書，想蹭個簽名。

還沒等晝川開口說話，初禮放下筷子站起來：「晝川老師還沒到上班時間，一律不簽。」

那小姑娘沒想到會被直接拒絕，愣了下，臉色不太好：「妳誰啊？」

沒想到一問得了兩個回答——

初禮面無表情地瞥了她一眼說：「責編。」

晝川放下筷子回頭也瞥了她一眼說：「我老婆。」

幾乎是異口同聲的回答，小姑娘臉上一陣白、一陣紅……

初禮回頭看晝川，晝川淡定地抽出一張餐巾紙擦了擦嘴：「妳能不能好好坐下吃飯？我也不餓，要不是陪妳吃，我他媽能坐在這像搬磚工人似地吃這破玩意？」

初禮「喔」了聲，這回是真的老實坐下了。

那捧著書進來的小姑娘又捧著書出去了，索恆和阿鬼搬著小板凳坐在旁邊看熱鬧看得非常開心！

接下來還是繼續的兵荒馬亂。

初禮趕跑了不知道多少波想走後門要簽名的書展工作人員，到最後等到一點多的時候，人人都知道休息室裡有個凶悍的孕婦，老母雞似地護著裡頭的三個作者，生人莫近。

大概一點十五分的時候，凶殘的孕婦出來了，伸腦袋看了眼，果然阿鬼和索恆的讀者已經在工作人員安排下開始排隊準備入場。這會兒小編輯正一個個跟她們問話，然後發號碼牌。

一點二十分的時候，新盾社作者簽售完畢，起身收拾東西，在他一隻腳走下簽售舞臺的同時，元月社的人一擁而上，著手準備換索恆和阿鬼的簽售背板。

與此同時，阿先拿著號碼牌回來了。索恆和阿鬼的現場讀者數量差不多都是一百來個左右，初禮看了號碼牌之後，根據當年帶江與誠簽售的速度粗略估計了下，回頭看了眼休息室裡的兩個作者：「一會兒妳們可能得快一點兒。」

一點二十五分，背板更換完畢。

活動主持人開始準備預熱場子，現場氣氛還不錯。

初禮靠在旁邊看了一會兒，稍稍鬆了口氣，覺得起碼這開頭是順利的，至少成功了一半吧？

等一點半的時候，在現場讀者熱烈的歡呼聲中把阿鬼和索恆放上去，她手下的兩個小編輯也上去了，幫著翻書。其實應該是初禮跟著上去幫忙的，但是這會兒誰敢讓個懷孕八個月的孕婦站在自己旁邊幫忙翻書啊！

初禮不上去，就坐在後臺的晝川的腿上指點江山——

「那個××，十分鐘了，可以準備第一個活動啦，你讓索恆隨便唸個二十號至一百號之間的數字，抽個幸運讀者送特簽……咱們時間有限，讓讀者想好了自己要簽什麼，一會兒直接拿紙條上來給她抄。」

「那個○○，阿鬼也別閒著，要送讀者的小禮物呢？好像在我包裡你看看？讓她也抽個號碼該送趕緊送了！」

「外面速度怎麼樣，才動了十幾號？臥槽妳讓她們快一點兒！一共就一個小時！」

「不許拍照，當然不許，在下面偷偷拍管不著，手機伸作者鼻子底下了哪能好？來簽售的，賣藝不賣身啊！」

初禮這邊正吆喝著指揮人，那邊阿先推門進來，先是看了眼坐在晝川腿上的初禮，又用有如小兔子般的眼神怯怯地看了眼晝川，一臉「臣有話不知道當講不當講」。

初禮就煩人家在她面前欲言又止的模樣：「有事就說。」

這時候，正把下巴放初禮肩膀上、一隻手攬著她的腰、原本低著頭玩手機的男人也跟著抬起頭，掃了面前的小編輯一眼。

他什麼都沒說，就那看陌生人的眼神讓阿先抖了一下。

「……那什麼，就是晝川老師和赫爾曼老師的讀者開始排隊了，攔都攔不住。」阿先說，「剛開始就幾個人，然後有人一看開始排隊了就憋不住了，現在才五分鐘，百來個人都擠在那排著隊了，控制不住啊！」

初禮原本還坐在晝川身上晃腿。

聽到這，動作一頓，鬱悶了。

她站起來，嘟囔著「是攔不住還是沒攔啊」，開門走出去看了一眼，一眼就看見正在簽售的隊伍外面，人山人海的。這踏馬別說百來個人，根據索恆和阿鬼的讀者隊伍有二百人來算，此時外面至少是一倍以上！

初禮頓時有些無奈，這架勢看著還真不是區區一個梁衝浪能攔得住的。就像機場登機，剛開始大家都坐著，等快到登機時間了，只要有那麼三、四個人過去站著開始等排隊，呼啦啦一瞬間，那隊伍就看不見尾巴了。

凡事就怕有個開頭的。

「這行銷部也是沒用。」初禮搖搖頭，事到如今也只能這樣，心中雖然有不滿，但是這些人也是讀者，還能把她們打走不成？

此時阿鬼她們簽售已經過了半個小時，初禮正準備回休息室裡坐下，靜觀其變，這時候梁衝浪滿面紅光地走進來問：「快去統計下鬼娃老師她們那邊的進度，十五分鐘能簽完嗎？晝川老師他們的讀者太多了，三個小時肯定弄不完，到時候讀者鬧起來我們也吃不消，我們這邊最好能提前開始！」

梁衝浪話語一落，晝川就挑起了眉。

「……什麼？」初禮深呼吸一口氣都沒反應過來這種做法，「十五分鐘簽完？距離說好的二點半還有半個小時……」

梁衝浪大手一揮：「簽四十五分鐘差不多了。」

初禮想說「放你媽的屁吧」，但是礙於晝川還在這，最近這管家公可管著她的脾氣，再加上講髒話確實不利於胎教，於是勉強稍微緩了緩氣說，「不可能的，十五分鐘不可能簽得完，你別想了。」

梁衝浪向阿先使了個眼神。

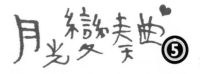

阿先立刻跑出去，然後一分鐘後回來，通知說原本第二波抽幸運讀者的特簽活動已經取消，現在一律只簽作者名字，並且催過作者加快速度！

初禮聽了，意識到這口氣怕是緩不過來了啊，那肝火外加腎上腺素就有點兒飆高，想也不想抬腳踢了下腳邊的椅子：「誰批准你們擅自壓縮簽售時間的！」凳子「吧唧」一下倒了，休息室裡的人全部夾緊了菊花，屁都不敢放一個……

晝川站起來將初禮往懷裡揣，生怕她折了腰，冷冷地瞥了梁衝浪一眼：「十五分鐘夠幹麼，我說過不會提前上去的。」

「跟老總請示過了。」梁衝浪又跟晝川嘻皮笑臉，「都是元月社自己的作者，咱們內部自己溝通下也沒什麼不好的嘛——我們也跟赫爾曼先生事先通知過了，他答應可以提前上。」

晝川微微皺眉。赫爾曼的咖位比他大得多，赫爾曼啥都不知道的情況下答應提前上臺，他就算不上臺也沒什麼影響——

梁衝浪就是篤定這點。

這時候初禮想了下，隱忍著怒氣問：「這邊簽不完，回元月社展位繼續行不，我記得那邊有桌子……」

「展位的桌子有畫冊占了，現在還用著呢。」梁衝浪想都不想回答，「妳還是叫作者加快速度吧，別惦記那麼多別的了。」

還他媽叫她別惦記那麼多！

是她惦記？

被這一句話瞬間點燃怒火，初禮已經不是腎上腺素飆高的問題了，就像個爆發的小宇宙快氣炸了：「我可去你媽的吧，梁衝浪，你也差不多一點兒，有什麼事我們私底下自己解決，你別在這搞作者！滾！」

梁衝浪被罵得狗血淋頭，但是他就是擅長不要臉，瞥了初禮一眼，說了句「我是長官我說的算」，轉身又去看看外面情況，讓初禮做好提前結束簽售讓場地的準備——

初禮眼睛都紅了，是氣的！

梁衝浪轉身走了以後，她跟著走出去，上臺。此時臺下大概還有四十來個讀者，她看著阿先在那開始第二波催促，冷冷地瞥了一眼之後走到阿鬼和索恆中間：「都還有二十幾個，妳們能不能加快速度？」

阿鬼抬起頭看她一眼：「行啊，我盡量，哎呦媽呀，這輩子的簽名速度都在這練出來了，後臺怎麼了嗎？」

看阿鬼完全沒什麼抗拒的意思，也就隨口一問、任人揉捏的模樣，初禮又想到簽售開始前她在休息室裡轉圈圈的緊張樣子……

頓時心裡難受得很，所以乾脆沒說話。

「阿先說，要五分鐘之內搞定，我這邊應該可以。」索恆一邊替讀者簽名，頭也不抬地說，「妳先下去，這簽售舞臺的鐵架搭得挺不穩的，別摔著了。」

她說完還不忘記對讀者甜甜地笑，說謝謝。

初禮看著她們倆奮筆疾書的模樣，最後還是一個字都沒說出來，默默轉身下了臺。

正巧梁衝浪回來了，就甩出他最喜歡用的五個字：「不行也得行。」

初禮瞥了他一眼，這下子是連發脾氣都懶得跟他發了。對一個人絕望之後，就發現跟他多說一個字都他媽嫌累得慌……

兩人正僵持著，這時候宣傳部的人也衝進來了。

此時阿鬼和索恆各還有十個左右的讀者。

在已經死趕活趕提前十五分鐘的情況下、在兩位作者還坐在簽售舞臺上的情況下，他們開始動手換她們背後的簽售背板。

初禮靠在門邊看得清清楚楚，想到自己都知道尊重新盾社的作者，等他們下了舞臺才開始動手換背板，元月社卻對底下的作者……心底除了透心涼之外，初禮這下子可以說是被當頭棒喝，整個人要多清醒有多清醒——

元月社從來沒想過尊重哪個作者，也從來沒想過要尊重哪個讀者，改不了，就像是狗改不了吃屎一樣。

初禮抱著手臂，眼睜睜看著舞臺那邊，阿鬼和索恆拎著讀者送的禮物站起身，手裡還抓著一把麥克筆，兩個作者、兩個幫忙翻書的小編輯加上十幾個讀者，一起組團下了舞臺，然後到休息室旁邊的小空地，小板凳一坐，把書放在膝蓋上，硬是替最後幾個讀者簽完名。

這邊手機震動，有阿象發來的訊息——

會飛的象：你們那邊搞啥呢，有幾個讀者跑來簽售，到了地方發現擠不進去就算了，工作人員還說簽售提前結束，她們現在人在展位，小姑娘都急哭了。

初禮沒回，直接鎖了手機螢幕。

晝川把她拉住，拍拍她的腦袋，話卻是跟梁衝浪說的，斬釘截鐵的語氣：「梁副總，這也是我最後一次和你們元月社合作了，不可能再有下一次，以後貴社任何宣傳活動都可以不必再通知我。」

梁衝浪有些吃驚地看了晝川一眼，沒想到他語氣能這麼絕對，但是一想到他現在估計在氣頭上，當然和媳婦站一邊、當然不好說話……但以後萬事好商量啊。像是上次，鬧那麼難看，出版合同不也還是簽下來了嘛！

反正只要初禮還在——

梁衝浪正興沖沖地想著……

這時候靠在休息室門邊、像是雕像似的初禮動了下，她慢吞吞站直身子，黑白分明的眼睛森森地掃了梁衝浪一眼，語氣卻相當冷靜——

「我不幹了，你們愛誰誰幹，辭呈一小時內會送到老總桌上——祝貴社在晝川和赫爾曼老師這票上大賺特賺，然後吃飽了，好上路。」

有那麼一、兩秒，以初禮為圓心的三五米內陷入一片死寂。

梁衝浪一臉懵逼沒反應過來。

宣傳部部長抱著阿鬼和索恆的宣傳背板，一臉「我他媽就知道會這樣」的表情。

阿先神色高深莫測。

周圍其他各部門被叫過來幫忙的人，均是一臉驚悚：what the fuck！

初禮直起腰，伸手整理了下晝川的領子，拍拍他的肩膀看了他一眼，然後轉身去找阿鬼與索恆。她彎下腰告訴她們，展位那邊還有幾個讀者，一會兒過去一起簽完再走……

阿鬼和索恆自然點頭答應。這會兒兵荒馬亂的，她們也是急得一屁股火，暫時沒表現出太多的不滿或者別的情緒。

初禮安排完一切，就站在她們旁邊門神似地不肯動了。阿鬼莫名其妙地抬頭問：「妳守在這幹麼？」

初禮面無表情道：「怕掃地阿姨把你們的小板凳都搶走。」

阿鬼：「……」

就這樣，初禮站在那兒，一直守到索恆簽完最後一個讀者、從椅子上站起來，她才招呼人收走小板凳和亂七八糟的東西，帶著兩個作者頭也不回地離開簽售舞臺。最後的結果是，阿鬼和索恆兩個倒楣蛋被梁衝浪提前從簽售舞臺上轟下來了，但是赫爾曼和晝川也並沒有提前上臺。

畢竟那是晝川，如果連挑撥離間的本事都沒有，他就不是小公舉了。赫爾曼是國際大手，一聽晝川說，出版社為了照顧現場來的粉絲將他們前面簽售的作者提前趕走替他們挪位置，當下就皺起了眉，認為這行為非常不妥。

……意料之中，正常人都會覺得不妥好嗎？

這下子連赫爾曼也不願意上臺了，梁衝浪拿這兩位大佬一點兒辦法都沒有；而這時候他也顧不上這麼多，因為短短的五分鐘內，初禮要辭職的八卦已經傳遍了整個元月社。來了書展和沒來書展的長官都知道了，每個人都是一臉黑人問號臉，完全不知道剛才在書展現場到底發生了什麼爆炸級事故。

而唯一知道怎麼回事的那位，正在和老總展開瘋狂討論。

老總：我怎麼聽說初禮要辭職？

蔥花味浪味仙：……

老總：認真的？

蔥花味浪味仙：……估計是一時氣頭上？

老總：你別騙我，宣傳部的彩華剛才跟我說……算了我複製給你看——

「馬總怎麼辦!?剛才初禮真的跟我借電腦，現在坐在那打辭職信!?哈囉！她認真的!?帶薪產假都不要了，現場打辭職信！

梁衝浪真的把她氣慘了！

我早就說過不要這樣不能這樣的！」

蔥花味浪味仙：……

老總：大概三十分鐘後我的信箱就能收到辭職信了你他媽還告訴我她是一時氣頭上!?剛才你怎麼跟我保證的——晝川的合同在元月社，她不會走，再說了她走了能去哪啊——朋友，她還能去新盾社啊！能去華視紙媒啊！能去新報社啊！能去夢裡人啊！能去如意時光啊！

蔥花味浪味仙：我真沒想到她會連晝川都不管了，她就不怕我們對晝川的書做點兒什麼……

老總：做什麼？一百萬的首印你告訴我你想做什麼，敢做什麼？睜大你的狗眼看看你簽的合同，上面還寫了「出版公司、出版社任何一方不得以任何形式破壞、侵犯甲方作者的名譽權、著作權、肖像權，如有觸犯，本合同無須經過雙方交涉，即刻作廢。」——

你以為這一條她為什麼加上去？啊？

你能想到的人家比你提前想到十幾天！

蔥花味浪味仙：……一個編輯而已，走就走了。

老總：可以，有你這句話我就放心了，明年開春我要見到一個和初禮一樣可以日常創造銷售奇蹟，讓我們滿世界和同行炫耀的頂替編輯，你去找吧。

蔥花味浪味仙：……

老總：我他媽真是信了你的邪，自己解決這事吧，好自為之，我不管了。

蔥花味浪味仙：………

此時此刻，梁衝浪也想仰天長嘆。

老總你這樣馬後炮、甩鍋把自己摘得乾乾淨淨真的好嗎？

我提出要提前結束索恆和鬼娃的簽售意見的時候你不是這樣說的啊！

我這還有聊天紀錄截圖呢！

你也很相信有晝川在，初禮那個瘋婆子再鬧也翻不出天去的說法啊！

梁衝浪非常憋屈，但是因為對方是真・老總，所以他是屁都不敢放一個，老老實實地打落牙齒和血吞。

被罵得狗血噴頭後，他暫時忽略手機上正瘋狂響著問他咋回事的訊息提示音，將手機塞進口袋裡，硬著頭皮先把晝川和赫爾曼的活動做完。

活動很成功。

國內炙手可熱當紅作家晝川與國際知名導演兼作家赫爾曼的合作新聞瞬間成為本日最大頭條，一時間各大媒體平臺鋪天蓋地的新聞推送席捲而來，網路上各個作者、編輯紛紛發微博表示羨慕嫉妒恨與祝福……

看似喜氣洋洋、一片和諧。

而作為吃下這個項目、被恭喜的主要對象元月社，這會兒內部卻人人自危，愁雲慘霧一片……

當初禮把辭職信發給老總，將電腦還給宣傳部部長時，她見大勢已去，有些尷尬地笑了笑，看了眼站在初禮身後等著她的阿鬼和索恆：「一會兒妳們去哪啊？」

「收拾一下，一起去吃個晚餐。」阿鬼說。

「那，妳們吃好玩好啊，」宣傳部部長乾笑兩聲，瞥了眼初禮，「妳們也哄一下嘛，這個，不要生氣啊。」

初禮沒說話，阿鬼看了她的閻王臉一眼，也跟著乾笑兩聲，用手指頭指了指自己：「妳指望我勸得動她喔……啊哈哈哈！」

相比起阿鬼那比太平洋還廣闊的粗神經，索恆的心思細膩一些，這會兒像是終於回過味來剛才發生了什麼，抬起頭看了眼宣傳部部長，又低下頭繼續玩手機……

一個字沒說。

這一眼看得人備感心虛，作為不得已也跟著上了簽售舞臺、動手提前換背板的宣傳部部長也只好閉上嘴，眼睜睜地看著打完辭職信後的初禮帶著兩名作者瀟灑離去。

初禮帶著兩位作者回到飯店，等晝川那邊完事再一起組團去吃飯，坐在飯店床上的三人相對無語。

阿鬼掏出一包餅乾，開始「嘎滋嘎滋」地啃。

索恆掏出手機，看了下《月光》雜誌官方微博，已經放出了她和阿鬼簽售的相關花絮。看評論，除了評論索恆氣色變好了，阿鬼和想像中長得一模一樣之外，更多的是讀者在問——

「我去的時候明明才二點十分，好不容易從晝川大大的隊伍人海裡擠進去，不讓我排隊了，差點氣cry……還好最後在展位上簽到了！」

「聽說人滿多的？」

「出版社真的有毛病，說簽到二點半的，二點十五就開始清場，我親眼看見兩位大大是在休息室旁邊的空地簽到二點半才走QAQ……替大大瘋狂打call支持，受委屈了！」

「……為啥提前清場啊樓上？」

「不知道啊，估計是因為看晝川和赫爾曼的人太多了吧，講真的我只想看我家大大啊！」

索恆目光微沉。

她想了想有些氣悶，索性不看微博評論了，轉手切了微博小號，刷其他有趣的內容以轉移自己的注意力。

房間中的氣氛有些壓抑，誰也沒說話。

初禮接了一大堆電話，接受了來自全公司上下除了保安部之外各個部門的同事勸說，也分別接到了來自各個老總的電話，於是，初禮講電話的聲音是房裡唯一的聲音——

「是的，黃總，我考慮得很清楚……我也很冷靜，你們不用叫我冷靜，畢竟這種事也不是第一次了。」初禮站在床邊，抓著手機看著窗戶上自己的倒影，「從很早以前，《洛河神書》開賣當天COSER占場、不同作者區別對待、合同內容天差地別、印刷廠出事推編輯擋槍、拒不賠償並不負責地把讀者把作者當猴兒耍……這些事天天都在發生，都成日常了，元月社一直在得過且過、粉飾太平。」

初禮走到桌子邊，轉開礦泉水喝了一口：「夏老師走之前，他說得很清楚——尊重作者、尊重讀者、尊重傳統紙媒，儘管它已經沒落，但是誠意永遠是會傳遞給讀者的，要做好每一本書——如今我想說的也是這個……還有，再附加一句，如果永遠都像是梁副總那樣做事，元月社早晚要栽大跟頭。」

初禮停頓了下，特地補充：「此處不是詛咒。」

叼著餅乾的阿鬼笑出聲。

初禮瞪了她一眼。

元月社的另外一位老總苦口婆心勸了半天，中心思想就是「我知道妳很生氣但是妳真的不要衝動我們有事過完勞動節回社裡慢慢說」，初禮見他像是不聽見一個肯定答案就不掛電話，只好先答應下來。

然而回去是不可能回去了。

伴隨印著「鬼娃&索恆聯合簽售」的背板從鐵架上落下的那一刻，初禮清楚地聽見了心中早就種下的種子生根發芽的聲音，就像是那一把一直被她努力壓抑的星火，如今終於燒遍了漫山遍野！

一發不可收拾！

初禮掛了電話，也發了一會兒呆——

其實她也沒想好下一步該去哪，今天的事來得太突然又迅猛，雖然她早就隱約覺得自己早晚會走，替晝川的合同也留下了一些保證條款，讓元月社不至於對晝川的書做什麼……

其實懵逼的不只元月社，初禮腦子裡也是空白的，就琢磨著反正接下來還有很長一段時間離職交接，然後她得先把肚子裡揣著的包子生了，月子坐一個月，出月子帶娃兩、三個月，前前後後加起來半年。

半年之後，到底怎麼樣再做打算也不遲。

就算元月社真的那麼蠢，為了省帶薪休假的那筆錢立刻讓她走人，她就不信沒有元月社發的那幾千塊，晝川還能硬生生餓死她娘倆……

這麼想著，接下來的日子也算有了個短暫的小著落，那塊壓在初禮心頭上的石頭稍稍挪開了些。她長舒出一口氣，轉頭拿了一塊阿鬼的餅乾，發現阿鬼正在看漫畫……

她居然在看漫畫！

還樂得嘎嘎的！

初禮無語地抬腳踢了她一下，「妳他媽，被人從簽售舞臺上趕下來，臉上比我還快樂是怎麼回事，一點兒也不生氣啊？」

「……還行，那可是晝川和赫爾曼，世界級大佬，有啥好生氣的啊……技不如人，甘拜下風。」阿鬼想了想，「要是碎光把我從舞臺上趕下來，我才生氣。」

初禮脣角抽搐了下，決定放棄對阿鬼的治療，轉頭看向索恆。

索恆感覺到初禮的目光，嘲諷地勾了勾脣角：「我還以為再也不用過以前那種被人看不起的日子了呢……」

初禮：「是梁衝浪太蠢。」

索恆：「妳什麼時候從元月社正式離職啊？」

初禮：「年底吧。」

索恆：「那我和鬼娃還有碎光在《月光》的新連載還寫嗎？原本準備八月開始連載的，合同都沒簽，不寫也無所謂。」

初禮思考了下，要是現在直接告訴社裡，原定八月啟動的三個連載都不寫了，那些人估計會雞飛狗跳一陣子，瘋狂去網上找別的作者頂這個空缺……

不過中間有三個月呢，現在有晝川在，《月光》的名聲也打出去了，要找作者連載，不論品質的話，三個月應該也來得及——

讓他們雞飛狗跳去？

哎喲，不行。

……連帶著那坑人合同，新仇舊恨的，哪能就這麼算了。

初禮微微瞇眼，然後「喀嚓」一聲咬斷手裡的餅乾，笑了笑說：「寫啊，怎麼不寫，先寫著，每個月幾千塊稿費不是錢啊？我辭職，又不能斷妳們財路。」

初禮講完電話以後，開飯店的電視找到了晝川和赫爾曼訪談活動的現場直播。不得不說晝川的演技還是好的，在後臺的時候明明臉臭得要能刮下寒霜來，但是他往臺上一坐，就覺得他心情好像非常好，笑得和朵花似的，嗨得不行。

初禮看著覺得怪礙眼，踢了阿鬼一腳，指指電視：「妳要不要跟晝川認個兄妹算了，然後組一個『氣死初禮』二人組。」

阿鬼看了電視裡的大大一眼，一語道破天機：「我覺得他是因為妳辭職才特別高興。」

初禮稍微一愣，然後微微皺眉湊近了電視，正好此時鏡頭給了晝川一個特寫，初禮瞪大了眼觀察了下，然後發現：喔，他是真的心情挺好，沒在演戲。

初禮坐回床邊，耐心地等了一會兒。

活動五點半準時結束，大概十五分鐘後，飯店房門被敲響，初禮去開門。

還穿著剛才那身衣服的高大男人站在門外，一邊耳朵上掛著一個黑色口罩，見是初禮開門，他往門邊一靠，伸出一根手指挑起她最近變得圓潤不少的下巴：「晚上想吃什麼，我請客。」

他說著還像逗貓咪似地撓她一撓。

初禮被他撓得眯起眼，哼哼兩聲用眼角瞥他：「心情那麼好？」

晝川不中她的圈套，只是勾著她下巴的手指一頓，然後也跟著挑起唇角，似笑非笑地看著她這副模樣，緩緩地說：「妳知道我等著妳辭職等多久了，今天我剛放完狠話，妳就乖乖跟在我屁股後頭，那麼勇敢地跟梁衝浪說要辭職……」

初禮：「然後呢？」

晝川：「那一會兒，我覺得妳就算開口要天上的月亮我也能摘下來給妳。」

這是老婆站在自己這邊，大男人主義得到了極大滿足，且以自己一直以來的願望做為基礎之後得到的成果……

初禮嘻嘻笑，頂著一個肚子還要往門口的人懷裡鑽，好在晝川長手長腳，輕鬆地把人抱過來，越過初禮的頭頂，看了眼房裡兩個作幾欲嘔吐狀的單身狗二人組，跟她們揚了揚下巴，示意趕緊收拾收拾走了，吃飯去。

這時候初禮還窩在晝川懷裡，一邊走一邊摸肚子跟他開玩笑：「從今天開始我就是無業遊民了，大大看在小的曾經一片赤誠之心，祝您平步青雲，賞口飯吃？」

「妳想怎麼賞？」晝川也很配合她，「燕窩漱口，鮑魚下飯？」

初禮稍稍抬頭，用手拍拍他的手臂，半認真地看著他的側臉：「我真沒收入了，你知道其實還是有點不安的，雖然根據我們的法律承認婚姻關係你養我似乎是天經地義的事，但是白吃白喝——」

「我們連牽手關係都不是的時候妳在我家白吃白喝也沒見妳不好意思。」

「……孕婦總是比較敏感又玻璃心。」

「不用強調提醒我妳肚子裡還帶了我的兒子，」晝川無語道，「養妳養妳，又不是養不起。」

晝川那副「妳他媽在說啥蠢話」的語氣，反而弄得初禮真不好意思了，臉上微微泛紅，還要嘴硬：「……這時候你應該反思，為什麼自己不能帶給我安全感。」

晝川接梗接得很快：「正在反思，回去寫個檢討書給妳。」

初禮發現自己好像說不過他，所以乾脆閉上了嘴；索恆和阿鬼跟在他們屁股後頭吃了一嘴莫名其妙的狗糧。

四人踏進電梯裡，阿鬼想了想，這才反應慢半拍地問了一個和此時充滿困惑的梁衝浪一樣的問題：「喔，初禮，妳現在辭職，那晝川和赫爾曼的書怎麼辦啊，妳不親自盯著妳能放心嗎？」

「我早就想好了其實。」初禮伸出兩根手指頭晃了下，「之前就有一種強烈的預感今年我可能會辭職，所以我做好了預先準備。第一，因為晝川的書首印高達百萬，點數又給那麼高，元月社真的沒什麼好賺的，就是為了一個口碑，所以他們不敢輕易把書做砸了；第二，我還特地往合同裡添加了一個條款，說的是讓他們充分尊重作者，絕了他們想在背後搞點兒什麼噁心作者的那份心……所以即使沒有我，晝川在元月社也安全著呢！」

阿鬼聽得雲裡霧裡的。

索恆倒是智商線上地聽懂了，點點頭，讚賞地看了眼初禮：「最後這條加得好，不然元月社在宣傳的時候說點兒什麼噁心人的話，到時候也沒人管著。」

比如元月社最喜歡搞特殊待遇給作者，分個一、二、三級，雖然晝川很紅，但是赫爾曼更加——

元月社會不會做出說晝川抱大腿啊，或者宣傳語偏向於這種傾向的事，還真不一定。

初禮笑了笑：「他們不敢。」

阿鬼：「妳對晝川也是操碎了心，一步還沒邁出去，後路都替他鋪好了。」

「嗯，」初禮抓過男人的胳膊，「好歹是我老公，現在還是衣食父母，我不操心誰操心，他自己嗎？」

晝川今天算是被初禮的各種行為取悅了夠本。

他抬起手拍拍她的腦袋，決定回家偷她的手機，替她清理一波某寶購物車以茲獎勵。

辭職之後，初禮一下子清閒下來，天天在家遛遛狗、做做飯，打掃的工作都讓晝川包了，她只需要蹺著二郎腿指揮他，哪裡還有灰塵、那個牆角沒擦乾淨，末了再來一句「笨死了」，他也不會有絲毫的怨言。

簡直快活似神仙。

日子就這麼飛快地過去了兩個月。

然後就這麼無情地接近了預產期。

初禮的預產期是七月十五號，所以提前十天，她被她媽媽的電話連番轟炸，結束了癱在沙發上養肉的生活，此時她已經被養得脣紅齒白、如珠似玉，雙下巴都快出來了。

原本初禮覺得這樣的日子很舒坦，真沒啥問題，奈何她是第一次生娃，在網上看了一大堆經驗啊討論啊還是一頭霧水，於是成功地被她媽恐嚇住了——

「妳就在床上躺著好了，肚子裡那個被養得和妳一樣胖，然後妳又因為缺乏運動沒力氣、身體虛，到時候生都生不下來！生不下來卡一半怎麼辦呢！順轉剖啊，聽過順轉剖嗎？

「就是順產轉剖腹產，這是最慘的，疼也疼過了，該挨那一刀也還是該挨……人家都說這順產就疼生孩子那一下，產後恢復快；剖腹產就是生的時候輕鬆，生完了產後恢復生不如死，妳非要作死，兩種痛苦都體驗一遍妳媽我也不攔著妳……」

電話那邊還沒說完，初禮「唰」地一下子就白著臉從床上坐起來了。

原本在她旁邊睡午覺、睡得迷迷糊糊的晝川被嚇了一跳，跟著抖了下坐起來，一臉莫名其妙地看著她……發現她只是在講電話之後，整個人長長嘆了口氣又倒回去，拿枕頭蓋住臉。

最近幾天接近預產期，初禮本來就有些恐慌，這會兒一被恐嚇，不幸地又他媽的不小心想起「生孩子等於掀起上嘴脣蓋住自己整個腦袋的程度」這種神之比喻，趕緊捏緊了手機對另一邊怒道：「妳怎麼這樣，我已經很害怕了，妳還嚇唬我，是不是親媽！我要被妳嚇出毛病來怎麼辦？」

初禮義正辭嚴地跟她媽理論的時候，旁邊的枕頭下傳來男人的悶聲：「放一百二十萬個心，我比妳先走一步，我已經神經衰弱了。」

初禮：「……」

最近晝川也是被初禮折騰得夠嗆。

初禮對於生產的恐懼完美地傳遞給他。

有時候被逼急了，晝川恨不得想讓她滾一邊，老子自己上。

初禮伸手拍拍他的肚子，然後轉過身子繼續講電話。電話裡，她媽說過了幾天就過來伺候她，讓她自己這兩天先多爬爬樓梯，吃點兒冰棒。初禮聽得一愣一愣的，也不知道是哪個年代流傳下來的土方子……

但是講完電話之後，認真思考了下，初禮也覺得自己最近真的懶過頭了，萬一真跟她媽說的那樣，生孩子的時候沒力氣，到時真的是誰都靠不住，苦的還是自己。

於是初禮老老實實從冰箱翻出一枝冰棒，叼著爬樓梯去了。

樓梯家裡就有。

以前她住閣樓的那個樓梯就能爬。

她去吭哧吭哧地爬樓梯，晝川也不敢躺著——這幾天他看著初禮那個肚子就害怕，被撐得薄薄一層皮，好像摸一下就能撐破一樣……所以初禮幹什麼，晝川都時時刻刻跟在她屁股後面，生怕她摔了或者磕碰著，洗澡都不讓她自己去，兩人洗了無數回鴛鴦浴……

也因為擦槍走火在浴室裡胡鬧了無數回。

這會兒初禮爬樓梯，晝川也在她屁股後面一邊打呵欠一邊跟著無精打采地爬，走了三、四個來回，初禮累得「呼哧呼哧」地喘，靠在晝川身上休息，他伸腦袋咬了口她手裡的冰棒，嗅嗅她脖間冒出來的細汗：「……能不能行了妳？」

初禮被他嗅得癢癢的，縮縮脖子乾脆把整枝冰棒塞他嘴裡：「恐懼之心油然而生，不生了行不行？」

晝川叼著冰棒，抱著初禮那現在他都抱不過來的身子，沒吭聲，心裡吐槽的是——

這我他媽說的算就好了，這幾天老子也被折騰得夠嗆好嗎！

一番折騰之後到了晚上。

想到她媽威脅她孩子太大不好生，初禮晚飯也沒吃幾口，拿了枝冰棒回房去了；晝川在外面打字，打了一點兒總覺得心神不寧，索性扔下電腦跟著滾回房間。

兩人抱著說了一會兒話，就睡了。

第二天早上，六點不到，初禮被一陣陣痛鬧得睜開眼，無比迷茫地拿過手機看了眼時間和日期，確定今天是七月六號她沒有穿越，默默地說：「是錯覺，我不痛。」

然後她翻了個身。

閉上眼想要繼續睡，她想要催眠式無視的肚子發出了抗議，第二波疼痛來臨，初禮直接「哼」了一聲。

晝川聽她在耳邊哼哼唧唧，迷迷糊糊地醒過來：「怎麼，腰疼啊？」

他一邊說一邊輕車熟路地伸手撩起她的睡裙，要替她揉揉。

然後被初禮一把摁住手。

晝川半眯著眼抬起頭：「怎麼了？」

然後就被他媳婦一句如平地驚雷的話徹底炸醒。

「爬樓梯吃冰棒是哪個赤腳大仙的神奇方子，我怎麼覺得我好像要生了？」

晝川什麼睡意都沒有了，當時就從床上跳起來：「妳要生了？為什麼！不是七月十五嗎？怎麼提前了！早產？妳不下地不幹活老子把妳當神仙供著就差上香拜拜了怎麼會早產！」

初禮這會兒肚子還痛，抬頭看了眼晝川那副屁股著火的模樣，想罵他哪來那麼多問題又罵不出來，最後居然沒心沒肺地笑了，「這預產期也不一定就準，早幾天叫個屁早產啊，你……噗！」

她說到一半，自己捂著肚子笑。

笑著笑著肚子痛了，整張臉都快皺起來。

晝川真的覺得自己養了個活祖宗，拿她一點兒辦法都沒有，想也不想打電話叫江與誠開車來接一下，這就去醫院。

初禮聽他講電話時還莫名其妙的：這才凌晨五、六點，沒事幹麼鬧人家，家裡兩輛車呢，去個醫院二十分鐘自己就能去啊。

晝川放了手機就對上初禮好奇的目光，他停頓了下，撇開臉又忍不住轉回來瞅了她一眼，抿了抿脣：「我手有點抖，腦子也是空的，開不了車。」

初禮：「……」

這也行？

初禮又開始瞎樂，抬起手捉過他的大手一摸，還真的在抖，只好拍拍他的手背，反過來安慰他：「別怕，別怕，沒事，生個孩子而已。」

什麼鬼「生個孩子而已」。

其實她自己怕得要死。

然而關鍵時刻她他媽的還得來安慰家裡真正的小公舉，當爹又當媽的感慨一上來，她又顧不上害怕了……把晝川抓過來跟他說了一會兒話分散注意力。

沒過多久，江與誠就在外面摁門鈴，初禮這才知道晝川打電話給他的時候他剛洗完澡準備睡，接了電話就趕緊過來了。

兩人扶著初禮往車上放，生孩子要用的什麼產褥墊啊擠乳器啊束腹帶啊……巴拉巴拉，初禮早就收拾好一個待產包，在車上坐穩了就指揮晝川去拿。

晝川一溜煙地跑了，然後火燒屁股似地拎著包回來，那速度快得不像是要去生孩子，而是要地震，他家房子要塌了。

江與誠看他這慌張的模樣直搖頭，等晝川坐穩了發動車子，一邊和初禮說話：「妳怎麼就陣痛了，不是十五號嗎？」

初禮抬起頭，相當震驚：「你連我預產期都知道？」

江與誠無語道：「妳問晝川，妳孩子的照片我都看煩了……瞭解程度……到了醫院能跟醫生玩一下『猜猜誰是孩子他爸』遊戲。」

「這玩意他也跟你炫耀，三歲小孩啊？」

說著肚子又痛了一下，初禮臉色變了下地「哼」了聲；但是也不是特別痛，所以她也沒有叫得很大聲還是怎麼的，就像是冷不防被人踹了腳，總得有點反應那種——

沒想到晝川坐起來了，非常嚴肅地說：「你們倆，開車的好好開車，不怕撞著人嗎；肚子疼的就閉嘴，也不怕咬著舌頭？」

江與誠：「……」

初禮：「……」

到了醫院。

婦產科醫生啥場面沒見過，就這麼個痛法，稍微看了一眼後就打發初禮旁邊坐冷板凳去了，連產房也沒讓進。晝川的概念就是要生娃了立刻就要進產房，聽見不讓進產房，眼睛都瞪圓了，還是江與誠把他拐回來，沒讓他被掛牆頭按個「醫鬧」的頭銜。

晝川現在正紅著，多少酸民眼巴巴地翹首以盼啊！

初禮得了一間病房躺下，病房是單人房，非常洋氣，晝川為沒有打算餓死她娘倆做出了實際表態；唯一讓初禮頭痛的是，往病房裡一躺，那種「啊，我要生了怎麼辦」的恐懼又變得更加生動立體了些！

安頓下來以後，初禮才想到要抽空打個電話給家裡人告訴他們一聲，順便怒斥自家老太太，給的啥破偏方，折騰死人了！

初禮通知各位家長的時候，江與誠回去睡回籠覺了，說下午再過來看。初禮謝謝他大清早跑了一趟，順便很白眼狼地心想「下午你不來也行啊，不然往門口一站，醫生都不知道跟哪位說恭喜您母子平安，那場面多尷尬」。

第八章

江與誠走了以後，晝川在病房裡打轉，初禮被他轉得頭暈，恨不得把他一起趕走……

呃呃，孕婦就是比較暴躁的。

但是初禮也是真顧不上罵晝川，她這邊講著電話呢，而且自己肚子也是一陣陣地疼啊，一下比一下猛……但是女人哪個沒挨過經痛，也不是不能忍，只是這會兒她腦子不怎麼好使，掛了電話，盯著如困獸的男人慢吞吞來了句：「咱爸媽都在來的路上了，大清早的，老頭、老太太都被嚇醒了……」

晝川看了她一眼沒說話，意思是「誰沒被嚇醒啊說個屁」，然後繼續轉他的。

初禮想了下，指了指旁邊的小茶几：「你要不坐下用手機打下字？」

晝川不轉了，停下來一臉無語凝噎地看著她，半晌憋出一句：「妳現在給我一張紙讓我照著打我都打不出來。」

初禮看他這蠢樣，都忘記疼了，瞬間笑了：「你緊張個屁啊！又不是你生！」

晝川想也沒想地說：「我都想替妳生。」

初禮摸摸肚皮，又笑：「就知道說好聽的。」

過了一會兒，護士進來量血壓啥的又看了眼初禮，就說一切正常，讓她繼續等著。國內醫院生娃基本都是要等子宮頸口開三指了才推進去，開五指可以生。

晝川認真問了下開五指是什麼概念，護士說：「就是口子撐開七到十公分啊！」

自己比劃了下七到十公分，晝川的眼神飄了下，非常不合時宜地想到有時候做著和諧事的時候，他不小心會頂到那個小口，某人就縮成一團哭得潰不成軍鬧著疼……而且哭得非常真情實感，要抱著哄很久才能哄回來那種。

現在要是直接打開十公分會是什麼情況？

初禮這會兒不知道晝川的思緒已經飄得很遠，她基本沒什麼其他感覺就是疼，最後小護士交代了一堆，最讓人無法接受的一點就是——

「吃點兒東西保存體力，一、兩個蛋黃就行吧，就是不能多吃，等下午生完了再說。」

……一、兩個蛋黃？

撐到下午四、五點？

初禮瞬間瞪大了眼睛：「我五、六點醒來到現在什麼也沒吃呢。」

由於人家小護士的眼神都明明白白地寫著「能餓死妳嗎」，當然不會因此被餓死的初禮只好乖乖閉上嘴，頓時覺得非常委屈。她之前還惦記著如果實在生不動了讓誰在旁邊伺候她，來一罐紅牛再繼續……現在想想，她這想法怕是要被婦產科醫生拿掃帚打出產房！

一個小時後。

護士再來看，有動靜了，但是距離開指還早。初禮躺在床上沒事幹，晝川下樓買了兩個水煮蛋給她，真的就餵她吃了蛋黃，然後自己把蛋白吃了。

初禮這會兒疼啊，滿腦子胡思亂想，自己吃完一個蛋黃更餓了，看著晝川吃她剩下的蛋白，覺得這人怎麼這麼可惡，居然跟她搶吃的，好他媽想離婚！

她想著想著眼眶都紅了。

晝川一抬頭看她情緒不對，立刻默了下。

好在這幾天已經習慣了她的神邏輯和動不動就來的敏感情緒，於是他穩如泰山地把蛋殼一扔：「我吃妳剩下的妳還這麼苦大仇深看著我？」

誰說是我剩下的，我想吃，你不讓。

初禮心想她不好過大家都別好過，於是十分欠揍地張口問，「一會兒醫生問你保大還是小你怎麼回答？」

自從初禮變得孕傻敏感又愛胡亂幻想後，晝川像是等著她老人家問這個問題很久了，眼下立刻露出一個啼笑皆非的表情：「電視劇看多了吧，現在沒醫生會這麼問。」

初禮不依不撓地捉著他的袖子扯了下：「你說！」

晝川想也不想說：「屁話，妳重要啊。」

初禮愣了下，放開他，又想哭了：「你怎麼一點兒不心疼孩子？」

晝川：「……」

晝川：「妳別說話了，算我求妳。」

初禮抽搭了兩下，感覺下面好像又有點兒動靜，摁了鈴把小護士叫進來，小護士看了眼——

好了，可以進產房了，第一階段結束。

初禮還沒來得及鬆口氣，那護士抬起頭看了她一眼，打趣道：「喲，怎麼還哭了？害怕呀？」

初禮有點不好意思，哪有臉說「沒有我就跟老公撒個嬌順便無理取鬧下」，想了半天怎麼回答，結果剛張了張嘴，就聽見晝川的聲音四平八穩地響起。

「不是，餓哭的。」

小護士：「……」

初禮：「……」

初禮被推進產房的時候，晝川還想跟進去，被初禮拒絕了。理由是，生孩子時候肯定很醜，我覺得我們還沒那麼熟讓你看到我那副模樣。

留下一臉懵逼的晝川和醫生，初禮進產房時還跟被攔在門外的男人揮揮爪子。醫生把她推進去時候實在憋不住，問：「相親認識的新婚夫妻啊？」

「沒有啊，認識快三年，同居快三年。」

「……那妳說不熟？」

「他是玻璃心，我怕他跟進來也是添亂，我忙著生孩子還得去照顧他那還生不生了啊？」初禮擺擺手，「他在外面就行了，這血腥場面還是放過他吧，我怕他忍不住抱著我哭怎麼辦，想想都丟人。」

醫生：「……」

進了產房之後，時間就變成了非常模糊的東西。

初禮躺在那，一下子也沒覺得時間讓人煎熬了，等了可能一、兩個小時，開指程度到了就開始卯足了勁生。

當時她真的覺得這輩子幹過最專心致志的一件事就是眼下了，跟著醫生指揮調整呼吸，然後被痛到失去理智——

「真的要了老子的命了！

「不生了不生了！我放棄！

「我想剖腹產！

「啊啊啊啊啊我要離婚！離婚！

「怪不得古代女人生個娃都和去鬼門關走一趟！

「醫生我好像也看見牛頭馬面了！」

最後連醫生都忍不住了，緊繃著臉又想笑，終於在「牛頭馬面」那塊破功，「噗」地笑出聲，還安慰她：「看見孩子的頭了，沒事啊，胎位正得很，也沒纏臍帶，用個力就下來了……深呼吸，別說話！」

初禮掙扎著：「啊啊啊啊啊啊你別騙我！我不信！頭在哪我摸摸！」

醫生：「……躺好！」

現在是下午二點半。

產房外面的晝川聽著裡面動靜，一張俊臉煞白，八百次想要破門而入，最後扒著產房的門做了一件非常奇葩的事：上某寶買了三箱套套。

此舉動大概就是滿腦子「要不別生了我操」之後的附加行為。

晝川的爹媽距離G市近一些，中午十二點就到了，這會兒正陪著兒子等媳婦，從沒見過兒子這麼驚慌到臉上沒有一點兒血色、呼吸都快沒聲音的模樣……

晝夫人忍不住伸手拍拍他的背：「順口氣！別等你媳婦出來你自己暈過去了丟人不丟人？」

晝川看了他媽一眼，脣瓣抖了抖，一個字說不出來。

下午三點半。

初禮生完了，八斤多（四公斤）的胖小子，母子平安。

晝川瞥了孩子一眼就衝進去找媳婦了，留著爹媽在後面擦屁股。晝顧宣不好跟進產房就跟著護士抱著孩子去清洗檢查之類的，晝夫人則是著急忙慌地跟在兒子屁股後頭進去看兒媳婦。

初禮躺在那，已經看過兒子長啥樣，面無表情地揮揮手就讓護士抱走抱走……這會兒她正被晝川半抱著，雖然哆嗦出一腦門的汗，但倒是挺有精神沒暈過去，腦子一抽一抽地塞滿了幾個非常直白的想法——

一、我媽呢！我媽呢！

二、喔，估計還在路上。

三、兒子為啥那麼紅還皺巴巴的，心理落差好像有點大，老子拚了命生下來你就不能長得漂亮點兒？你爸那麼帥！我我我我也不差啊！

四、想把晝川的雞雞給剪了。

五、不過其實也不算太困難，哎嘿，我當媽了！我怎麼這麼能幹！

生完了娃，對初禮來說簡直就像是卸貨一般，人生難得幾回在二十四小時內眨眼就瘦個八、九斤，想想都覺得美滋滋；但是回了房間，伸手摸摸肚子，她心情又美不起來了——雖然娃是生了，但是肚子還是鼓鼓囊囊的，一手摸過去全是軟趴趴的肉。

初禮伸手捏了兩下，心想小說裡寫的生完了什麼「平坦的小腹」都他媽是騙人的啊。

這邊晝川扒在小床邊看了一會兒子，看他睡覺吐口水哼唧，怎麼看都覺得他兒子世界第一可愛，「吧唧吧唧」拍了一堆照片和影片，發完朋友圈再發微信，最後再發微博，確保全世界每個人都知道他有兒子了，這才回過頭看初禮——

一眼就看見她滿臉殘念地靠坐在那，手在被子底下動來動去，晝川停頓了下問：「搗鼓什麼呢妳？」

他一邊說一邊走過來掀被子。

初禮立刻一把摁住被角，如臨大敵狀：「不許看！」

晝川更莫名其妙了：「妳身上哪我沒見過，生完孩子妳又回歸聖少女了？哪不舒服我看看……」

初禮：「走開走開，呿呿！」

晝川：「……」

兩人正扯著被子互相瞪，那邊病房的門被人推開了，原來是晝川爹媽把初禮爹媽從外頭接過來了。四個大人一進病房就看見兩個人拽著被子針鋒相對的模樣，初禮趁著晝川回頭，一把搶過被子在自己屁股底下壓好！

「你倆就不能歇一下？」初禮的媽走過來，見初禮精神不錯，就先看了一會兒外孫，也是一頓拍照之後，這才轉頭看女兒，「有沒有哪裡不舒服？」

「有，妳怎麼先看他不看我，」初禮嬌氣地蹬蹬腿，也沒敢用力，「我肚子怎麼還那麼大？」

「出了月子多活動下就收回來了。」初禮媽沒理她撒嬌，掀被窩看了眼，「虧得妳保養得還行，也沒怎麼見妊娠紋，沒事，慌什麼……有奶了嗎？」

她說著把寶寶抱起來，寶寶哼哼唧唧的看著是餓了的樣子，初禮媽哄了兩聲就抱著他往初禮手上放。初禮伸出手戰戰兢兢地接過去，其實她也不怎麼敢抱孩子，這豆腐似地軟趴趴一孩子，生怕一碰都碎了……

晝川他爹和初禮她爹一看這要餵孩子了，轉身出去組團抽菸了。晝川大老爺似地坐在那，穩坐如山地在喝茶，正如他幾分鐘前說的那樣：妳身上哪我沒見過？

「有奶了啊！」初禮一挺胸特別驕傲，「小傢伙一抱回來沒多久就有奶了，還挺多，喝都喝不完，我是不是營養太好了……」

這會兒初禮媽轉過身，忙著替她收拾待產包裡的的東西，什麼尿布之類的翻得亂七八糟，足見之前的兵荒馬亂，這會兒聽了初禮的話也挺不以為然，順口說了句：「寶寶喝不完讓晝川喝唄。」

晝川正端著杯子喝茶，聽了這話一口水吐回杯子裡。

初禮「哎呀」了一聲，滿臉通紅。

晝夫人聽了站在旁邊笑，初禮媽聽了動靜回過頭，看著新手爹媽都是一副害臊得不敢看對方臉的表情，也是無語了：「……孩子都生下來了，你倆一副不怎麼熟的模樣做什麼？」

初禮紅著臉，撩了衣服替寶寶餵奶，嘴裡還反抗：「也沒熟到這個地步。」

感覺到不遠處晝川的目光在自己身上掃了兩下，那目光明顯停留在她掀起衣服露出來的那一塊，還挺熱切……初禮轉過頭警告似地瞪了他一眼，拿起手機——

猴子請來的水軍：我媽隨口一說，你還心思活絡了！

戲子老師：……我又沒行動，想想不犯法。

猴子請來的水軍：和兒子搶糧食，真是親爹！

戲子老師：沒我哪來的他，分我一口怎麼了！

猴子請來的水軍：……………………臭流氓！

不遠處的晝川蹺起二郎腿。

戲子老師：我這是節約糧食，就妳滿腦子汙穢。

初禮放下手機，懶得跟他胡扯。傳說坐月子就是女人第二次重生的機會，這不讓、那不讓，手機都不能多看，非常傷眼睛。

晚上，當外婆的和當奶奶的都想留下來守夜，初禮看她們大清早跑過來就陀螺似地沒歇下來過，把她們都趕回去了，一直強調自己沒事，這不還有晝川。

晝川說到做到，下午替寶寶換尿布的時候，他在旁邊看得非常認真，自己動手試了下，雖然有點粗糙，但是勉強也能包出個人樣來。

於是婦女們勉強被說服了，一步三回頭十分不放心地離開醫院。

病房裡只剩下初禮和晝川，初禮反而鬆了一口氣，讓晝川把床放下來，自己靠著睡了一會兒。她睡覺之前，晝川正抱著電腦，一邊守著兒子一邊打字，一副拚命賺奶粉錢的勤勞樣讓人看著非常順眼。

初禮盯著他看了一會兒，然後就睡去了。睡醒之後，發現男人正趴在她床邊玩手機，一隻手搭在她肚子上，半個身子都快蹭上床了。

初禮：「……」

下午晝川發的炫耀兒子微博得到了廣大讀者的熱情祝福，這會兒一臉美滋滋地在看，一句「恭喜大大」和「寶寶真可愛」看了上萬遍也不覺得膩，就好像寫文的時候，讀者隨手一留「好看」二字就能讓人心情美滋滋一天一樣。

初禮伸手摸了把他的頭髮。

晝川轉過來：「醒啦？」

初禮拽著晝川的頭髮，十分羨慕地說：「我想洗頭。」

晝川拍開她的爪子：「別作怪。」

初禮其實買了免洗的什麼鬼洗髮噴霧，但是她不想用，不用水洗就是覺得渾身彆扭：「我下午出特別多汗，現在渾身難受。你不說、我不說，咱兩位媽也不會知道……」

晝川冷酷無情：「不行。」

初禮還想跟他磨蹭一會兒，奈何這時候兒子開始哼唧，又要喝奶，晝川把他抱起來塞初禮懷裡。初禮掀起衣服準備餵奶，就聽見旁邊椅子響了聲，晝川端著椅子重新在床邊坐下來。

初禮餵奶，他下巴擱在床扶手上，伸手在那搗亂，捏住另外一邊戳了兩戳……早上看了那一眼之後他就一直在惦記這件事了，那種一手無法掌握的感覺讓他覺得十分新奇，掂量了下手上的分量：「妳這也算鹹魚翻身了？」

初禮嫌棄地瞥了他一眼：「手拿開！」

晝川不肯，捉著不肯撒手。

之前距離預產期那一個半月，為了不出妻子兩人也沒敢胡搞，讓他憋壞了……想著還得等初禮出月子，他更是覺得日子怎麼這麼難熬：「不讓吃，看兩眼總行吧，看都不讓看……」

這真情實意的抱怨讓初禮咧開嘴笑，笑得晝川氣得捏她一把，然後捏了一手兒子的糧食……

晝川：「……」

初禮：「晝川！」

初禮眉毛都豎起來了，在被罵之前，晝川趕緊順手在初禮衣服上擦擦手，一副「我啥也沒幹啊」的模樣縮回手。

都說男人有了孩子才正式走向成熟。

……如今看來，又是騙人的。

都說時光飛逝，歲月如梭。

生完娃、坐完月子，等初禮可以下地亂走動的時候，冬天來了。

當外頭飄起了雪花，兒子長出了毛茸茸的頭髮，能滿床翻滾的時候，晝川和赫爾曼的合作作品終於敲定了文名《太平洋最後的鯨》和大綱。

作品啟用了當初晝川那篇關於錦鯉的概念短篇，用了魚擬人的手法，片刻穿插海洋中一頭孤鯨成長過程，以及一名誕生於戰爭年代的東方少女。

故事的背景被定在每個人都不可能忘卻的那段戰爭年代，在那個戰火紛飛的年代，有血有肉、有愛有恨，有少女的情懷與國家大義——

當孤獨的幼鯨堅持停留於最初的海域等待鯨群回歸，少女留守烽火之城不肯離去。

當捕鯨船隻踏入這片海域，所到之處屍橫遍野，幼鯨死裡逃生被迫離去；少女的家園被毀，親眼看見自己的家粉碎於空襲，夾在最後的流亡難民之中被迫離開，最後深深地看一眼生長的家鄉，殘垣斷壁之下，是她至親之人的屍骸。

當鯨踏上漫長的旅途，開始學會獨立成長；少女在一天天的戰報裡，尋找自己人生的方向。

當鯨遇見了另外一隻掉隊的飛鳥，與之成為同伴；少女於戰火之中遇見了命中註定的少年……

在定下這部作品的題材時，赫爾曼曾經也有所顧慮，因為晝川和江與誠都是現代青年作者，他遲疑過那些存在於歷史上的東西他們到底能不能準確地表達出來；但是經過一陣子的查詢資料、磨合與整理，出來的東西意外地非常不錯。

用赫爾曼的話來說，可以在文字之中感受到身臨其境的愛與恨、掙扎與祈禱……就好像寫作之人和主人公一同生存在那個年代，經歷著一切的遭遇。

於是這就有了後來晝川為書寫的一小段前言。

「我們並非真的生存於那個年代，但是那段記憶，每一分每一秒，卻真實地流淌在每一位炎黃子孫的血液裡——

不該忘，不能忘，不許忘。」

這書的整個形成過程，初禮都在旁邊看著，在大綱定下、看到初稿的一瞬間，初禮就覺得這本書真的能行，再加上弘揚的主題文化很有可能得到非常官方的扶持和宣傳，這玩意想不紅都難——

真他媽白白便宜了元月社。

二〇一五年十二月，由於初禮暫時離職，元月社裡一片混亂，拖拖拉拉之後，終於找到人來交接編輯工作，索恆、鬼娃、碎光三人長篇新連載同期開啟，一時間，《月光》雜誌再創顛峰！

為此，梁衝浪專門發了一條朋友圈微信：地球不會因為沒了誰而不轉。

二〇一五年十二月三十一日，跨年之際，必須替孩子報戶口的拖延症父母終於給寶寶定下了大名：晝月禮。

……聽上去可以說是非常的溫潤如玉了，希望不要隨他爸是個假的溫潤如玉。

二〇一六年三月，《太平洋最後的鯨》在《月光》雜誌試連載開啟。

二〇一六年四月，初禮正式從元月社離職，至此，在元月社整整三年的工作落下帷幕。

對此，晝川表示歡欣鼓舞。

二〇一六年七月，《太平洋最後的鯨》影視同名小說先行出版，果不其然，因為其宣揚主題受到了國家作協的大力扶持推廣，再加上沾染血色浪漫的戰爭年代與少女情懷情節，本書可以說是全國男女老少通吃，無年齡階層限制地大賣特賣。根據晝川所說，元月社第一批印的四十五萬本短時間內銷售一空，嘗到了甜頭的元月社把第二批五十五萬本直接送印——

業內人士稱，簡直是實體出版行業的起死回生、迴光返照。

對此，拿到了七位數、直逼影視版權交易額的出版稿費的晝川不以為然：「老子的上一本書他們也是這麼說的，怎麼，這迴光返照還總照我身上了，我是聚光鏡啊？」

初禮：「……」

元月社上下歡天喜地、一片歡騰，初禮在朋友圈看著梁衝浪天天敲鑼打鼓似地轉發各大網紅、行銷號、自來水（註6）對《太平洋最後的鯨》的吹捧書評，酸得不行，磨了磨牙，還要在心中咬牙切齒地安慰自己：「算了，算了，這是妳家老公的文，不大賣妳和兒子吃糠啊，樂觀點兒，樂觀點兒。」

直到二〇一六年八月初。

某一日。

初禮正扶著兒子在學步車裡「嘎吱嘎吱」地學走路，小傢伙第一次用學步車，推著學步車走得飛快，樂得瘋狂拍手，小胖腿登登地蹬，口水流了一下巴。初禮拿著紙巾滿臉嫌棄地追在他屁股後面：「別跑，別跑，擦擦口水，剛換的口水兜兜！老子天天盡給你洗這些破玩意了——」

晝月禮在前面光著屁股「嘎嘎」地瘋，跑得頭也不回。

二狗跟在旁邊又蹦又跳，嗷嗷亂叫，也不知道在興奮個啥。

初禮放棄追逐，正扶著腰心想要不以後遛二狗時順便把孩子一起遛了，累趴他，省得天天晚上不睡折磨人……這時候手機突然響了。

初禮拿起手機「喂」了聲，還沒來得及說話，那邊阿象的聲音就響起來了：「喂！初禮嗎？我靠妳猜發生了什麼……《太平洋最後的鯨》好像出事了！」

初禮最近一年裡，可以說是兩耳不聞窗外事，一心只剩奶孩子，滿腦子關注的只剩下——

註6　自發性、免費推廣宣傳作品的網軍。

×年×月×日，晝月禮張口說話，居然是先叫爸爸。
×年×月×日，晝月禮扶著沙發自己站起來挪到茶几上偷吃蛋糕。
×年×月×日，晝月禮抓週抓了把弓箭引發他老爸的幻想鬧著要送他去軍校將來報效祖國。
又是×年×月×日，晝月禮從沙發上爬上二狗的背，揪著牠的耳朵當馬騎，在家裡溜達了一圈怕不是要上天……
她腦內迴盪的都是iPad裡《小小智慧樹》的「我愛你爸爸，我愛你媽媽」，能把當代幼齡兒歌如數家珍；至於外面的那些腥風血雨，她彷彿已經很久沒有接觸過了，奶孩子都快把自己奶成了菩薩心腸的小仙女。
這會兒冷不防聽到阿象八卦《太平洋最後的鯨》出事，她還被嚇了一跳，抓著手機下意識地問：「誰？誰出事了？晝川怎麼了？」
下一秒，被她叫到名字的男人立刻從房間裡伸了個腦袋出來，莫名其妙地問：「我怎麼了？」
晝月禮聽見他老爸的聲音，小腰一轉，超級靈活地來了個靈魂漂移，小鴨子似地「嘎嘎」一路瘋樂地衝著他老爸去了。學步車上的掛件劈啪一陣亂響，車子狠狠地撞在晝川的膝蓋上，晝川眉毛都沒抖一下，彎腰把兒子從學步車裡抱起來，拍拍他的胖屁股。
晝月禮興沖沖地去拽晝川的頭髮——這點愛好倒是隨了他媽。
初禮看了父子倆一眼，伸手把紙巾遞給晝川，讓他擦擦兒子口水，然後轉身抓緊手機：「阿象？妳慢點說，我這糊裡糊塗的，妳剛剛說《太平洋最後的鯨》怎麼了，怎麼出事了啊，不是賣得好好的嗎？」

阿象本來就是個不善言辭的人，這會兒也是知道了消息後立刻跑出編輯部打電話給初禮，結果就是情急之下說了半天也說不明白，最後不負責地扔出一句：「我們這邊準備開緊急會議，現在躲在廁所裡跟妳通風報信，具體情況要不妳自己上網搜搜？」

「……喔妳說妳，打個小報告都打不俐落，關鍵字呢？」

初禮打開了放在茶几上的筆記型電腦。

阿象：「『說給元月社』。」

初禮一愣：「啥？」

阿象：「關鍵字啊！」

初禮傻眼：「哈？」

她默默地在微博搜索欄輸入這幾個字，原本以為跳出來的會是一堆莫名其妙的東西，結果摁下搜索後定眼一看，這才發現原本阿象說的關鍵字就是一個擁有大概三千多粉絲的微博帳號，帳號的名字就叫：說給元月社。

初禮點進這個微博看了兩眼，發現這微博剛剛建立起來不超過一天，是一個類似於投稿類的爆料微博，博主整理各種讀者匿名投稿截圖發布，而所有的投稿內容，基本都是針對元月社和《太平洋最後的鯨》。

初禮頓時拍了下桌子感慨：「洋氣了，元月社的黑幕都多到成為一個正規軍組織了……怎麼沒有人發榮譽將領邀請函給我啊？」

晝川這邊聽見初禮的嘲笑聲，把兒子扔學步車裡自己玩，走過來擠開初禮，微微眯起眼彎腰看了一會兒微博的內容，大概也瞭解了來龍去脈。

簡單概括下，書的內容是沒有問題的，裝訂、發貨等情況一切都好，問題就出在前面的編輯導言上——在編輯介紹兩位作者的過往作品、獲獎情況和所擁有的榮譽那塊，不知道是哪個編輯腦子不好使了，往上加了這麼一句——

「赫爾曼先生的處女作《龍刻寫的天空軌跡》，也是我們耳熟能詳的作品之一。這部作品雖然至今未有中文譯本，但是作為瞭解赫爾曼先生的入門必讀作品，在土耳其卻享有非常高的知名度，甚至一度被土耳其國內評價為『最有價值的宗教小說』……也因此，赫爾曼先生成功打破了宗教與大眾文化的隔閡，成為了伊斯蘭教年輕一代信仰者心中的『靈魂導讀者』。」

因為大多數讀者買書基本上都不會看本書作者簡介這種東西，所以《太平洋最後的鯨》前四十五萬冊發行至今，居然等了十來天才有讀者發現這麼一行字的存在。

會詳細到連作者生平都去看兩眼的讀者，絕對都是對該作者愛慘了的真愛讀者，所以該讀者對於赫爾曼本人是個無宗教信仰者，拒絕提起《龍刻寫的天空軌跡》這本書的行事原則，自然也有所瞭解。

於是對於在《太平洋最後的鯨》這種大規模正規出版物上，出現這種與作者本人意志完全背馳的言論，這名讀者感到非常的詫異與困惑！

該讀者當下就拿著這一段字的截圖，私訊了《月光》雜誌官方微博，然後得到的小編回覆是——

《月光》雜誌：是這樣的沒錯呢，親親提到的問題我們暫時沒有聽說過，請勿相信小道黑料，一切以官方為準哦！《龍刻寫的天空軌跡》是一部非常優秀的小說，相信老手也會為它驕傲的！

……這回覆徹底地捅了馬蜂窩。

讀者：哪來的白痴編輯！

讀者：居然敢質疑我對我家大大的愛！

該讀者被氣得幾乎跳起來，立刻去國外網站搜集了一大堆赫爾曼在公開場合的演講、採訪以及新聞稿。

把提到赫爾曼本人抗拒提起《龍刻寫的天空軌跡》的新聞稿部分統統用紅框在截圖裡框出來，再在圖片旁邊自帶翻譯。

把每一個採訪都配上中文翻譯嵌字。

所有的視訊影片集結成一個合集，這麼多年下來，沒有十幾個鏡頭也有七、八個；把赫爾曼提到該作品時輕蔑、被蒙蔽的憤怒定格特寫……

然後該讀者把這些資料「啪」地拍回給《月光》雜誌官方微博，並附贈六字：無知的不是我。

從此之後，不小心惹到一個會用Photoshop、還會玩嵌字、會翻牆扒國外網站新聞還精通N國語言的萬年一見讀者大手，《月光》官方微博小編像是手指被人砍斷了似地再也沒有給過回覆。

諷刺的是，微博私訊但凡看過的都會顯示已讀，特別是圖片，要打開了緩衝完畢才會顯示已讀；更不要提官方微博因為之前回覆過這位讀者，對方的投稿肯定不會在未關注人的私訊裡，而是在單獨的私訊欄。

種種證據說明，這讀者的投稿，編輯看了，只是看完之後就沉默裝死……這一點倒是非常具有元月社的基本風格。

初禮看到這裡，啼笑皆非地問：「現在管《月光》雜誌官方微博的不會是梁衝浪本尊吧？」

晝川沒說話，從他臉上的表情來看，如果梁衝浪本人此刻在他面前，梁衝浪大概已經被他殺死。

關於赫爾曼的個人敏感問題，初禮在離職前曾經反覆提到過無數次，甚至在正式離職的那天，還半威脅元月社的人：「我最後加的那個條款，涉及作者名譽權的，麻煩你們注意一下，到時候鬧起來不是開玩笑的。」

當時元月社裡似乎沒有人理她。

所有人都以為她是在替晝川做最後的保駕護航。

初禮：「……這些人吶……嘖嘖嘖，我就知道他們會捅出婁子。」

此時已經沒有人在意關於初禮馬後炮的問題，晝川在看了一部分投書之後，終於看不下去地從沙發上「噌」地站起來，臉色黑如鍋底地抓起手機去陽臺打電話了，打給誰不得而知，但是那個人即將承受暴風雨的洗禮肯定是跑不掉的了……

初禮嘆了口氣，正頭疼哪個編輯這麼勇敢，明知山有虎，偏往虎山行，滑鼠往下一滑，就得到了答案。

不知道哪位大神，向「說給元月社」投了稿，是朋友圈截圖，朋友圈內容是某位叫阿先的編輯在今年二月左右的連續發言——

「DAY1：現在想想人生吶，只要不放棄想要的東西早晚會得到『微笑』，以前喜歡赫爾曼也只不過是一個小粉絲那樣喜歡著，那是多厲害的人物啊……還以為自己一輩子也只能這樣仰望著了，怎麼也想不到自己能有一天，能夠親手參與製作赫爾曼的書——而且還不是再版喔！」

「DAY2：你好，《太平洋最後的鯨》！」

「DAY3：要替赫爾曼寫一個類似作者簡介的導言，好難喔，如此重任，受寵若驚！比寫自己的書還緊張！……朋友圈有沒有同是赫爾曼粉的朋友啊，來幫我集思廣益下！」

「DAY4：又重溫了《龍刻寫的天空軌跡》這本書的英文譯本（我是真愛啊，英文真難啃『微笑』、『微笑』）非常奇怪這麼好的一本書為什麼沒有中文翻譯版本……作為編輯表示痛心疾首，因為肯定大賣啊！這時候，作為編輯的福利就體現出來啦——我要在《太平洋最後的鯨》裡夾帶一下私貨，好好替你們安利一波！」

諸如此類很瘋的發言，幾乎快可以拼成一個九宮格。

初禮圍觀這些截圖的心情從剛開始的「我去」到「哎呦媽呀」到「哇靠」，臉上的表情十分精采，正困惑這麼精采的發言怎麼自己沒看見……爬去阿先的朋友圈一看，喔，她被封鎖了。

與此同時，陽臺那邊傳來晝川的咆哮：「我管你們怎麼辦！要嘛召回要嘛銷毀！還捂著捂著，嫌丟臉丟得不夠大是不是——初禮有沒有提醒過你們這本書不能提？有沒有！赫爾曼合作過那麼多國家，從新加坡到美國到德國到小日本，誰敢提《龍刻寫的天空軌跡》一個字，誰敢？國內出版界的臉都被你們丟乾淨了！乾乾淨淨！」

初禮：「……」

晝川：「別以為國內只有元月社，稿費我已經拿到了，鬧大了後果你們知道的，你們覺得新盾社樂不樂意當你們的鍵盤俠——至於合同，睜大你們的狗眼看看合同上關於作者名譽權那部分寫了什麼，赫爾曼是無宗教信仰者，我去你媽的伊斯蘭教靈魂導讀者，合同看不懂回去找個小學語文老師替你們翻一下，滾啊！」

陽臺那邊傳來「吧唧」一聲狠狠摔手機的聲音。

晝川像是坦克一樣踹開陽臺門殺進來，搶過初禮的手機，撥通顧白芷電話：「喂？顧白芷？妳對接手《太平洋最後的鯨》有興趣嗎……沒錯，天上掉餡餅了，妳準備下，晚點我跟妳說。」

初禮：「……」

晝川把初禮的手機扔回給她。

這時候晝月禮在房間裡叫「趴趴」，晝川臉上的表情抽搐了下，然後稍稍放緩和了些，轉身進房間奶孩子去了。

初禮心驚肉跳抱著自己倖免於難的手機，默默打開某微信紅包群。

猴子請來的水軍：哇靠哈哈哈哈哈哈哈哈哈哈哈哈，是誰把阿先的朋友圈截圖拿去投稿哈哈哈哈哈哈哈哈哈哈哈哈超賤！

索恆：……

會飛的象：晝川老師估計氣炸了，我們正在開會，隔著老總的手機都能聽見他的咆哮，老總被罵得和狗似的，妳還在這哈哈哈哈，不怕被揍啊？

猴子請來的水軍：沒事，他把手機摔了，看不到。

于姚：……

碎光：是我發的「微笑」「微笑」，直男也可以很記仇的，之前讓我拚命改稿的事我可沒說就這麼算了。

會飛的象：最蠢的是阿先自己把「夾帶私貨」四個字說出來了……呃，我也準備辭職了，首先是因為被蠢到受不了，其次是，怕被告（手動再見）

于姚：聽說合同裡有維護作者名譽權條款，所以現在是怎麼樣，開始找下家啦？

在你身後的鬼：元月社這次不處理好，怕不是要賠得內褲都掉哦！

索恆：2333333333333

碎光：2333333333333

猴子請來的水軍：2333333333333

一群人正歡快著。

初禮「哎呀」、「哎呀」地哼笑著退出微信聊天群，心情不能說不是幸災樂禍。

反正晝川的稿費拿到了，等著接手的下家多得是，這根本不叫事。

吃瓜群眾式看熱鬧心態，初禮剛打開朋友圈刷新一下，結果就看見一條新的動態——

蔥花味浪味仙：希望背後捅刀子的人長命百歲，因為活得夠久我才能加倍地捅回去。

初禮：「……」

笑容僵在脣角。

初禮迅速將此朋友圈訊息截圖，轉戰微信聊天群——

猴子請來的水軍：「截圖」……老梁這是在指桑罵槐誰啊？

于姚：妳啊。

碎光：妳吧。

在你身後的鬼：……是妳無誤。

索恆：妳。

會飛的象：真的是妳，親耳聽見他在罵：有些人離職看不得人家好。

猴子請來的水軍：……

她彷彿聽見，腦海之中，有什麼東西「啪答」一聲被打開了……隨之而來的是淡定的系統提示音——

「恭喜玩家梁衝浪開啟潘朵拉魔盒，召喚終極Boss，五秒後，遊戲進入地獄模式……五、四、三、二……」

初禮高舉手機，一路叫著「晝川」，登登登衝回臥房，此時晝川正靠在嬰兒床旁邊抱著筆記型電腦看信件。初禮踮起腳「吧唧」一下掛在他的脖子上，鼻尖拱了拱他的脖子。

「又想幹麼？」感覺到噴灑在後頸處的溫熱溼潤氣息，晝川放下筆電，轉身將她抱穩，一隻手臂攬在她的腰間。

現在初禮已經完全掌握了對自家老公的撒嬌方式，她踮起腳，踩在他的腳背上，鼻尖蹭蹭他的下巴：「老公，梁衝浪冤枉我，他覺得這次《太平洋最後的鯨》被發現有不妥從頭到尾都是我在背後策劃的……拜託，我會個屁土耳其文啊，Photoshop 也只會用一點點，剪影片和嵌字一點兒都不會啊，怎麼會是我！我天天在你眼皮子底下帶兒子，乖得都成個寶寶了！」

晝川伸手捉住在他脖子上越收越緊的兩條細胳膊，垂下眼：「喔，所以？妳想說什麼？」

初禮踮起腳，在晝川唇瓣上啄了下：「超委屈。」

晝川嗤笑一聲，瞳眸的顏色變得更深，不見怒意反而沾染上一絲絲戲謔。他彎下腰追著初禮的唇瓣，一口咬住她的下唇：「委屈了啊，那怎麼辦呢？」

初禮眼珠子轉了一圈，伸出舌尖討好地舔舔晝川的唇瓣：「……我能搞他不？」

晝川又「喔」了聲：「我要是說不能呢？」

初禮挑眉，站在晝川腳背上的腳加重力道，碾了碾。

晝川嗤笑：「那妳還問個屁啊，跑來我這裡賣什麼乖……」

「這不是你的書嗎？最後鬧成什麼樣我得和你說一聲啊，等你和赫爾曼先生溝通好、找好下家，我再動手。」初禮在晝川懷裡轉了轉腰，跟他眨眨眼，嬌羞狀地嘻嘻道，「我是向著你的，你也得向著我——這事跟元月社徹底撕了我覺得也不一定是壞事，你總不希望《太平洋最後的鯨》這麼好的一本書成為赫爾曼先生下一本《龍刻寫的天空軌跡》吧……這書對你多重要，咱們得把它搞好來，對不對？」

初禮的話讓晝川愣了愣。

他剛才氣急了，就想著怎麼罵元月社沒事找事。

這會兒被初禮一提醒，晝川發現好像還真是那麼一回事。

赫爾曼是還不知道這件事，如果知道了，肯定不是元月社隨便道個歉，或者裝死粉飾太平就能過去的。

他想要的，絕對是再也不要看見這個版本的書出現。

而眼下且不論元月社是否願意將已經販賣的四十五萬冊書召回，印刷廠裡還有五十五萬冊書剛剛送印裝訂完畢；先不說召回那四十五萬冊究竟會有多大的損失，就這麼五十五萬冊還未發售的要是也砸手裡，元月社怕是真的要賠得內褲都當掉——

按照每本書五十五元定價，這光印刷成本就是一千萬。

一千萬啊！

還有犧牲的預期盈利，在元月社那個摳門老闆眼裡加起來，四捨五入，怕是有一個億這麼多。

而在這麼大的事故面前，元月社會選擇的，絕對是日常裝死，等待讀者自己慢慢鬧，鬧夠了再假裝屁事沒有，推個編輯出來道歉，結束，繼續賣書。

……又不是沒這麼幹過。

但要是真被他們這麼幹成功了，那恐怕就要和初禮說的那樣，《太平洋最後的鯨》要成為第二本《龍刻寫的天空軌跡》，無論這對赫爾曼來說意味著什麼，總之這絕對不是晝川想要看見的局面。

這麼一想，元月社似乎必須要死。

被初禮提醒了兩句，晝川眼中的情緒瞬息萬變，認真思考一陣子後，正如她所希望的那樣，果斷地加入了同個陣營，抬起手拍拍她的屁股：「去吧，千萬別給我臉，往死裡整。」

然後初禮就去了。

一年的修身養性，她還沒有那麼快進入戰鬥模式。她看了下這個「說給元月社」，從發微博至今，一直在標註元月社，希望元月社給個回應……

初禮深呼吸一口氣：這些天真的孩子還不知道元月社當縮頭老王八的本事不是一般的強，居然還指望發幾個微博元月社就能放棄那一百萬冊書本印刷費和巨額賠償，憑良心跟她們道歉？

想法是好的。

方式是錯誤的。

這群年輕人啊，他們需要一個軍師。

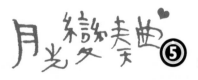

初禮琢磨了下，因為對這個微博的使用者也不是很有底，於是先開自己的微博小號，去私訊了那個「說給元月社」，先搧風點火一波套個交情——

刷粉請加Q77558520：這裡是一波投稿，我是元月社的前任編輯，關於這件事的編輯阿先，我知道內情。

刷粉請加Q77558520：因為她自己本身也是一個作者（寫《賜你一丈紅》的那個），在元月社工作時喜歡對作者指點江山，而且不聽作者的意見，曾經發生過讓作者文風大改、變成她自己文風的事件，被別的作者說文人相輕。

刷粉請加Q77558520……不過我想這也可以解釋為什麼即使赫爾曼老師如此牴觸《龍刻寫的天空軌跡》，她依然非要提這件事了。

初禮發送完畢之後，出乎意料的是，那邊立刻有了反應——

說給元月社：啊天哪!?這個「阿先」居然就是「先道」嗎啊啊啊啊啊啊啊？我還看過《賜你一丈紅》啊!?

說給元月社：這新聞太爆炸了吧！

說給元月社：不過你說的這些雖然我是有點相信的，但是因為沒有證據我們也不好往外傳，萬一資訊有誤的話對我們討公道不利呢！

說給元月社：比如你有什麼證據說，之前曾經有人提醒他們關於赫爾曼先生的個人敏感問題呢？如果真的曾經提醒過，那就是知錯犯錯了，真的非常過分。

初禮：「……」

臥槽，對方不信，能不能好！

……不過側面來說這是個有理智的捍衛者，而不是一個為了戰鬥而戰鬥的中二病。

初禮認真分析了一下對方的回覆，對方明顯是處於「你說的我很想相信但是我不敢相信」的狀態，初禮看了眼自己的微博馬甲，一副殭屍號的模樣，於是默默給了自己一巴掌。

讓妳之前慫，怕被畫川讀者追殺，不去搞個元月社工作號認證！

……算了算了，這波當熱身運動。

初禮想了下，轉身去找了于姚。和初禮一樣，于姚走的時候，並沒有像老苗那樣簽署任何《業內保密條款》，屬於言論自由人。

初禮旁敲側擊問了下于姚對於元月社這波的看法，果不其然，大家都有各自的撒嬌對象——也不知道索恆跟于姚吹了什麼枕邊風，總之現在于姚對於之前梁衝浪把索恆趕下簽售舞臺的事情非常火大！

當初禮停頓了下，問于姚「搞不搞他們」時，于姚幾乎是沒怎麼猶豫，就回了她一個字：搞！

兩人迅速達成共識，轉成一條麻繩。

至於初禮為什麼找于姚——當然是因為于姚的微博號有帶著元月社工作人員認證的啊。現在于姚微博的認證文字是「前元月社《月光》雜誌主編」，正好和初禮之前跟「說給元月社」的說詞不謀而合。

於是初禮順利地拿到了于姚的微博號。

她再去找那個「說給元月社」——

于姚：我換大號，現在妳信了吧？

于姚：這不是我本人的號，是我以前的上司的，但是我能開這個號來與妳對話，也說明了我的身分不是嗎？我也是《月光》雜誌的前任主編。

說給元月社：……………………………666666666666 天啊！

說給元月社：這次我信了，啊啊啊，天啊，妳是《月光》雜誌的編輯！

于姚：「前」編輯。

于姚：實不相瞞，《太平洋最後的鯨》這本書就是我談下來的，當年我親自去了一趟伊斯坦堡，就是為了能夠拿下這一本書。

于姚：只是後來，因為受不了元月社一直無視作者的尊嚴、讀者的權益，把所有人的心意都當成屎這件事，我沒能等這本書做出來就提前離職了……

于姚：啊對了，我也是那個離職前千遍萬遍提醒了元月社、赫爾曼的作品千萬不要和《龍刻寫的天空軌跡》沾上關係的人，畢竟我知道其中的利害關係，基本功課沒做好之前，我怎麼敢去土耳其親自見赫爾曼先生？

于姚：《龍刻寫的天空軌跡》沒有中文譯本，在「赫爾曼」三個字本身就是一個天然國際化IP的前提下，怎麼可能沒有中文譯本——事出反常必有妖啊！

于姚：……可惜沒有人聽我的。

于姚：早知道這本書會弄成這樣，我或許不應該提前離職。

初禮打下以上的字，臉不紅、心不跳。

晝川哄睡了兒子，從房間裡走出來正好看見這一幕，趴在沙發上圍觀初禮理直氣壯地說自己「基本功課沒做好之前，我怎麼敢去土耳其親自見赫爾曼先生」，聯想到她在伊斯坦堡那天晚上聽他各種說明解釋後一臉懵逼的模樣，嗤之以鼻，誠懇評價：「臭不要臉。」

初禮：「咿嘻嘻嘻。」

晝川伸手捏了下她的耳垂：「怎麼用于姚的號啊？」

初禮：「用我的號她不信我，我號沒有認證，身分不明。」

晝川：「妳該用我的號，她就信了。」

初禮：「……哇哦，晝川老師拿到七位數稿費後親自下場撕自己的書，以求毀掉和元月社合同轉戰新盾社賺第二波稿費？你想上明日新聞頭版頭條嗎？」

晝川：「……」

推開晝川的腦袋，示意他少出餿主意、乖乖閉嘴裝死，初禮與該讀者的對話還在繼續，此時對方對她說的話可以說是深信不疑——

說給元月社：居然……信息量好大，我真是不知道說什麼好了。

說給元月社：聽妳的話裡的意思，元月社不尊重作者，無視讀者權益這種事不止一次、兩次了？

于姚：呃，妳大概不知道吧，元月社拒不回應、裝死到底，是他們的老套路了，妳可以去查一下當年元月社出的索恆的《小神仙》，曾經發生過封面裝訂錯誤的問題，當時他們的做法就是——

于姚：裝死到底，拒不賠償，事後推出一個編輯頂罪做為交代。

于姚：這就是元月社，你們現在這樣討公道是沒有用的，元月社肯定不會理你們。他們對裝死這個套路太熟悉了，我很奇怪你們既然要討公道，為什麼不去聯繫赫爾曼先生，我記得他有官方微博，雖然他本人看不懂中文，但是他的助理會看的。

說給元月社：……其實不是沒想過要聯繫赫爾曼先生，但思來想去，我們不想讓這件事影響到赫爾曼先生，也不想讓他對中國的印象變差。

初禮：「……」

對方的說法可以說是非常標準的粉絲心理了：有事我們來扛，別煩我們大大。

這種心理初禮完全理解，然而……初禮翻了個白眼，這波不讓赫爾曼知道，等後面事發了才更氣好吧？

而且赫爾曼手裡握著的恐怕是最鋒利的屠龍刀吧，關鍵時刻，想要把元月社剁碎了餵狗，這把刀怎麼可以放著不用？

作者是編輯手裡的武器。

于姚：可是，這事如果得不到解決，就這麼任由元月社蒙蔽下去……到時候木已成舟，一切都成定局的時候，赫爾曼先生受到的傷害大概會更大。

于姚：我們都不希望看到《太平洋最後的鯨》變成第二本《龍刻寫的天空軌跡》，赫爾曼先生早些年已經被這樣蒙蔽過，本人對這種事無庸置疑肯定深惡痛絕！

于姚：而如果作為粉絲的你們，身為這本書的曾經負責人的我，如果就連我們都不能為赫爾曼先生做些什麼，那還有誰能夠站出來，為他討公道呢？

于姚：我們的最終目的是，讓元月社把所有的書召回、銷毀，然後還我們一個毫無汙點的世界級新作——

于姚：至少我個人希望，《太平洋最後的鯨》能夠是赫爾曼系列作品之中的巔峰！

初禮曉之以情，動之以理。

站在沙發後面當門神的晝川看著初禮低著頭劈哩啪啦地打字，越看越覺得哪裡不對，仔細思考了下緩緩道：「妳剛才也是這麼騙我的？」

初禮打字的手一頓，抬起頭，一本正經道：「……這是真情實意的鼓舞人心。」

晝川伸手掐住她的臉：「妳這個感情騙子。」

初禮的臉被他扯住，嘴咧開：「你好好說話，這難道不是為了你嗎？你想被赫爾曼先生拉黑嗎？這隊該怎麼站你心裡沒點兒十三數嗎？」

晝川鬆開她的小嫩臉，順手替她揉揉：「……好好好。」

兩人對話之間，初禮也在焦急地等待回應，這次對方沒有立刻回覆她，顯然在掂量這事的輕重。

終於。

過了十分鐘。

微博私訊來訊聲響起——

說給元月社：好的，這場仗，我們不會讓元月社裝死，勢必捍衛到底！

說給元月社：所以接下來我們該怎麼做？我們聽妳的。

看著手機，初禮勾起脣角。

第一波戰友已經成功到達戰場，正式吹響戰爭的號角！

第九章

在初禮的指揮下，「說給元月社」微博不再貼出各種投訴投稿、然後一一標註元月社、妄圖討回一個公道這種傻事。

他們立刻確定了一個總目標：這件事裡，手握最終屠龍刀的是赫爾曼，他們必須要讓赫爾曼知道這件事，問責元月社。

「妳現在去找赫爾曼，搞不好會被梁衝浪倒打一耙。」晝川看著初禮興致勃勃地指揮這些憤怒的天然網軍停止發微博標註元月社，站在她身後指點江山，「想想怎麼做才能讓整件事最後不被元月社甩鍋，說是『刁民粉絲』在作亂。」

「我好歹也是從那個狼……狗窩爬出來的人，」初禮皺皺鼻子，「梁衝浪那點小伎倆我還能不知道嗎……這種時候只需要永遠記得一句話，讓當事人從第三管道親眼見證的事實，比被別人直接通知來的衝擊感更加強烈。」

晝川微微蹙眉：「……什麼意思？妳等赫爾曼自己發現？就元月社這麼會捂的，等他自然發現，黃花菜都涼了。」

初禮笑道：「所以我要讓元月社捂都捂不住。」

好歹是在這行做了接近三年。

對於一本書的出版流程，初禮再熟悉不過；與此相對，對於一本書被投訴的流程，她也並不陌生。

初禮知道元月社怕什麼，他們才不怕讀者攻擊他們，他們臉皮厚，可以裝死；但是元月社做為一間圖書出版公司，合作的出版社就那麼幾家，如果一個出版社覺得被他們連累了，以後不再願意批書號給他們，那無疑就像是讓他們斷了一條腿似地……

就算不至於斷腿，那也算活生生從他們身上剜一塊肉下來。

初禮讓讀者們不要再打給元月社，轉去投訴到省級出版署，如果省級不受理，就連帶著替省級出版署扣個「包庇下級」的帽子，直接在網上繼續投訴至中央——

投訴的理由是什麼？

出版編輯試圖以個人思想為基礎，往擁有巨額首印數字的書中添加並未含有的宗教思想，其心可誅！

這事可就大了喔。

簡直是摁著出版署的G點往下戳心眼子了。

於是初禮先指揮他們這麼幹了，那讀者本來就拉了一個討公道的群，一發號令，瞬間幾十上百的投訴信就飛去了出版署，頓時出版署都懵逼了，這啥情況啊，於是暫時先將這事壓下，第二天一上班，就去找出版社。

出版社也懵逼了：我他媽就發了個書號啊，怎麼就萬人聯名投訴啊！

然後出版社轉頭，怒氣沖沖、怨氣沖天地去找元月社。

出版社那邊找完元月社，元月社這時候還在兩頭安撫，沒什麼動靜……「說給元月社」的博主也是有些心急，問初禮這時候該怎麼辦。初禮想了想，就讓他們直接打電話給元月社編輯部。

說來也是巧，電話接通之後，接電話的人是《月光》的前臺妹子，她連電話都沒捂，直接向裡面吼了句「阿先，還是《太平洋最後的鯨》的事，妳能來接電話嗎」，過了一會兒，來了個人接電話，當然她不會說自己是阿先找罵，直接使用「不是本人」大法，口口聲聲稱負責《太平洋最後的鯨》的責編現在不在編輯部，請問有什麼事需要幫忙，她可以幫忙轉告。

打電話的妹子早有準備，一連串的問題包括《太平洋最後的鯨》究竟有沒有經過審核這類早就挖好的坑——

這麼一個坑，阿先果然義無反顧地跳了下去。

「我們的書已經在受到質疑的第一時間送去出版署，並通過了審核。」

電話錄音最後被送到了初禮手上，初禮第一時間就聽到那句「阿先，妳能來接電話嗎」，先是哈哈哈哈哈哈哈哈哈哈哈哈哈笑了一通，然後告訴「說給元月社」的博主妹子，注意聽前臺妹子這句話，後來接電話的明顯是阿先本人，還有，出版署審核不可能在這麼短的時間內就完成，阿先顯然在撒謊。

當天晚上，電話錄音被做成了影片版，從前臺妹子的「阿先，妳能來接電話嗎」到阿先接電話後謊稱自己「不是本人」開始，就被萬能的博主瘋狂嘲諷，到了後面的各種謊話連篇，聲稱什麼《太平洋最後的鯨》已經通過了審核，請大家不要再跟風鬧事，這些話語更是被逐字逐句強調——

「說給元月社」的博主妹子真是才華橫溢，影片做得妙趣橫生，將一通普通的電話愣是做成了配套各種表情包的搞笑影片，微博瞬間被轉發好幾千，轉發內容全部都是——

「哈哈哈哈哈哈哈哈哈哈哈！」

影片一做出來，一份放微博，一份送出版署，出版署瞬間炸了，立刻跳出來發了一則官方申明，聲稱對《太平洋最後的鯨》需要審核內容並不知情，審核的過程嚴謹且嚴格，目前尚未接到任何相關單位的審核申請。

瞬間打臉。

出版署的官方聲明又被來了個千次轉發。

好事者興高采烈地又是一波標註元月社，並配字：看啊，天空中響起了啪啪的聲音，是誰的臉被打成豬頭！

第二天。

又是出版署釘出版社，出版社釘元月社的一波正常順序。

這次，在出版社幾乎暴走的逼問中，元月社終於扛不住了。

按照阿象的說法，元月社第二天上班午休時間都不要了，抓緊時間立刻開了個緊急會議——這兩天他們盡開緊急會議了——會議的中心思想就是：元月社表示，我靠，這群讀者居然不按套路出牌啊，怎麼辦？

梁衝浪被出版社的負責人摁住一陣狂釘，對方明擺著說，這事不解決以後沒辦法合作了。出版社的負責人說這話的時候大家都在開會，整個會議室的人都聽見了……

當時梁衝浪臉上的表情很精采。

至此，元月社終於意識到這事就這麼裝死好像也裝下去了，怎麼辦，於是梁衝浪這邊掛了電話，當場想了個解決辦法——

阿象：「公司內部正歡天喜地組團去馬爾地夫旅遊，後天的飛機，大家都是一顆要出去玩的心了……這事最好最快的解決辦法，妳猜是什麼，找個已經是屍體的替罪羊出來道歉，平息眾怒。」

初禮躺在沙發上抱著靠墊，腳塞在晝川懷裡讓他替自己剪腳趾甲，老佛爺似地拿著手機，開了擴音功能，懶洋洋道：「哈，我就知道是這樣，這不是梁衝浪的老套路了嗎？找個替罪羊出來道歉，然後就沒有然後了，兩嘴皮子一碰，一點兒損失也沒有，豈不是美滋滋。」

阿象：「嘎嘎嘎！」

阿象：「妳猜誰是這次的屍體？」

初禮冷笑了一聲：「要是我還在的話，那肯定是我，一回生二回熟啊。這次我不在，那還能是誰，當然是先被戰略獻祭的阿先。」

阿象：「妳又猜到了。」

初禮：「可千萬得要是阿先，我劇本就是這麼寫的。」

阿象在電話那邊笑得嘎嘎的，然後公布答案：這次的替罪羊找不到初禮當，理所當然的，就變成了已經在牆頭被掛過一波的阿先。

阿象掛了電話大概不超過二個小時後，裝死了很多天的阿先終於出來道歉了，言辭相當委屈——

【阿先：很抱歉在書中添加了個人的觀點，我知道作為編輯來說這是相當失職的行為，我也知道這本書並不屬於我，而是屬於晝川老師和@休斯頓．赫爾曼先生……

真的真的很對不起。

是我得意忘形了。

只是因為實在太喜歡赫爾曼先生，就像是被掛出來的私人朋友圈截圖裡說的那樣，這是我中學時代最喜愛的作家，一直至今……能夠做赫爾曼先生的書，是我作夢都想不到的榮幸。

以後不會再犯這樣的錯誤，對不起。】

最絕的是，阿先可能是指望還有人能替自己說兩句話，這一段道歉，她是用自己的作者微博號發的。

微博剛發出十分鐘，下面還有一堆不明真相的小粉絲在留言——

「不管怎麼樣支持大大。」

「就是有人沒事找事。」

「啊啊啊大大妳在做赫爾曼的書嗎好厲害！」

「肯定是有人嫉妒啦別放心上……」

十五分鐘後，「說給元月社」微博網軍到達戰場，一看阿先微博下面的讀者留言和安慰，紛紛氣得不可自拔，千百人瞬間湧入，將這些小可愛留言踩了個遍——

「我操妳還委屈上了？」

「說謊精，昨天那波電話錄音演技一流啊，被出版署啪啪打臉妳還有種出來蹦躂？」

「帶了一波大風向，赫爾曼先生好好的無宗教信仰者就被妳扣了個宗教導讀者的帽子，妳在這一句對不起就摘得乾乾淨淨⁉」

「國內現在宗教氛圍緊張，真不信有真心喜歡赫爾曼的粉絲會帶這種風向。」

「我嫉妒妳啥啊，嫉妒妳是根攪屎棍嗎……」

「大大，您可真不要臉了！」

至此，一場撕逼大戰拉開帷幕！

阿先的道歉微博迅速被黑或者粉，輪罵戰也輪上了二萬轉發，「先道」、「赫爾曼」的關鍵字一下子上了微博熱搜前十。事情到了這個地步，國內寫作圈知道這件事的、不知道這件事的，只要眼沒瞎、耳沒聾，現在倒是都知道了。

一個小時後。

微博各大行銷號加入圍觀，阿先道歉微博轉發超過五萬。

當時初禮正站在廚房替兒子做馬鈴薯泥副食，晝川拿著手機在流理臺旁邊看，一邊看一邊唸一下微博評論給她，順便報告一下：哎呀轉發五萬五啦，哎呀微博熱搜前三了，碾壓陳赫出軌話題……

初禮一邊弄馬鈴薯泥一邊笑：「老梁這下估計該急得跳樓了，我就知道他要推阿先出來充當我當年的角色，那時候我替《小神仙》裝訂錯誤背鍋時心裡多委屈啊！」

晝川冷笑一聲，對那時候的事記憶深刻。初禮有多委屈，私底下哭了幾次鼻子，他都記在小本本上。

「那時候我忍了，忍氣吞聲，因為我是編輯，就是個沒有具體形象的靶子，讀者要罵就罵了……但是阿先能和我一樣嗎？她本身就是個作者，她能受得了這種委屈？」

初禮一邊說，一邊用手中的湯匙挖了一點兒馬鈴薯泥遞給晝川，晝川彎腰啃了一口，吧唧了下嘴：「加點兒鹽。」

初禮：「……你兒子吃的，加什麼鹽。」

晝川：「多弄點兒，我也要。」

初禮：「你和兒子搶吃的搶上癮了啊？」

晝川扯開話題：「嗯，先道受不得委屈，然後呢？」

初禮也被他牽著鼻子跑：「她受不了委屈，道歉聲明裡的怨氣撲面而來啊，然而她的腦殘粉也該為大大說話吧？然後就掐起來了……」

初禮說著，阿先就又發了一條微博——

【阿先：有事說事，別攻擊詛咒我的家人和朋友還有粉絲，謝謝。】

微博發出瞬間。

五分鐘內，蜂擁而來的嘲諷和鋪天蓋地的謾罵將她淹沒。

活生生應了那句，發一條微博，五千個評論，四千多個在問候她祖宗十八代。

阿先也不是省油的燈，被罵急了，捲起袖子就跟他們對罵，啥話都說出來了，「有本事你來做」、「你他媽還沒資格」這種話都沒省下。

初禮是知道的，阿先不像她，大不了就是不幹了唄，管元月社死活？

初禮指著晝川手裡的手機微博畫面：「看吧，我就說，這不，粉絲下場掐還不夠，她自己這不也憋不住了。我早就看出來了，阿先就是個吃不了一點兒委屈的，這事我就指望著梁衝浪把她推出來，不是她，咱們都炸不開來。」

初禮抬起手，將耳邊的髮挽至耳後，衝著自家男人燦爛一笑——

「你看現在多好呀，全世界都知道了，元月社還怎麼捂……赫爾曼先生一會兒就該打電話給你了，你趕緊準備一下，怎麼才好搧風點火，送他們上天才是。」

果然就如同初禮說的那樣，大概十五分鐘後，赫爾曼親自打了個電話給晝川。初禮掛在晝川身上聽他講電話，雖然一個字也聽不懂，但是她依然聽得非常認真，還非要把耳朵湊到晝川的手機旁邊去聽……

晝川原本想把她弄走，架不住一低頭看見扒在自己身上的人正用那雙黑白分明的星星眼看著自己，滿臉都是——

他在說啥？

你在說啥？

老公你土耳其語好溜。

於是過度腦補自己高大形象的晝川心一軟，就輕易接受了這麼大的腰部配件，帶著雙手抱著自己的腰、雙腳踩在自己拖鞋上的傢伙，連體嬰似地在屋子裡逛來逛去地和赫爾曼講電話。

順便還要開啟雙語模式和腰部配件打一下啞謎——

初禮（嘴形）：他說啥？

晝川（嘴形）：一大堆。

初禮（嘴形）：都有啥？

晝川（嘴形）：一會兒告訴妳。

初禮收緊束縛在男人腰間的爪子，腦袋在他胸前蹭了蹭，用口形表示：不行啊，現在，我迫不及待！

晝川看了眼不依不撓的初禮，也沒理她，轉身走回嬰兒房，到嬰兒床邊伸腦袋看了眼，然後滿意地發現他兒子已經睡醒了，這會兒正瞪著眼、蹬腿傻笑。

於是他一邊講電話，一邊毫不猶豫地伸手捏了把他的小屁股，小胖子臉上的笑容一僵，愣了下，顯然沒搞明白老爸為啥一言不合掐自己屁股，瞬間癟嘴嚎啕大哭！

沒想到晝川還有這種手段的初禮也跟著愣了下。

兒子的嚎啕大哭聲中，做親媽的瞬間從晝川腰間跳下去，著急忙慌地抱起躺著也中槍的兒子，幫他揉揉屁股，一邊哄「哦哦不哭」、「臭粑粑壞」，一邊抬腳踢了晝川一腳。

為了防止兒子越獄，嬰兒房裡鋪了厚厚的地毯，晝川看了眼赤腳站在地毯上哄兒子的初禮，也沒說什麼，一邊講電話一邊轉身走出去，拿了雙拖鞋給她，然後順手把房間門關上了。

把小孩的哭聲和初禮哼哼唧唧哄兒子的聲音關在門後，晝川專心講電話。

半個小時後。

晝川終於掛掉電話，這時候初禮也成功將兒子繼續哄睡，打開門像是泥鰍似地從嬰兒房裡溜出來，重新掛在他身上：「赫爾曼說了啥啊？」

晝川：「……妳好奇心旺盛得像是二八少女。」

初禮：「我就是二八少女。」

晝川聞言伸手捏她鼻尖，笑道：「三八少女就剛剛好。」

初禮：「……」

掐指一算，她今年還真就二十四歲。

在初禮伸手打人之前，晝川稍微收起玩笑臉，簡單地跟滿臉求知慾的三八少女解釋了一下，關於赫爾曼在電話中所說的內容大概是這樣的——

「貴國國內社交網路平臺上的那些腥風血雨我已經知道了，我很震驚也很憤怒！因為對中國國內出版行業並不瞭解，所以我一向尊重版權代理公司的意見，現在我十分驚訝他們怎麼會選擇這樣一家不負責任的圖書出版公司合作！

「如果這件事得不到妥善的解決，我恐怕會按照合同上所寫的條例那樣，要求終止和這家圖書出版公司的合作，希望屆時得到晝川你的配合。」

一句「我很震驚也很憤怒」說明赫爾曼大概已經快氣到爆炸。

如果沒猜錯的話，他現在已經去找版權代理公司撕逼去了。

版權代理公司這玩意，就像是明星藝人的經紀公司，但凡有什麼跨國的合作，因為語言方面不通的緣故，海外作家都會透過這種版權代理公司來實行海外出版合作；之前一直和元月社交接工作的赫爾曼助理就來自於這家公司，有點類似於臨時作家經紀人的角色。

版權代理公司是直接和赫爾曼溝通的，所以眼下出了事，赫爾曼當然下意識就是先去把他們釘一頓，意思是：你們為什麼連我本人的雷點都不跟圖書出版公司說清楚，我要你們幹什麼吃的——

赫爾曼的助理非常委屈。明明元月社他們來伊斯坦堡那次就已經表明了知道這件事，接手這個案子的也是同一個編輯，鬼知道為啥她後來間接性失憶，真槍實戰時就出事了啊！

於是。

這位助理也是生氣得很，轉頭就問元月社怎麼回事——

這位助理是見過初禮的，也認為當初帶晝川來伊斯坦堡的既然是初禮，那這本書簽給元月社之後，理所當然就是初禮負責到底，所以上來一言不合就質問元月社：你們那個當初跟晝川到伊斯坦堡的編輯到底在幹麼！

……此時初禮還不知道這把火就這麼莫名其妙燒到了她的身上。

但是被版權代理的助理質問的元月社，卻在鬼門關前找到了一絲生機！

於是在晝川結束與赫爾曼通話的第二天一大早，阿先的第三條微博再一次將整件事推向了新的高潮——

【先道：這兩天大家的留言我也看了許多，我承認在做一本書前沒有主動地去瞭解書本的作者生平事蹟是我的不對，在此再次向赫爾曼先生道歉。

但是有些話我還是想說——

這本書原本就不是我在負責。

原本負責這本書的前任編輯已經離職了，在＠「說給元月社」這個PO裡，也有投稿提到了這件事，並且在投稿中口口聲聲說，她有提醒過我關於《龍刻寫的天空軌跡》這件事……這確實也應該是她離職前需要交接的工作內容之一，是她的責任所在！

但是昨晚我一宿沒睡，通宵翻了她離職前後幾個月的我的信箱，我本人並沒有收到任何來自這位編輯的交接報告……更不要提這些工作內容相關的事情！

我只是很倉促地頂替而已，畢竟之前從未想過自己能有資格來做這本書……啊，總之也是我的問題（苦笑），但是有些事我還是想說明，希望有些人明白，你沒做過的事情就不要強行說自己做過，牆倒眾人推我能猜到，趁機上來踩一腳，吃相就很難看了。】

初禮是在三個小時後，才看到阿先的這條微博。

因為那個時候她才剛起床。

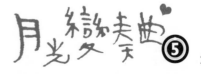

睜開眼就看見這麼一條讓人血壓飆高的微博，初禮拿著手機跪在床上差點氣得生活不能自理，心想：這是啥，現在是找到了新套路想甩鍋給老子？

別說門！

窗戶都沒有！

她伸手將還在睡夢中的晝川搖醒，晝川睡眼矇矓地睜開一隻眼，冷不防面前被塞了一隻手機。

他伸手將手機接過來飛快地看了下，幾秒後，那雙迷迷糊糊的眼恢復清明，也翻身從床上坐起來，轉頭看著初禮：「……妳別告訴我妳有定期清理信箱寄件匣的習慣。」

初禮當然沒有。

而且此時，因為晝川斬釘截鐵地確認肯定有那麼一封交接工作內容的信件存在，而不是先問初禮「所以到底有沒有那封信件存在」，這般理所當然地肯定她工作態度的模樣非常迷人，初禮雙手捧過晝川的臉，在他臉上「吧唧」響亮地親了一口！

晝川下床洗澡的時候，初禮開電腦去翻自己的信箱。

晝川洗完澡回到電腦前，伸腦袋看了眼，初禮已經把那封信件翻出來放在電腦桌面——

信件發送時間是二〇一六年三月二十七日，而初禮收到正式離職通知是二〇一六年四月二日，離職交接報告的收件人：梁衝浪。

初禮拍拍晝川的肩膀，自己站起來去洗澡，晝川在電腦前面坐下。

二十分鐘後，初禮從浴室走出來。

她腦袋上還蓋著毛巾，這時候聽見自己的手機已經叮叮咚咚響個沒完，拿起來一看，是來自四面八方的親友八卦——

江與誠：大清早的，搞啥呢！讓不讓人睡！

在你身後的鬼：……申請一下，你們的撕逼連載大戲更新時間能不能調整到晚上？我不想錯過第一手資訊，也不想早起。

于姚：精采。

索恆：一邊吃早餐一邊看晝川的微博，我今天活生生多喝了一碗粥。

碎光：哈哈哈哈哈哈哈哈哈哈哈哈哈哈哈哈給你們夫妻點讚！

初禮一頭霧水，拿著手機抬頭看這時候已經沒在幹正事、正玩電腦遊戲的晝川：「你發微博了？」

晝川頭也不抬地「嗯」了一聲。

初禮連滾帶爬地上微博看了眼——

發現晝川確實發了微博。

他將初禮寄件匣中「關於《鯨》一文離職交接事項」信件標題外加寄件時間與收件人截圖。

2016年3月27日。

收件人「行銷部部長：梁衝浪」。

收件匣中的「批准離職」信件標題外加收件時間截圖。

２０１６年４月２日。

打開「關於《鯨》一文離職交接事項」，下載Word文檔，打開文檔最後修改時間，截圖。

２０１６年３月25日13：40。

最後截圖Word文檔內容，紅框標記一段文字。

「關於赫爾曼先生本人注意事項——

關於《龍刻寫的天空軌跡》一書，國內百度百科的解釋有誤，此書因為……以下原因，雖為赫爾曼先生本人創作，卻從未得到赫爾曼先生本人的認同，赫爾曼先生本人亦抗拒在公開場合提及這本書的存在。

※赫爾曼是無宗教信仰者，請勿理所當然將他根據土耳其國情對號入座以為他為伊斯蘭教信仰者，切記！

※《龍刻寫的天空軌跡》這本書提都不要提！提都不要提！提都不要提……」

幾個截圖拼湊成一堆九宮格，微博正文內容為——

【晝川：先道】

沒有一個字，沒有一個標點符號。

晝川微博僅僅發出十分鐘，卻已經轉發人數上萬，留言超過兩萬，吃瓜群眾歡欣鼓舞——

「一齣大戲。」

「隔著螢幕感覺到了晝川的不屑……………」

「這兩天就靠你們活了，跌宕起伏的劇情，爽文都不敢這麼寫！」

「……………所以晝川大大也下場了！」

「我彷彿能看見螢幕那邊，我晝川大大眼中的輕蔑。」

「馬的，活著的霸道總裁嚶嚶嚶！被帥飛了啊啊啊啊！」

「圍觀晝川老師手撕綠茶婊哈哈哈哈哈哈哈媽的爽死我了啊啊啊啊啊！」

「天啊，連我們脾氣那麼好的晝川都生氣了，@先道妳可真的是不要臉了，過街老鼠人人喊打啊？」

初禮：「……你咋直接發微博了？」

晝川抬起頭瞥了她一眼：「妳發微博鬼來看？先道自帶腦殘粉的，妳有嗎？」

初禮：「……但是——」

但是這樣就把你拖下水了。

初禮抬起手，有些暴躁地撓撓頭，抱著忐忑的心情將晝川微博留言往下滑，果不其然看見一個熱門微博評論長這樣——

「不是，先說明立場，我是晝川粉絲，路人一個。但是有幾點我實在不是很想得通QAQ，請大大解釋一下……

我不清楚為什麼大大也跟著來蹚渾水？

首先大大哪來的編輯信箱截圖？

其次按照道理，這些內容憑什麼被你看到？

就算是編輯發給你的，那那個編輯為什麼要發給你，讓你來發聲來著，是因為大大的粉絲比先道多嗎？

實在是真的想不通啊，已經有了很陰暗的想法——

首先我聽說作者的版稅是直接拿的，也就是說大大已經拿到了高額版稅。

然後還有一種說法是有一些特定情況下，出版合同是可以作廢或者向圖書出版公司再次索賠的……

現在大大在拿到稿費的情況下和那個已經離職的編輯一個鼻孔出氣，把事情鬧得這麼難看，很難讓人沒有奇怪的想法……求解釋！」

初禮差點被這位「號稱晝川粉絲、實則元月社網軍」的「路人」朋友氣到吐血，這他媽指桑罵槐地說晝川為了高額賠款或者解除合同，以軟萌語氣將髒水潑上來的模樣實在噁心至極。

初禮正想動手問候她十八代老祖宗。

往下一滑卻發現晝川已經回覆對方了，回覆的內容是——

【晝川：？弱智？】

初禮：「……」

她再往下滑留言。

是晝川的粉絲跟著大大揭竿而起的一波反撲——

「這位『路人』朋友，我都替你尷尬。」

「哈哈哈哈哈哈哈哈哈我操現在的網軍可真是水準低，妳是晝川大大的粉絲不知道大大已經結婚了，媳婦就是元月社的編輯嗎!?先道說的什麼『離職編輯』肯定就是大大的媳婦啊！」

「真的說一句弱智都抬舉了，老婆被人潑髒水你他媽不出來澄清？」

「……粉絲是比你們先道多，不服憋著。」

「大大的書一直是一個編輯負責，《太平洋最後的鯨》怎麼可能不是？後來大大跟那個編輯結婚了啊朋友結婚了！有寶寶了啊，人家才離職了啊！」

「答應我，網軍有空胡扯那麼多字不如去翻翻晝川以前的微博？這哥們從去年七月開始瘋狂晒娃晒到昨晚十二點，妳以為這娃從石頭裡蹦出來的？你們這甩鍋都甩這娃的媽身上了，也不怪被晝川一拳捶爛你婊子媽了吧？」

以上回覆，一千多條。

發文者已被罵翻。

有一種戰鬥，叫全世界都知道妳老公在為妳而戰。

戰局因為晝川的加入一時間又變得比較混亂，畢竟晝川的微博粉絲數是阿先作者號自帶粉絲的一百倍啊一百倍，所以太陽還沒下山，這場戰役已經分出了勝負：阿先光榮地被晝川的粉絲捶進土裡。

也怪這些傻白甜讀者作死非要跑來挑晝川的錯，如果一開始老老實實閉上嘴，不要打著歪心思想把這盆髒水潑晝川身上，都統一起心、老老實實地去攻擊初禮，晝川那些女朋友粉說不定還樂見其成得很，壓根不會幫初禮說話。

他們一點兒不懂掐架戰爭的藝術。

晚上吃飯時間，晝川接到了來自元月社的電話。

打電話的是梁衝浪，一口一個「我們還是坐下來好好商量解決的辦法」、「畢竟你也是這本書的作者啊這種時候我們必須齊心」、「大家都不想看到這麼大個項目出事的對不對」……

其厚臉皮程度讓人嘆為觀止，晝川拿著手機啼笑皆非，轉頭斜睨身邊乖巧狀、低頭安靜喝湯的初禮。

初禮彷彿感覺到他的目光，抬起頭莫名地看了他一眼。

初禮真的也就是抬起頭，普普通通看了他一眼而已，然而晝川卻眼神一動，低下頭湊到她唇邊親了她一口。初禮愣了下，伸出舌尖舔了舔唇瓣，想問晝川親了一嘴雞湯味是一種什麼樣的體驗。

然而沒來得及開口說話，她就看見晝川背過身去，聲音很堅定地跟電話那邊的人說：「梁副總，請不要再扯一些有的沒的，初禮離職多久了，出了事你們還想把鍋甩在她身上……你最開始這麼做的時候就應該想清楚後果，所以這件事我不會再管，你們好自為之。」

電話那邊的梁衝浪好像還想垂死掙扎一下，然而不幸地被晝川打斷話：「好了，就這樣吧，不要逼我把話說得太難聽。」

事已至此，梁衝浪只能尷尬地掛斷了電話。

晝川轉過身時，初禮正捧著碗咕嘟咕嘟地把湯喝完，抽了張紙巾擦擦嘴，眼睛一挑：「我可是做了你的踏板了啊，你還撈了個護妻狂魔的好名聲。」

晝川伸手將初禮手中的紙巾抽出來，團成一團扔了，眉目淡然：「這次做的書無論如何都要召回的，老子辛辛苦苦寫了大半年，修稿修了多少次，最後落得個被赫爾曼絕口不提的下場……讓別人笑掉大牙？我晝川還沒做好準備，要做人家茶餘飯後的談資笑話。」

他說這話的時候，瞳眸之中隱隱透出薄涼……大有「人不為己，天誅地滅」的意思在。

初禮也勾起脣角，覺得挺有趣。梁衝浪還指望晝川能行行好，替他說兩句挽回局面，殊不知在整件事裡，決心要他死得透透的人壓根不是初禮，反而是晝川。

初禮伸手摸摸晝川的臉：「接下來怎麼做啊？」

晝川淡定道：「妳都知道元月社厚臉皮，怕的是出版社等合作鍊斷掉，我也可以從這方面下手啊。」

初禮：「啥？」

晝川想了想說：「我也不是很確定，再等等吧。這件事梁衝浪打電話給我說明他已經開始慌了——元月社最喜歡幹自亂陣腳的事，都說打蛇打七寸，我等著他們把自己最害怕的東西暴露出來。」

初禮一愣：「不是赫爾曼嗎？」

晝川瞥了初禮一眼：「赫爾曼的風格是和一個國家合作後就換下一家，《太平洋最後的鯨》無論最後結果如何，他都不會再在中國出書了，元月社賺了絕版買賣，害怕赫爾曼幹麼？」

初禮想了想，然後「哎呀」一聲，皺著眉、咬住指關節作煩惱狀。

晝川將她的手拽出來，看了眼白皙的手指上印上一個小小的牙印，低頭在那手指上親了一口，又附身去蹭了蹭她的脣角，笑她道：「再等等，著什麼急。」

初禮原本一心覺得元月社是怕赫爾曼的，用了千方百計把他引出來——現在又覺得晝川說的很有道理啊，一錘子買賣的事，梁衝浪怕的應該不是赫爾曼才對。畢竟這傢伙眼中只有利益，從當年COSER簽售擋著《洛河神書》場販的事也知道，梁衝浪根本不在乎作者咖位大小；但是想一想，赫爾曼知道之後，元月社又一副害怕極了的樣子開始瘋狂甩鍋，這到底是為什麼啊？

哪裡出錯啦？

初禮為這事鬧得一晚上沒睡好，在床上翻過來滾過去的。

直到半夜三點，在她又一次翻身後，睡在她旁邊的男人終於忍無可忍地翻身過來壓在她身上，用長手長腳將她壓制住：「烙餅啊妳！睡不睡的？」

晝川的聲音還帶著微微沙啞的睏意。

「我睡不著啊，」初禮委屈道，「明天還得指揮千軍萬馬打仗呢，總不能告訴那群躍躍欲試的傢伙，不好意思了，戰略出錯，新的解決方案還沒想到——」

話還沒落就被人一把捂住臉，初禮最後一個字的發音變得含糊。

「車到山前必有路，船到橋頭自然直。」晝川略微粗糙的大手拍拍她的臉蛋，「睡覺。」

初禮只好老老實實閉上嘴：「……喔。」

把身上壓著的人推下去，初禮摟過他的胳膊時心裡還很不服氣。

就怕這船到橋頭並沒有自然直，您拍拍我的肩膀說，下去，自己游。

第二天。

天亮。

元月社一夥人坐上了前往馬爾地夫的飛機，看著朋友圈一片「無事發生，歲月靜好」的模樣，初禮相當無語。就像是溫水裡煮著的青蛙還在歡快地「呱呱」叫著，而旁邊燒水的人卻他媽因為擔心柴火不夠在焦頭爛額！

初禮氣得早餐只吃了一片麵包。

坐立不安地等到中午，初禮終於等到了她的「橋頭」——

于姚打電話來的時候，初禮正抱著手機在沙發上看晝川的粉絲掐阿先看得昏昏欲睡，接電話摁下擴音，無精打采地「喂」了一聲，于姚帶笑的聲音傳來。

「這有氣無力的，怎麼，妳也想去馬爾地夫的水裡泡一泡啊？」

「別開玩笑啦，」初禮說，「為了梁副總的死亡通知書的正確打開方式，我都快愁死了。」

「妳別愁，我說個笑話讓妳提提神啊？」

「妳講。」初禮打了個呵欠。

于姚興致勃勃地開始講：「中午我有個朋友，呃呃呃就叫她黃總吧，黃總來問我，認不認識一個叫『初禮』的元月社前任編輯，我說認識，以前是我的下屬。妳猜黃總說什麼啦，她說早上八點她還在送女兒去幼稚園的路上，梁衝浪就親自打了個電話給她，先是一通道歉後，又跟她說，最近《太平洋最後的鯨》出那麼多事都是這個名叫初禮的人做的，是妳離職時候和他們鬧了不愉快，想要搞他們——」

初禮拿著電話，腦子有些沒反應過來，下意識想的是：梁衝浪又打電話跟人道歉啦？他怎麼天天打電話跟人道歉？說他突然皈依我佛轉性也不對啊，不然阿鬼和索恆兩個衰鬼怎麼沒接過他的道歉電話啦，被活生生趕下簽售舞臺那麼慘的……

初禮眨眨眼，半天才覺得自己重點沒抓對，想了想沒說話。

這時候手機被人從身後一把拿走。

男人低沉的聲音在她頭頂響起：「哪個黃總？」

于姚：「海外作家版權代理公司的老總。」

初禮還在打呵欠，聽了于姚的話，打了一半的呵欠都停下了，愣了下，抬起頭與晝川對視一眼——

不約而同地在對方的眼中看見同樣的訊息。

都說打蛇打七寸，如今，元月社終於將自己的「七寸處」暴露出來，原來他們怕的確實不是赫爾曼，而是赫爾曼背後整個海外作家版權代理公司。

當元月社眾人一腳踏上馬爾地夫的沙灘，還沒來得及開始享受他們的假期，手機就叮叮咚咚地響了起來。青蛙們終於發現，腳底下的鍋底好像變得有點熱，泡在身上的水似乎不再是一個令青蛙歡快的溫度。

所有的攻擊突然全部指向了海外作家版權代理公司。

讀者的投訴信、質問評論塞滿了此次為赫爾曼代理洽談合同的版權代理公司，質疑他們做事不到位，只收錢不辦事，坑了赫爾曼，業務能力有問題。

赫爾曼更是加大了對版權代理公司的壓力，聽說在他的視訊會議裡，他憤怒地摔斷自己的鋼筆，並撂下狠話，今後也許再也不會與此家版權代理公司合作……

迄今為止，這間版權代理公司已經與赫爾曼友好合作了接近五部作品，赫爾曼對於他們來說，無疑於他們的衣食父母。

如此腹背受擊。

元月社就成了該版權代理公司的唯一出氣筒。

來自該家公司的威脅、請求、要求，各種軟話硬話紛紛飛向元月社。

基本上，赫爾曼怎麼威脅這家版權代理公司「以後還想不想合作」，那些威脅的話改幾個字，就被他們原封不動地給了元月社！

站在異國他鄉，梁衝浪終於被戳到了痛腳。

下了飛機大概是晚上十點。

他幹的第一件事不是穿上泳褲、帶上他的火烈鳥泳圈去海裡聊騷，而是抓著幾個高層在飯店會議室開了個緊急會議。

國內晚上十點半。

萬家燈火闌珊之時，元月社終於發出出事以來，第一次正面回應的官方微博——

【@說給元月社：

各位讀者晚上好。

近日來，本社不斷收到有關於《太平洋最後的鯨》一書，編輯導言部分言辭出錯的投訴與回饋。經過我社內部連日來的緊急會議與商討，我們決定對這件事給予高度重視，並願意負責到底。

首先，我們要向被造成傷害的作者@休斯頓·赫爾曼先生致以最誠摯的歉意，是我社對於書籍的審核疏漏，也是我社編輯個人能力與業務素質的不嚴謹造成了這一連串令人不愉快的結局。

對此我們深表遺憾。

其次，為了體現本社面對錯誤絕不姑息，也不逃避的辦事態度，我們首先會對該編輯進行嚴厲的懲罰，然後，我社宣布開啟「退貨退款」綠色通道，有任何認為此次書本導言部分錯誤無法姑息的讀者，可以聯繫購書商家進行退貨退款。

感謝大家對元月社一直以來的信賴與支持，我們一直秉承「做最好的書，獻給黃昏期紙媒行業」的做書原則，請相信我們下一次會做得更好。

至此。

敬禮。

祝大家週末愉快。】

公告一出。

「說給元月社」微博立刻轉發，頓時，捍衛作者權益的相關群組、微博上下一片歡騰。

元月社終於迫於來自海外作家版權代理公司以及出版社、出版署的三重壓力，做出了正面回應，戰爭看似取得了初步的勝利。

「這就想結束了嗎？」

初禮刷著轉發數迅速高升的微博，看著下面那些「心疼元月社」、「這樣就夠了」、「紙媒的黃昏，哎，大家都不容易」、「其實我覺得書很好啊不用小題大作」、「反正我懶得退啦」之類的評論，響亮地冷笑了一聲。

扔開手機，她面露不屑。

「想得美。」

第十章

大概是元月社前期的不聞不問、裝死到底讓捍衛者的底線也一再降低，此次開啟退款、退貨通道的公告，讓許多人都覺得非常滿意。

初禮從群裡的讀者們的發言看出，他們很多人都認為事情至此，已經完滿，元月社做出了退貨、退款的賠償，他們的抗議已經成功！

最可怕的是，群中大多數人並不打算退貨、退款，畢竟一本書幾十塊，看的也是正文，所謂的「討公道」不過是出於對作者的喜歡與尊重，眼下看事情暫時有了個結局，大家便也不了了之……畢竟一般的讀者哪來的閒工夫去折騰這些。

每個人都想著：「啊，應該有很多人退款吧，元月社應該受到了損失和教訓，並不差我一個了。」

結果就是真正去退貨的人寥寥無幾。

公道明明尚未討回，先鋒隊伍已經人心渙散，這是最恐怖的。

為了讓這一場折騰來折騰去的戰爭不要成為一個虎頭蛇尾的笑話，此時初禮不得不找到了「說給元月社」的博主。

初禮找到她的時候，她也正在煩惱這件事。原來是元月社的人找上門，表示既然他們已經做出表態，那希望她能夠把以前那些負面的投稿爆料刪掉……再不濟，替元月社說句好話也好。

說給元月社：我正猶豫要不要刪，畢竟事已至此，好像也不會有更加好的結局了……元月社受到教訓了。

刷粉請加Q77558520：受到教訓？什麼教訓？某寶和各大電商上，《太平洋最後的鯨》依然在堂而皇之地販售。

刷粉請加Q77558520：群組內，踴躍發言的人一共就那麼幾十個，他們其中已經有一部分表示因為懶並不會再去退貨、退款。

刷粉請加Q77558520：群內尚且如此，更不要提群外——加上網路影響力本來就有限，妳想想，這次退貨退款，數字能不能有一萬人都成問題，而根據元月社官方宣傳，《太平洋最後的鯨》的首印是「百萬級重量項目」……

刷粉請加Q77558520：百分之一的退款率，在百萬首印的書面前根本不值一提，元月社能受到什麼教訓？

說給元月社：……啊，天啊，妳這一說——

刷粉請加Q77558520：我們最開始的目的，是不要讓這本書在市面上流傳開來，以至於它有了廣泛的閱讀量，成為赫爾曼先生心中第二本《龍刻寫的天空軌跡》……

刷粉請加Q77558520：現在為什麼突然停下來了，就這樣滿足於現狀？

講完了道理，見博主妹子開始動搖。

動之以理四個字，緊跟著的應該是曉之以情，於是在講完了道理後，初禮開始講感情——

刷粉請加Q77558520：這些天的各種大戲後，想必妳也知道我是誰了。

刷粉請加Q77558520：不管別人怎麼想，或許你們只是想要元月社得到一個教訓，但是我知道我要為晝川做的不止這些，這本書不是赫爾曼一個人的書。晝川投入了多少心血我比任何人都清楚——

刷粉請加Q77558520：我不能允許這本書像《龍刻寫的天空軌跡》一般，成為一本被人提及都不可以的書籍。

說給元月社：哎哎，完全理解妳的想法……我們群裡也有很多同樣是晝川大大粉絲的人，大家都很期待這一本合作作品的，沒想到卻鬧成這樣。所以說無論如何我們真的很感謝妳！

說給元月社：被妳這麼說，我又覺得我們大概確實不應該就滿足於現狀——仔細想想，對於商品不滿意，退貨、退款不是很正常的購物流程嗎……比如如果在網上買的書，就算元月社不說，我們也可以退貨、退款啊！

說給元月社：這麼一想，突然覺得自己像個傻子。元月社只是把我們本來就能做到的事放公告裡再說了一遍，我們他媽在高興啥啊！

喔，這是動搖得很了。

只差臨門一腳。

初禮毫不猶豫便給了這一腳，軟的硬的都上了，最後剩下的，還有一番「感慨」——

刷粉請加Q77558520：是的。

刷粉請加Q77558520：人都是自私的，我要的不止是這樣而已，如果你們一開始只是準備虛張聲勢做到這個程度，應該早跟我說，我應該去另尋一些其他的戰友……

說給元月社：不必！我知道妳的意思了！

說給元月社：這場戰爭還沒有完，務必請大家堅持到元月社將書籍全部召回那一天！

刷粉請加Q77558520：好的：)

至此，蠱惑完畢。

等「說給元月社」博主兼群主將初禮說過的話，整理了一遍再跟群裡的妹子們說一遍，眾人迅速從「滿足」狀態清醒，憤怒異常，彷彿感覺自己又被元月社輕易戲耍了一遍。

初禮看得十分滿意。

而晝川也潛伏在群裡看熱鬧，看著群主這一條條打碎了揉和了還是帶著嚴重香蕉味的發言，不禁指著初禮感慨：「……蠱惑人心，妖言惑眾，放在古代我懷疑妳可以助我登上帝位？」

初禮：「……燕雀安知鴻鵠之志，王侯將相寧有種乎！」

晝川笑翻在沙發上。

這一天直到晚上睡覺的時候，晝川還摟著初禮的肩膀像個弱智一樣叫她「阿勝」，嗯，就是陳勝（註7）的那個「阿勝」，還頗為興致勃勃、彷彿不將司馬遷氣活不善罷甘休，晚上幹厚顏無恥和諧之事時，依然沒有忘記拿這個調侃。

喊得初禮滿腦門黑線，只想把壓在身上這個大傻子一腳踹下床。

第二天，惦記著怎麼把這事鬧得更大的博主妹子來找初禮，初禮想了想，受到了那次「晝川代筆門」事件的啟發，招呼他們，可以去找報社之類的投稿一波。

「說給元月社」：G市最近的地方，哪有報社啊？

初禮咬著一片麵包，笑得無比邪惡——

刷粉請加Q77558520：元月社同園區，對面就是一家報社。

報社是最會鬧事的，因為報紙上的新聞涉及天南地北，需上知天文、下知地理，所以對於媒體人來說，他們需要有敏銳的嗅覺去考量當前社會的關注點和大眾接受的八卦點究竟是什麼。就像UC瀏覽器有個著名「震驚部」一樣，媒體人擅長把一些非常業內的生澀梗變成普羅大眾梗，然後將之做為新聞鬧得路人皆知。

舉個例子。

爆料人：元月社編輯夾帶個人情感強行認證著名國際作家休斯頓・赫爾曼先生為宗教作家、宗教導讀者，實際上赫爾曼先生根本就是無宗教信仰者！曾經在多個

註7　秦末民變領袖。因秦法嚴苛，帶領約九百名戍卒起義，曾自嘆：「燕雀安知鴻鵠之志。」

場合強調這一點！而如今帶有其編造事蹟的書籍被印發百萬冊，出版公司元月社喪心病狂！從未尊重原作者意願，只想掩蓋事實繼續賺錢，拒不認錯！

媒體人：喔，傳統紙媒龍頭元月社，印發百萬出版刊物，宣傳原著中並未擁有的宗教思想。

爆料人：……

媒體人：說錯了？

爆料人：倒也，沒有。

以上。

由於這兩、三年，國內正值各宗教人士、無宗教信仰人士氣氛緊繃，任何此類新聞都會是人們關注的點，也是社會的敏感話題。

再加上《太平洋最後的鯨》這一本書，確實是誕生於紙媒界黃昏的一朵絢麗銷量奇葩……

兩件事疊加起來，便是一波大新聞。

幾乎是元月社發表「退貨、退款」公告的第三天，梁衝浪只來得及睡了兩晚上的安穩好覺，就發現以元月社同園區的報社《G市早報》為發起人，連帶著紙媒以及網路媒體，針對赫爾曼事件的報導鋪天蓋地、氣勢洶湧——

而且這些媒體新聞關注的點全部都放在某些敏感問題上，最後口口相傳，就變成了：元月社以百萬銷量企圖塑造赫爾曼宗教信仰者形象，其心可誅！

這一下子，不要說梁衝浪當場噴了一口血，就連出版署的人也直接越過出版社打電話給元月社上頭的頂級 Boss，咬牙切齒地問：「你們準備害死誰？」

元月社上下一片震動。

奈何高層全部遠在馬爾地夫。

於是出來度假的眾人看飯店會議室椅子的時間比看海時間還多，各個如霜打的茄子似的，垂頭喪氣，終於還是在出版署、出版社、海外作家版權代理公司以及輿論的四方壓力下，做出了全面召回書籍的舉動。

當天下午公告一出，舉國上下，一片歡騰，大快人心。

當事情已經鬧成這步田地，梁衝浪接到晝川電話的時候可以說是一點兒都不吃驚了。

公告僅僅發出十分鐘後，晝川直接一個電話打來，表示：「根據合同中出版公司、出版社任何一方不得以任何形式破壞、侵犯甲方作者的名譽權、著作權、肖像權，如有觸犯，本合同無須經過雙方交涉，即刻作廢。這麼一條，這合同看上去好像可以就這麼算了，大家好聚好散，我特地來通知你一聲，雖然根據本條合同裡『無須經過雙方交涉』的表述，我連這通電話費都可以省下的。」

晝川這通電話，就像是在苟延殘喘的元月社心窩子上再踹一腳——

合同作廢，這相當於不只那些即將被召回的書籍，包括此時此刻還在印刷廠壓著的五十來萬冊書，瞬間就變成了非法印刷物！

梁衝浪聽著電話差點兩眼一抹黑暈過去，垂死掙扎地說：「如果合同解除，那已經發給作者的版稅是要退回我公司的……」

電話被初禮接過去，趾高氣昂的聲音響起：「退回可以，退還之後我們就發起訴訟，要求元月社賠付名譽損失費——至於賠償金額，晝川，你拿了人家元月社多少錢啊……喔，四百八十一萬二千五百塊，那你看咱們在名譽損失費、精神損失費、著作侵權費還有別的零碎方面合計一下，收他們四百八十一萬二千五百零一塊如何？」

梁衝浪：「……」

初禮慢吞吞道：「梁副總，你看元月社那邊意向如何——是打官司，爭取勝訴，但是全程被放到網上直播，還是這筆版稅就直接做為賠償金不要求返還了？做為賠償金的話，那麻煩請你們寄一份加蓋公章的文件給晝川老師和赫爾曼先生，聲明元月社是認可這筆錢賠償用了喔？」

初禮又「啊」了聲，補充道：「當然這個文件我們還是可以替你保密一下的。」

梁衝浪：「……我呸，妳這是搶錢！」

初禮在電話那邊響亮地冷笑一聲：「是我按著你們阿先的手在鍵盤上打字，把『成為了伊斯蘭教年輕一代信仰者心中的靈魂導讀者』這幾個字往上加的嗎？」

梁衝浪：「……」

於是。

一通電話結束。

二〇一六年八月二十一日，元月社宣布對《太平洋最後的鯨》一書全面召回。

二〇一六年八月二十二日，晚上八點，晝川本人在微博單方面宣布，由於元月社在《太平洋最後的鯨》製作、宣傳期間違背作者意願，違反簽署合同，自本日起與元月社解除出版合作關係，而《太平洋最後的鯨》一書將會在後續尋找合適的合作出版方。

而在《太平洋最後的鯨》於《月光》雜誌的連載也會相應撤出，另尋平臺重新發表。

晝川的微博申明發出五分鐘後。

晚上八點零五分。

【鬼娃：那什麼，因為這樣那樣的原因，在《月光》雜誌上連載了部分文字的新文《與龍說》伴隨著第一個故事說完，暫時告一段落啦！後續大概還有四十萬字左右內容將會在網路上繼續更完……小龍人的故事還在繼續，請大家放心！】

晚上八點十分。

【碎光：《將星》於下個月（即九月刊）停止在《月光》雜誌連載，三個月過後，連帶前文和後續部分微博陸續發出，望周知。】

晚上八點十一分。

【索恆：額，《紅塵劫》一文，下月起從元月社《月光》雜誌正式撤稿，感謝一路的厚愛與支持，後續部分我會找個新平臺陸續更完，只要我沒死，故事不會坑，請大家放心！】

「重大出版事故：『元月社』年度重點出版刊物《太平洋最後的鯨》宣布首發四十五萬冊全部召回！被相關部門勒令停業整頓。

「元月社發言人微博：我知道是誰在背後推動一切的發生，而我也相信天道好輪迴……走著瞧好了，總有一天，妳會得到妳應有的報應。」

「傳統紙媒行業的衰落——曾創國內單月銷售記錄出版公司『元月社』宣布B輪融資失敗，接受收購。」

「元月社旗下作者集體出走宣布中斷合作，旗下暢銷雜誌《月光》宣布下月起正式停刊。」

「原《月光》雜誌連載作家、國內著名東方幻想作家『晝川』率先在微博發表申明：不想寫就不寫了，雖然是連載，但是最開始也很奇怪地並沒要求簽下所謂連載合同，所以來去自由。而本著對讀者負責態度，原在《月光》雜誌連載的故事接下來將在微博做為平臺陸續寫完，各位敬請放心與期待。」

鋪天蓋地的手機新聞推送讓手機叮叮噹噹響個不停的時候，初禮正扶著兒子試圖讓他邁出人生的第一步。

當看完新聞的晝川從屋子裡走出來，想要跟自家媳婦就「元月社好像要被妳搞到倒閉了」這件事討論一番，正好看見這樣的一幕——

「媽！媽……扶！」

圓滾滾的兒子邁著圓滾滾的小短腿，淌著口水顫顫悠悠往前邁步子。

「媽媽扶著你啊，媽媽手拽著你衣服呢，比學步車還安全，走吧，別怕！」

以及在兒子身後，一隻手扠腰，另外一隻手忙著滑手機，正面不改色說謊的初禮。

晝川：「……」

晝月禮包子似地邁出右腳，穩穩地踏在地上，小傢伙「嘎嘎」地歡呼，揮舞著手臂發出興奮的笑聲時，圓滾滾的身子也跟著搖晃了下，晝川倒吸一口涼氣，在他來得及發出聲音之前，晝月禮已經倒了下去！

說時遲、那時快，一個蹲在旁邊圍觀許久的棕色身影立即殺來，穩穩地接住搖晃著要往下趴的胖小子，胖小子「吧唧」一下趴在二狗身上，發出沒心沒肺的尖叫笑聲，還伸手去揪牠的耳朵。

「喔，不拽狗狗，寶寶撒手。」初禮彎腰，一邊將二狗的耳朵從兒子手裡解放出來，一邊順手捏了把二狗的狗臉，抬起頭看著晝川一副心臟驟停的表情，嚇了一跳，「你幹麼？」

「妳是不是人啊，連兒子都騙……若不是二狗在差點摔了，晚餐二狗加肉，妳不許吃飯！」

晝川瞪了她一眼，三兩步走過來把兒子拎起來抱懷裡，順手拍了拍他的屁屁也不知道是在替誰壓驚，懷中肉團似的小子升高了又開始興奮地叫著「爸！爸！」。晝川低下頭看了眼，這才發現原來地上鋪著厚厚的巧拼地墊，墊子上面還鋪了層毛墊子。

抬腳踩了踩，軟得很。

小孩摔下去也摔不著。

他頓時略微心虛，抬起頭看了初禮一眼，果然見她正衝自己翻白眼：「小時候誰沒摔著磕著過，天天泡在學步車裡，什麼時候才能學會走路啊，你這種就叫溺愛。」

「我怕他摔壞了。」

「小孩子骨頭軟，禁摔。」初禮從晝川手裡把兒子接回來，又把他往墊子上一扔，「繼續走，二狗叔叔看著你，摔不著。」

二狗低頭去嗅嗅晝月禮的臉，晝月禮拽著牠背上的毛，小胖腿打顫地站起來。

見一人一狗玩一塊去了，初禮就不再管，轉身走到沙發上坐下，打開手機認真地將剛才那幾條新聞看了一遍。

半個多月前，在晝川宣布與元月社結束合作的當天晚上，初禮轉頭立刻讓索恆、阿鬼、碎光三人將撤稿公告前後腳發了出去，三個人抱著不同的心情把公告發好，給了元月社最後致命一擊……

三年。

三年的時間裡，她眼瞧著、扶持著《月光》雜誌從一個新生雜誌走向顛峰，成為人們眼中的暢銷雜誌。她就像是一名新晉園丁與一棵脆弱的樹苗共同成長，當樹苗成為參天大樹，人們紛紛聚集在大樹下乘涼，他們誇獎著這棵樹——

長得真好呀。

當初都沒想過它能長得這麼枝繁葉茂。

多虧了妳。

妳看它結了很多漂亮的果實，幾乎要趕超那些多年的老樹啦！

然而。

那些人卻不知道，原來這棵看著枝繁葉茂的大樹，地底根基早已蛀蟲、腐壞——如同行銷部植入的那些利益至上的思想，一步步地在吞噬著整個編輯部。

鮮綠茂盛的樹葉早就供養不足，一碰就搖搖欲墜——如同得不到尊重的作者、始終被視為「掏錢就好了」的讀者，在與雜誌漸行漸遠。

風吹樹冠發出「沙沙」的聲響，那不是生機勃勃，而是死亡的前奏曲——如同一次次的事故中，鋪天蓋地而來的抱怨，作者的、讀者的，甚至是責編本人的。

所謂的「漂亮果實」，摘下來嘗一口，皆是又苦又澀。

出版業是黃昏產業，這點毋須質疑，然而不尊重真心熱愛這個產業的人的企業，無論再怎麼被人努力照拂、用心提拔，偶得迴光返照，也只不過是迎著黃昏走向最終的黑夜與滅亡而已。

讀者和作者，才是這一行的根基與初心所在。

元月社從來不懂，也沒想過要懂。

於是三年之後，做為園丁的責任心和耐心終於被燃燒殆盡，初禮意識到，她還愛著這個行業，她胸腔之中還有熱情，只是這份「愛」，她不再願意浪費在元月社這個地方。

所以最終，她選擇掄起手中的斧頭，親自將這棵她曾經試圖精心呵護的大樹伐倒！

抱著手機，看著一條條網上吃瓜群眾圍觀、嘲笑、幸災樂禍的討伐，初禮原本以為自己應該是心情舒暢又歡快的，然而不幸的是，無論如何催眠自己，卻還是能感覺到眼眶在迅速地發熱，眨眨眼，一顆液體從眼眶滴落，「吧答」一下掉在手機螢幕上。

這一斧頭，最終還是伐倒了大樹，但是也震痛了她握著斧頭的手臂。

眼前的視線變得模糊，初禮吸了吸鼻子，抬起手，抹了把眼睛，奈何眼中的液體卻偏偏越抹越多……她最終泣不成聲，哭到握不住手機，直到聽見耳邊傳來一聲嘆息，於是整個人被攬著腦袋擁入一個結實的懷抱裡。

初禮抽泣一聲，伸手捉住晝川胸前的衣服，將原本整整齊齊的T恤硬生生揉成一團鹹菜：「我不想這樣的……嗚，嗝兒……元月社為什麼……為什麼這麼爛泥巴扶不上牆……那個梁衝浪……嚶、嚶嚶，日劇都是騙人的，日劇的結局應該是女主帶著腐朽的眾人走向光明的明天，怎麼現實……現實差得這麼遠！」

晝川抬起手摸摸她的頭髮，心情比較複雜。梁衝浪那夥人大概也沒想到，萬分嘲諷的事在於，最後，那個作惡之人，現在哭得大概比他們還要傷心。

然而這話也不能直說，晝川只好睜隻眼、閉隻眼地輕聲哄懷中人：「不哭了，不哭了，多大點兒事——」

「元月社上市失敗了！融資失敗了！接受收購了！」初禮猛地從他懷裡坐起來，

橫眉豎眼，「元月社要倒閉了！什麼叫多大點兒事？」

晝川愣了：「……不是妳搞的嗎？」

初禮：「……」

晝川：「……」

三秒沉默後，初禮尷尬地動了動脣角，然後一言不發地重新撲進晝川的懷抱裡，臉因為害臊而死死地壓在他的胸膛上。在晝川慢吞吞地拍她的背替她順氣時，想了想，悶兮兮地說：「……沒想哭的，元月社活該，我也不知道為什麼要哭。」

知道了，知道了。

愛哭鬼。

晝川默默又在心裡嘆了口氣，拍拍她的肩膀，扯開話題：「顧白芷讓妳看看信箱。」

「啥？」

「我怎麼知道，妳看看就知道了。」

「喔。」

又一聲抽泣，帶著哭腔的聲音終於停止。晝川感覺到壓在胸膛上的臉拿開了，他低頭看了看，然後捏著胸前溼漉漉的衣服一臉嫌棄：也不知道有沒有鼻涕。

「老師。」

「嗯？」

「我手機呢？」

他一抬頭，看見坐在自己旁邊的人哭得滿臉通紅，這會兒正瞇著眼到處摸手機想看信件，他發出今天不知道第幾次嘆息，彎腰替她將剛才哭得拿不住而掉地上的手機撿起來塞進她手裡，拽過紙巾，捏著她的下巴替她擦臉：「……哭什麼哭，哪有這麼多眼淚好流，嘖嘖，眼睛都腫了——兒子都會走路了，妳還像個中二少女一樣。」

初禮偏著臉讓他沒輕沒重地折騰。

她打開手機，用瞇成一條縫的眼睛看了眼信箱，這才發現大概是半個小時前，顧白芷發了信件給她——

「初禮：

哈囉，又是我。

一封正式的合作邀請函送到！

這邊近期準備接手妳家老公的《太平洋最後的鯨》再製作，相信經過元月社的事後妳也不太希望這本書再落入別人的手中，所以這封信件就是想問妳要不要加入我們的team——

當然如果妳不想加入新盾社、落人口實也沒問題，妳可以以另外一個身分，嗯以下是我要說的正文：最近感覺在出版業幹到了顛峰，加上妳從元月社離開，元月社要死不活，好像從此徹底失去了競爭對手，職業生涯了無生趣……所以最近我也準備從新盾社離職（做完《太平洋最後的鯨》後）去做一家主要負責IP營運的新媒體公司，業務內容涉及從作品的誕生、出版、包裝、影視、有聲等各種版權營運……

屆時想邀請妳加入，以合夥人的身分一起經營這家公司——最好的想法就是，現在妳就以此公司經營者的身分加入《太平洋最後的鯨》的出版方案team，讓公司能有一個好的開始！

當然啦妳可以放心，這很合法，因為我頂頭上司也覺得這個合作好像很不錯的樣子……畢竟一個圖書出版公司和IP營運公司的利益掛鉤並不衝突。

以上。

期待妳的回覆！

啾咪！

顧白芷。」

二〇一七年四月一日。

「啊？什麼鬼，愚人節玩笑？妳不是耽美佬嗎？」

「……耽美佬不興寫言情啊，我想寫嘛，想寫嘛！妳這精采的人生，怎麼可以不編寫成書？這個時代，我們就需要這麼一篇文，激發讀者與作者共鳴，喚醒這冰冷麻木的出版夕陽從業者那早被冰封多年的初心！」

「……妳在講什麼鬼，這是老娘的人生，妳敢對我的人生亂來試試？」

「不會亂來的。」

「好吧，既然妳這麼執著妳就去寫……等下！要是被元月社告了，麻煩不要找我，也不要找晝川老師，大家都不會承認認識妳的！」

「告我什麼？比如我寫簽售事件，那把我從簽售舞臺上趕下來的人難道不是元月社嗎？我還冤枉他們啦！」

「……看來對這件事最耿耿於懷的人好像是妳啊？反射弧比長城還長吧？」

「啊？哈哈哈哈哈哈哈哈哈哈哈……」

二〇一七年四月二日。

凌晨。

漆黑的房間，只見屋外星光。

開著的電腦旁，一個圓滾滾的身影正焦慮地在電腦旁邊繞她第八百個圈圈，口中中邪一般念念有詞——

「叫什麼名字好呢？《執行主編》？《親愛的主編大人》？《拿帆布包的女魔頭》……啊啊啊！」

人影停了下來，抓亂自己的頭髮。

幾秒後，她停下動作，黑暗之中，一雙麻木的眼忽然精光一閃，她放下手，撲向電腦旁，滑動滑鼠、打開綠嘰嘰文學城網站，點擊「發表新文」，一邊繼續碎碎唸地自言自語：「好了好了，就叫這個名字，沒有比這更合適的了……」

短胖手指在鍵盤上一陣敲擊，機械鍵盤的聲音「啪啪」響起，游標跳躍之間，幾行字躍然於螢幕之上——

文名：《月光變奏曲》
文章ＩＤ：2967257
作者：鬼娃。
這是一篇她將要講給你們聽的故事。
也是她親愛的編輯大人曾經走過的小段人生。

二〇一七年四月三日。

晝川接到邀請，要去隔壁省開會外加做個演講，一大清早把初禮從被窩裡挖出來匆忙親了口，又抱著兒子磨蹭了一會兒，然後一步三回頭地出差去了，留下初禮獨自在家，了無生趣。

初禮吃完早餐在沙發上和兒子和狗玩了一會兒，開始認真地考慮滾去上班這件事。

還沒想明白要不要和顧白芷同流合汙，這時候卻接到了阿鬼的電話，聽說人已經在機場了，正在往家裡來的路上。初禮握著手機一臉懵逼：「妳來幹麼？」

「取材啊！」那邊阿鬼興高采烈，「幫助妳回憶一下妳在元月社經歷過的那三年。」

初禮「喔」了聲，心想這好像是她人生中最不想回憶的三年，但是出於這會兒她實在是無聊得要死，正好晝川不在，阿鬼可以來陪她玩一下，於是還是強行壓下用掃帚把阿鬼趕出去的衝動，禮貌地在網上叫了些水果，準備接待這個倒楣鬼。

大概半個小時後，阿鬼到了，當時初禮正躺在沙發上抖著腿用牙籤插西瓜吃。

初禮看了眼領著一個巨大行李箱站在玄關和二狗熱烈擁抱的類似熊屬生物，懶洋洋地說：「那麼大個箱子，妳準備在我家冬眠？」

阿鬼：「我吃的不多。」

初禮響亮地笑了聲，坐起來，稍微正色道：「妳來得正好，晝川那個煩人精不在。」

「我知道他去隔壁省開會了，」阿鬼按照指揮把行李箱拖到二樓以前初禮住的閣樓，「他昨天告訴我的，然後讓我來陪妳玩兩天，免得妳一個人在家無聊地帶著二狗上房揭瓦。」

初禮坐起來，「喔」了聲，看見阿鬼拿了本子和一枝筆登登登下樓了。初禮愣了下：「妳幹麼？」

阿鬼在沙發的另外一邊坐下來：「取材啊。」

「……妳知道這年頭有東西名叫筆記型電腦吧？」

「手寫的本子翻起來比較有樂趣。」

初禮嫌棄地擺擺手，覺得自己已經失去了和這個奇葩繼續對話下去的信心。

「對了，那天元月社融資失敗的新聞一波出來的時候，阿先不是有打電話邀請妳去做心理測試嗎？」阿鬼說，「我今天把這個內容寫到楔子裡，準備當全文倒敘來個首尾呼應，結果好多讀者看不懂咋整啊！都以為用『少女』做人稱代名詞的阿先是女主角！然後我無奈地又把阿先改成『路人甲少女』，但是讀者還是表示看不懂！」

「首先自我檢討下自己的寫作表達能力，」初禮面無表情道，「其次，妳有沒有聽過一句話，作者是智商的天花板，妳的讀者們則擠擠攘攘地在擁有這個天花板的屋子裡齊集一堂。」

「……妳罵誰？」

「罵妳啊，是妳禍害了妳的讀者。」初禮打開一盒櫻桃，「要是她們在索恆那，估計就能聰明點兒，在妳這就入鄉隨俗了。」

阿鬼想了下：「那怎麼辦？」

初禮：「妳想怎麼辦？」

阿鬼：「刪了？直接放正文？」

初禮：「妳都想好了還問我幹麼？」

阿鬼：「……通知妳一聲，免得說我對妳的人生亂來。」

初禮：「妳已經很亂來了。」

阿鬼興奮地用筆敲了敲小本本，然後兩個人準備開始正式取材——

故事的一開始當然就是初禮到元月社面試開始說起，說起來那天也是滿有故事的……

初禮啃著櫻桃，一邊吃一邊回憶：「面試完我就想，哪怕這是我最後一次來元月社，到處走走看一下也好啊，然後就逛到了《月光》雜誌門口，正蹲在那個小牌牌跟前看晝川的新作宣傳海報，就聽見裡面有個人吼：當我要要飯的啊！」

阿鬼：「……誰？」

初禮：「妳畫川大大。」
阿鬼：「……他幹麼？」
初禮聳聳肩：「《洛河神書》合同上首印給太低。」
阿鬼：「……」
她低下頭奮筆疾書，初禮盯著她，看著她默默地把「當我要飯的啊」寫在本本上，還在旁邊畫了個圈，給了個OS：沒想到你是這樣的，溫潤如玉公子川。
初禮：「……說完之後才想起『家醜不可外揚』這件事，這個場景能不能假裝妳沒有聽見啊？」
阿鬼：「不能。」
初禮想了想畫川看到《月光變奏曲》以後會是什麼反應，居然大熱天裡抖了抖，咬住下脣後知後覺地問阿鬼：「……妳會進行一些藝術加工吧，告訴我妳會，真的不想被暴怒的老公踩在地上用皮帶暴抽一頓——」
阿鬼：「妳不說，我不說，畫川也不會主動承認自己是這個畫風吧？」
初禮「咳」了聲，指了指阿鬼膝蓋上的本子：「妳本子給我收好，這篇文完結以後立刻燒掉！」
阿鬼拿起本子蓋住半張臉正笑得不懷好意，那邊畫川就像是得到了感應，一個電話飛過來，問初禮在幹麼。初禮抬起頭看了眼阿鬼，心虛地乾笑了聲：「在給阿鬼的新文取材……」
「喔，妳們倆記得吃午飯。」

「嗯，」這會兒初禮正心虛，所以晝川說什麼她都乖乖應著，「那你到地方了嗎？」

「到飯店了。」

「到飯店怎麼那麼吵啊，聽上去在商場的樣子。」

「飯店樓下就是個商場啊……妳幹麼，懷疑老子出來偷腥嗎？耳朵比二狗立得還高？」

初禮看了眼已經能跌跌撞撞著滿地亂跑的兒子，嘿嘿笑著：「人至中年，兒子都滿地跑了，總要有點危機的。」

……然後她挨了晝川一通罵，之後也沒給她回嘴的機會，那邊就像是外遇對象在跟他招手似地把電話掛了，初禮看著手機半天沒回過神來，最後氣哼哼地發簡訊給他——

猴子請來的水軍：你不心虛你聲音那麼大做什麼，哼！

晝川：滾滾滾，別耍弱智。

晝川讓初禮滾，初禮就真的滾了。

這通電話唯一的意義就在於晝川成功地提醒了初禮關於午餐這件事，看了看時間好像確實該吃午餐了，初禮裝了一肚子水果，也不怎麼餓，就打開外賣APP問阿鬼想吃什麼。

阿鬼的回答向來是「隨便」，初禮也懶得罵她：「妳說隨便我就真的隨便點了，點了不吃我就把妳的臉摁進二狗的飯盆裡……」

阿鬼：「妳最近越來越暴躁了。」

初禮哼了一聲：「更年期。」

阿鬼還認真掰手指算了算，初禮這才二十五歲不到，更個毛。

結果本著待客之道，初禮還是認真地點了一桌子菜，有肉有蔬菜還有海鮮，還有一份雞湯。

外賣送來的時候，兩人還在繼續進行那糾結的「取材」，初禮從沙發上坐起來去拿外賣，然後滿世界想找一張鋪桌的報紙——

找不到。

想了下，她也不記得從什麼時候開始，家裡就沒訂報紙了。

以前晝川總會在早餐時候看看的。

「紙媒時代真的過去了，」初禮瞥了眼阿鬼手裡的小本本，語氣平靜地說，「妳手裡的，大概就是所謂紙媒時代的諸神黃昏……然後妳就成為了出版界司馬遷。」

阿鬼拖椅子在餐桌邊坐下：「麻煩不要用這種講笑話的語氣講這種連妳自己都笑不出來的事。」

初禮悻悻然抬起手摸了摸鼻尖，把所有的外賣打開直接放在餐桌上。她記得阿鬼愛吃肉，所以特地點了個紅燒肉，記憶中這家餐館的紅燒肉一直做得不錯，肥而不膩，入口即化。

然而等初禮掀開餐盒蓋子，意想不到的事發生了——

她發誓自己只是聞了一下那紅燒肉的味道，看了一眼那個紅燒肉，胃部突然開始洶湧翻騰，那股教人頭暈眼花的酸水一個勁往外冒，她捂著嘴「嘔」了聲，轉身飛奔進廁所！

吐了一波。

舒坦了。

她漱口後走出來，一邊推門一邊道：「估計是上午沒吃早餐，冰水果吃太多了，人老了，腸胃也跟著特別嬌貴……」

阿鬼還保持著舉筷子坐在桌邊的姿勢，一雙黑白分明的眼默默地看著她，想了半天，擠出一句：「……妳，妳確定是因為胃裡多了啥，而不是子宮裡多了啥？」

初禮這時候正愁眉苦臉地伸手揉胃，聽了阿鬼的話整個人虎軀一震，抬起頭瞪著阿鬼，像是真的見了鬼似地微微瞪大眼。

阿鬼舉著筷子的手抖了下：「……看我幹啥，又不是我幹的。」

初禮：「不能吧？我還沒好了傷疤忘了疼呢！」

阿鬼：「妳問我？這個月大姨媽來沒來自己心裡沒點兒十三數？」

初禮：「我大姨媽一向不準——」

阿鬼：「晝川說妳懷晝月禮的時候也這麼說。」

晝月禮：「誰叫我？」

初禮眼睛瞪得更大了：「晝川這都跟妳們說！」

阿鬼一臉同情：「那是，男人八卦起來也是不要命的。」

初禮：「……」

幾天後。

晝川回來了。

下午的飛機，今天正值十五，男人踏著又大又圓的月光回到家，鑰匙還沒捅進門裡，就聽見裡面傳來二狗興奮的叫聲、兒子尖叫著「爸爸」，還有初禮走向玄關時的拖鞋「噠噠」聲響……

屋外橙黃的聲控燈下，晝川翹起脣角，把鑰匙收起來。

他回家了。

幾秒後，房子裡的門應聲打開，一張白皙的小臉從門縫後面探出來，伴隨著屋子裡飄出來正在煮的米飯香，初禮眨眨眼：「沒吃飯吧，就等著你呢。」

晝川伸手，把行李箱扔進門裡，高大的身子跟著擠進屋，還沒來得及站穩，下一秒脖子上便掛了一個人，軟綿綿的身子帶著他熟悉的淡淡氣息湊上來，當他順勢彎下腰，柔軟的脣瓣也落在他的面頰上。

「老師，我跟你說個事啊……」

溫熱的氣息撲打在他的耳廓。

於是晝川翹起的脣角變得更加清晰：「嗯，我也有事跟妳說。」

「那你先說。」

「妳先說。」

「你先說。」

「妳先說。」

身後，晝月禮和二狗站在玄關臺階上，默默地看著靠著門、開啟複讀機模式的連體怪。

初禮伸手撩了下晝川額前的軟髮，笑咪咪道：「那一起說呀？」

晝川：「好，一、二、三——」

「——我這次去S省除了開會主要是替妳訂了套婚紗，這次妳終於可以……」

「——我又懷孕啦。」

「……」

「……」

五秒的迷之沉默。

初禮抱在晝川脖子上的手僵硬了下，放開他，往後退了兩步，這才看見他手上拎了個超大的防塵袋。防塵袋上，是某個超貴的婚紗牌子。某次她翻雜誌的時候隨口跟他說這牌子的婚紗好看，晝川說都要訂製，然後此對話不了了之……

如今，晝川把她想要的婚紗扛回家了。

而她——

而她……

而她。

事到如今，千言萬語化作無言，初禮只有一句「我操」不知道當講不當講。

防塵袋掉落在地，當初禮被晝川滿心歡喜地整個人抱起來放在鞋櫃上親吻的時候，她有些心不在焉，一邊敷衍地應付著他的吻，一邊走神，想東又想西——

老子嫁給他多久了，一年還是兩年來著，卻沒穿上過婚紗！

兒子都滿地跑了！

我也有少女心的，周杰倫的古堡婚禮是個女人就會嚮往……哪怕沒有古堡給我個街邊的小教堂也好！

他怎麼可以這麼沒心沒肺啊！

呃不對，這肚子裡的這個也有我一半的責任吧，剛開始確實是有好好用套套的，直到某天我自己手賤把那玩意拽下來……

啊，這麼說我是活幾把該？

話說回來，這也不能完全算老子活幾把該，我亂來的時候難道他不會義正辭嚴地拒絕我嗎？

就不能稍微提醒一下我生孩子這事有多痛嗎？我要是當時被提醒了想起來絕對給他重新套回去！

……生孩子真的很痛啊！

他怎麼都不心疼我——

他不愛我了？

他不愛我了！

猛地得到這個結論，初禮伸手打了下晝川的腦袋將他推開，晝川被揍了個猝不及防，卻還是忍著痛，非常順手地將她從鞋櫃下抱下來，自顧自歡喜地親吻她的眼角：「什麼時候發現的，嗯？怎麼沒立刻發簡訊告訴我？」

「本來想給你個驚喜，」初禮看他滿眼是笑，恨不得把她像是獅子王裡那猴子舉辛巴一樣地把她舉起來的模樣，十分頭疼地說，「沒想到給自己的是個驚嚇……」

「沒事，婚紗買回來又不會長腿跑掉，早晚能穿上。」晝川伸手刮了下她的唇角，「撒泡尿照照，嘴能掛油瓶了，妳怎麼那麼幼稚？」

「……你他娘會不會說話，你怎麼敢保證生完兩個以後我這腰還能看！」初禮張開雙臂，抱住晝川的腰，抱得很緊，「還有……你是不是不疼我了，居然嫌棄我幼稚！」

一知道自己懷孕後。

初禮就立刻變得非常擁有孕婦的矯情。

而此時，晝川支撐著這腰部配件，完全接受她的矯情，一邊說著「好啦穿不下再買新的給妳」這種非常直男的狗屁安慰，一邊脫了鞋放好行李箱，重新把防塵袋撿起來往初禮懷裡一塞，然後自己轉身，歡天喜地地進屋找兒子和二狗去了——

「晝月禮，你過來，粑粑回來了，粑粑跟你講個祕密！」

「什麼祕密！」

「你要有個妹妹啦哈哈哈哈哈哈哈哈哈！」

……好一個嚷嚷得隔壁鄰居都能聽見的「祕密」。

初禮脣角抽搐，衝著晝川的背影做了個鬼臉，然後轉過身，有些迫不及待地伸手去掀起防塵袋看裡面的婚紗。

摸著柔軟的白色紗裙，她想哭又想笑，將婚紗摟在懷裡，臉埋進去深吸一口氣，屬於新衣的淡淡香味讓她忍不住脣角上揚。

抱著婚紗往屋裡走了兩步，這時候從防塵袋裡掉了張信用卡簽單，初禮低頭看了眼，還沒來得及彎腰，單子率先被剛從廚房裡走出來的阿鬼彎腰撿起。

「晝川大大回來啦，咦這裡有張信用卡簽單，咦這個十百千萬十萬……我操，一條裙子辣麼貴！」

初禮把信用卡簽單一把搶回來，看了眼上面的數字，頓時感覺到晝川果然還是愛自己的。

初禮：「什麼叫一條裙子辣麼貴，這是老娘的婚紗！」

阿鬼：「晝川同妳結個婚是要傾家蕩產嗎？」

初禮：「妳好好說話。」

阿鬼：「有一百萬就給妳花一百萬買裙子，傾家蕩產地娶妳，妳老公是真的愛妳。」

初禮：「這句我愛聽。」

看著初禮笑得一臉春心蕩漾，阿鬼不禁嘆息。這年頭惡人怎麼就沒有惡報，那邊她搞得出版業龍頭面臨收購，梁衝浪和之前罩著他的老總雙雙下臺，這邊她抱著婚紗美滋滋地準備當新娘——

啊，口口聲聲在朋友圈嚷著「善惡到頭終有報」的梁衝浪要是泉下有知，大概死也不會瞑目的。

可憐的梁衝浪，智商被碾壓之下只能祈求神明的幫助。

最慘的是，好像神明也很嫌棄他。

哦是了，說到智商……

阿鬼「嘖嘖」兩聲看著抱著婚紗、興奮得滿臉通紅的初禮：「啊，對了，昨天我把妳那個作者和讀者智商掛鉤的理論做為女主的言論寫進文裡去了——」

初禮一愣：「……這麼喜歡寫實妳怎麼不去當戰地記者？」

阿鬼指指她：「這句也會出現在明天的更新裡的。」

初禮：「……」

正當初禮感慨這年頭的寫文佬到底能不能好，那邊晝川已經穩穩地坐在沙發上，一隻手摸狗，一隻手臂攬著兒子，大手正瘋狂翻著放在膝蓋上的那本泛黃的書，翻得嘩嘩作響，也不知道剛回來就在忙什麼？

初禮走近——

「妳覺得下個月初三好不好？」晝川感覺到初禮靠近，頭也不抬地問。

「要幹麼？」初禮問。

「……結婚啊，」晝川抬起頭一臉茫然，「趁著妳肚子還沒大，不然又等一年喔。」

初禮滿臉問號，看在六位數的婚紗分上，勉強把那句「這是不是決定得太隨便了」吞回肚子裡。她低頭一看，發現晝川膝蓋上放著的不是別的，而是一本泛黃發舊的老黃曆……老黃曆！

尼瑪啊！

她這是嫁了個八十歲的老頭嗎？

初禮微微瞪大眼，略微無語：「書房裡放著《尋龍點穴風水墓相》這種書就算了，我當你是想死後埋在龍脈照拂我兒，可你為什麼連黃曆都有？」

沒想到晝川比她更加驚訝：「哪個寫文的不看黃曆啊？」

初禮眼睛瞪得比銅鈴還大：「寫文的要看黃曆幹麼啊？」

晝川看向屋裡唯一的同行：阿鬼。

「哇靠妳身為編輯居然不知道哦？作者當然要看黃曆啊，發文叫『開坑』，所以發文的日子要看『宜動土』。」阿鬼接收到晝川的無聲指令，於是叼著一塊餅乾晃過來，「網文還有開VIP，上架，就要選『宜開市』……這還是基本的，有些作者連發文時辰都看，當前時辰凶吉與否，所屬屬相是否與自己屬相相衝——」

初禮：「……」

晝川「啪」地合上手裡的黃曆：「孤陋寡聞。」

阿鬼看著晝川手裡的書：「大大，你這個黃曆看上去很厲害啊，應該比網上的黃曆準，難怪你每本都那麼紅——能不能幫我看看四月二號日子好不好啊？我這篇文四月二號開的。」

晝川「喔」了聲又翻開手裡的黃曆看了眼：「非常好的日子啊，妳下午開的坑嗎？」

阿鬼：「是啊。」

晝川一臉認真：「要發，看著是要賣百萬的版權啊。」

阿鬼一臉驚喜：「天啊！」

看著兩人圍繞黃曆真情實意地交流，阿鬼滿臉都是百萬版權已經到手的興奮樣，初禮感覺自己從街邊撿回來了兩個瘋子，現在瘋子倆交流上了，完全沒有她這個正常人插嘴的分。

後來，那一天終於到來。

趁著小腹還平坦，初禮如願以償地穿上了她想要的婚紗——只是夢寐以求的婚鞋就沒有了。八釐米高的高跟鞋，在肚子裡揣了一個的情況下亂來，晝川怕是會扭斷她的脖子。

初禮很懂什麼叫見好就收。

婚禮的地點選在英國的一個偏僻小村莊。初禮為了自己的少女心強行忍受十幾個小時的飛機折騰，來到她夢寐以求的百年歷史古堡。在這樣的建築裡舉辦一場婚禮，多數情況需要提前很久預約，初禮原本也就是隨口一提、隨便一鬧，結果不知道晝川哪來的本事還真的替她搞來了場地！

反正那天之後她老公在她眼裡成功地變成了無所不能的哆啦A夢。

古堡屹立在一個僻靜的小村莊裡，四周樹林環繞，清晨有雲霧繚繞，雞鳴狗叫，老人騎著單車上鎮子買上一些新鮮的麵包或者坐在門前抱著貓喝喝咖啡，大有不得了的古老貴族曾經在此居住的錯覺。

沒有亂七八糟的七大叔、八大姨，只邀請了男女雙方的親人與摯友幾十人——

當那一天吉時到來。

初禮化好妝後讓化妝師小心翼翼地把頭紗戴上，眼前的一切因為頭紗被放下而變得模糊的時候，忽然有了一種微妙的儀式感……初禮的心開始怦怦亂跳，她眨眨眼，小心翼翼地將白色手套套上，然後從阿鬼的手裡接過鮮花紮成的捧花。

初禮緊張地問：「我好看嗎？好看嗎？」

「……好看好看。」阿鬼無語道，「今天妳不好看誰好看？」

初禮努力透過頭紗去看全身鏡裡自己的輪廓，量身訂製的婚紗與她的身體曲線完全貼合，她從來不覺得自己有穿過哪條裙子像是今天這樣看起來腿長。

身後，身著黑色西裝的晝月禮小朋友笑嘻嘻地牽起她拖地的裙襬，他並不知道今天是要做什麼，只知道每個人看上去都很開心的樣子，所以他的笑容也從未停過。

初禮吩咐兒子舉好裙襬，然後挽過她老爸的手臂，從偏廳踩過青翠的草地，來到舉行婚禮的禮堂跟前……

她緊張地吞了一下唾液，不自覺地挺胸抬頭，下巴微微向上揚起三十度。

禮堂的大門被人從裡拉開，初禮挽著她老爸的手臂緊了緊——

走進了禮堂，她一眼看見她的新郎大人並沒有乖乖站在主婚牧師身邊，而是坐在一臺三腳架鋼琴後面。初禮愣了下，心想她怎麼都不知道這文痞還會彈鋼琴？

除了古堡能滿足，難不成還真能一個月之內學會彈琴比肩周杰倫？

初禮正滿腹狐疑，這時候卻聽見一個「哆」的音符響起！

「哆，是一隻小母鹿～
啦，是金色的陽光～
咪，是稱呼我自己～
發，是道路遠又長～」
坐在古董鋼琴後，戴著白色手套的男人指尖跳躍飛舞，認認真真地彈著小學生都會的歌曲，當禮堂裡的親朋好友在一個人忍不住「噗」的一聲後開始哄笑，男人那張認真的臉也露出一絲絲笑意，他眼角柔和，唇角輕揚——
他抬起頭看著站在禮堂大門外、身穿潔白婚紗的身影。
初禮想到這首歌，在她和晝川剛剛認識的時候她彈過，那時候因為「卷首企劃」她第一次遭遇到辦公室的排擠，又面臨江與誠可能用《月光》雜誌卷首企劃免費替自己的新文打廣告，她受到老苗的冷嘲熱諷……那一天坐在閣樓的樓梯上，她用鋼琴APP彈了這首歌。
這首歌彈完後，她接到了偽裝成L君的晝川的電話，在電話裡，她哭得非常傷心。
啊。
他還記得呢。
頭紗之下，初禮唇角忍不住偷偷翹起，一步步走上紅毯，走向禮堂的末端，向著末端那個身著白色禮服、戴著白色手套、身材修長、英俊無比的男人走去。
初禮剛開始是笑著。

笑著笑著又眼眶發瘓，眼前被淚水狼狽地溼糊一片……似乎是感覺到她微微在顫抖，初禮的老爸抬起手，淡定地就著挽胳膊的姿勢，安撫似地拍了拍自家閨女的手背。

從紅地毯的這端走到那一段，大概對每個女人來說都是很漫長的一段路。

心裡的變化從「我操我不嫁了我要承歡膝下服侍我爸媽一輩子」到「啊啊啊啊啊老公好帥還是嫁吧」不斷變化……

終於來到紅毯末端——

初禮的雙手被父親親手交到那雙熟悉的大手中。

禮堂的鐘聲響起。

伴隨著經久不衰的《婚禮進行曲》。

「晝川先生，你是否願意娶初禮小姐作為你的妻子？無論順境或逆境、富裕或貧窮、健康或疾病、快樂或憂愁，你將毫無保留地愛她、對她忠誠直至永遠？」

「我願意。」

「初禮小姐，妳是否願意嫁給晝川先生作為他的妻子？無論順境或逆境、富裕或貧窮、健康或疾病、快樂或憂愁，妳將毫無保留地愛他、對他忠誠直至永遠？」

「我願意。」

月光戀奏曲

Moonlight

月光變奏曲 5

作　　者／青浼
書名設計／朱胤嘉
榮譽發行人／黃鎮隆
總 經 理／陳君平
協　　理／洪琇菁
總 編 輯／呂尚燁
執行編輯／許晶翎
美術監製／沙雲佩
美術編輯／李政儀
國際版權／黃令歡、梁名儀
企劃宣傳／楊玉如、洪國瑋
內文排版／謝青秀

國家圖書館出版品預行編目資料

月光變奏曲 5 / 青浼作 . -- 1 版 . -- [臺北市]:
尖端出版，2022. 1-

冊；　公分

ISBN 978-626-316-357-7（第 5 冊：平裝）

857.7　　110019003

出版／城邦文化事業股份有限公司　尖端出版
台北市 104 中山區民生東路二段 141 號 10 樓
電話：（02）2500-7600　傳真：（02）2500-2683
讀者服務信箱：7novels@mail2.spp.com.tw
發行／英屬蓋曼群島商家庭傳媒股份有限公司城邦分公司　尖端出版
台北市 104 中山區民生東路二段 141 號 10 樓
電話：（02）2500-7600　傳真：（02）2500-1979
劃撥專線：（03）312-4212
戶名：英屬蓋曼群島商家庭傳媒（股）公司城邦分公司
劃撥帳號：50003021
※ 劃撥金額未滿 500 元，請加付掛號郵資 50 元
法律顧問／王子文律師　元禾法律事務所　台北市羅斯福路三段三十七號十五樓

台灣地區總經銷／中彰投以北（含宜花東）　楨彥有限公司
電話：（02）8919-3369　　傳真：（02）8914-5524
雲嘉以南　威信圖書有限公司
（嘉義公司）電話：0800-028-028　　傳真：（05）233-3863
（高雄公司）電話：0800-028-028　　傳真：（07）373-0087
馬新地區總經銷／城邦（馬新）出版集團 Cite（M）Sdn Bhd
電話：603-9057-8822　　傳真：603-9057-6622
E-mail：cite@cite.com.my
香港地區總經銷／城邦（香港）出版集團 Cite（H.K.）Publishing Group Limited
電話：852-2508-6231　　傳真：852-2578-9337
E-mail：hkcite@biznetvigator.com

版　次／2022 年 1 月 1 版 1 刷　Printed in Taiwan